대야망 2

# 대야망 2

## 대업(大業)

이원호 지음

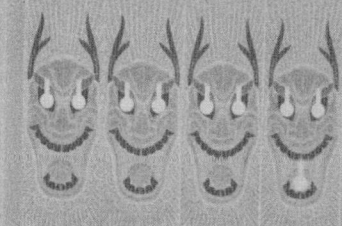

## 차례

1장 조선무장의 최후 | 7

2장 이괄의 난 | 71

3장 내 대업을 네가 잇거라 | 124

4장 홍타이지 폐하 만세! | 179

5장 조신침공 | 241

6장 영웅이며 충신이다 | 304

# 1장
# 조선무장의 최후

"오, 왔느냐?"

마바스를 본 누르하치가 웃음 띤 얼굴로 맞는다.

"폐하."

눈을 부릅뜬 마바스가 떨리는 목소리로 부른다.

이곳은 내궁(內宮)의 밀실 안.

누르하치가 비밀회의를 할 때 사용하는 방이다.

석 달쯤 전에 이곳에서 마바스는 누르하치를 만나고 나서 지금 다시 만나는 것이다.

다가간 마바스는 누르하치의 얼굴이 야윈 것을 보았다.

의자에 반듯이 앉아있었지만 마치 묶어놓은 것 같다.

"폐하, 마바스가 왔습니다."

앞에 엎드린 마바스가 누르하치를 올려다보았다.

눈이 번들거리고 있다.

그때 마바스 뒤를 따라 들어온 하시바크가 말했다.

"폐하께 말을 시키지 마, 마바스."

"괜찮다."

누르하치가 하시바크의 말을 막았다.

"난 보다시피 이렇게 멀쩡하다, 마바스."

"폐하, 걱정했습니다."

마바스의 눈에서 눈물이 흘러내렸다.

"하시바크가 가로막는 바람에 더 의심이 났습니다."

"내가 밖에 나갈 상황이 아니야."

누르하치가 왼손을 들어 보이면서 웃었다.

"왼팔은 이렇게 들 수 있지만, 오른팔은 감각이 없어. 오른쪽 다리도 그렇다."

"폐하."

"그래서 이렇게 앉아만 있는 거다."

"폐하."

"그런데, 마바스 네가 마침 잘 왔다."

누르하치가 눈을 가늘게 뜨고 웃었다.

"네가 고집을 부려서 들어오지 않았다면 내가 하시바크의 포로가 될 뻔했구나, 마바스."

순간 마바스가 눈을 부릅떴고 하시바크는 숨을 들이켰다.

누르하치가 말을 이었다.

"마바스, 일어나라."

"예, 폐하."

"소리쳐 밖에 있는 네 부하를 불러라."

"예, 폐하."

한 걸음 비켜선 마바스가 버럭 소리쳤다.

"가이다! 보드론! 쿠르카이!"

그러자 밖에서 대답 소리가 들리더니 부장(副將) 셋이 뛰어 들어왔다.

그때 누르하치가 말했다.

"하시바크를 체포해라."

"체포해라."

마바스가 소리쳐 하시바크를 가리키면서 소리쳤다.

눈치를 챈 부장들이 하시바크를 덮쳤다.

내궁(內宮) 밀실 앞에서는 무장할 수 없었기 때문에 모두 맨손이다.

하시바크도 마찬가지다.

"폐하! 억울합니다!"

아까부터 하시바크는 누르하치의 반응에 놀라 기가 질린 상태다.

부장들에게 순식간에 제압되어서 허리끈으로 팔이 뒤로 묶였다.

하시바크가 소리쳤지만 누르하치는 고개를 저었다.

"네가 하는 짓을 보니 큰일 낼 놈이다. 내가 네 손에 죽을 뻔했다."

정변(政變)이다.

하마터면 내란(內亂)으로 번질 수도 있었지만, 순식간에 제압되었다.

한 달 가깝게 황제 대리 역할을 해오던 위사대장 하시바크가 제거된 것이다.

마바스는 위시대장까지 겸임했기 때문에 제국의 이인자다.

이번 사건을 계기로 누르하치는 반신불수의 몸으로 공개 석상에 나타났다.

숨기지 않고 자신을 드러내기로 한 것이다.


이산과 아바가이가 보낸 약이 봉천성에 도착한 것은 정변이 일어난 지 사흘 후다.

약 상자는 말 6필에 실려 있었는데 조선 인삼과 녹용이다.

동부여진에서부터 누르하치는 인삼을 재배해서 부(富)를 축적했는데 인삼의 효능은 조선 인삼이 10배는 더 좋았다.

그런 조선 인삼을 10상자나 보낸 것이다.

그리고 같은 값어치의 녹용이 2상자다.

"독을 묻혔나 잘 살펴라."

인삼을 가져왔다는 말을 듣자 누르하치가 처음 뱉은 말이다.

그러나 나쁜 기색은 아니다.

이산의 사신은 누르하치도 잘 알고 있는 도모란 부족장 부라트다.

부라트도 이제는 60대 후반이라 백발노인이다.

"너도 늙었구나."

부라트를 본 누르하치가 물어뜯을 것 같은 표정을 짓고 말했다.

청 안에 도열한 대신, 장군들은 숨을 죽이고 있다.

고개를 든 부라트의 눈이 흐려졌다.

"폐하, 건강하신 모습을 뵈오니 감개가 무량합니다."

누르하치는 호피가 깔린 용상에 반듯이 앉아있었기 때문이다.

누르하치가 얼굴을 펴고 웃었다.

"내 모습을 관찰하고 나서 이산한테 보고하겠지? 어때? 네 앞에서 칼춤을 춰 보여줄까?"

"폐하, 제가 가져온 인삼을 하루 세 번 달여서 드십시오. 한 달이면 변화가 있을 것입니다."

"부라트, 나하고 달리기 시합을 해보겠느냐?"

"인삼에 녹용을 함께 달여서 드셔도 되고 따로 드셔도 됩니다. 약방문에도 적어놓았습니다."

"내가 며칠 전에 17번째 황비를 맞았다. 18살이야."

"대원수가 부디 쾌차하시기를 바란다고 하셨습니다."

"매일 밤 17번째 황비하고 동침하는데, 유용하겠구나."

"아바가이 님께서 인삼 상자를 손수 포장하셨습니다."

그때 누르하치가 왼손을 저었다.

"물러가라."

이때가 누르하치의 나이 67세다.

그날 저녁때 영빈관으로 마바스가 찾아와 부라트와 마주 보고 앉았다.

마바스가 웃음 띤 얼굴로 부라트를 보았다.

"족장, 폐하를 보고 느끼신 점 없으시오?"

"약해지셨더군."

부라트가 길게 숨을 뱉었다.

"허세를 부리시는 것이 안타까웠소."

"하시바크를 처단하신 걸 보면 결단력은 있으시오."

"이젠 마바스 님께 달려 있소."

정색한 부라트가 마바스를 보았다.

"폐하께서는 마바스 님의 사심(私心) 없는 성품을 택하신 것이오."

"나는 이곳에 온다고 폐하께 허락을 받았소."

마바스가 말을 이었다.

"그랬더니 폐하께서 그러시더군. 동부여진에서 인삼장사를 할 때가 좋았다고."

"……."

"이산 공(公)을 처음 만났을 때도 이야기하셨소. 나는 10번도 더 들은 이야기지만 말씀이오."

"……."

"8기군(八旗軍)을 이산 공(公)과 함께 만들 때 이야기도 하시더군."

"8기군은 우리 이산 대원수께서 제안하신 것이지."

"족장, 말꼬리 잡지 마시오."

"말씀하시오."

"하시바크가 폐하를 유폐시켜놓고 전횡하는 바람에 판도가 바뀐 것 같소."

"폐하께서 느끼신 것이군."

"그렇소. 이러다가 하시바크 세상이 되지 않을까? 하고 생각하신 것이오."

"운(運)이군."

"그렇소."

마바스가 쓴웃음을 짓고 말을 잇는다.

"내가 하시바크를 베어 죽일 작정을 하고 폐하를 만나겠다고 하지 않았다면 그렇게 되었을 거요."

"하시바크가 결사적으로 막지 않은 것도 운(運)이오."

마바스와 부라트가 서로의 얼굴을 보았다.


"탕!"

총성과 함께 앞서가던 최경훈이 말고삐를 당기면서 몸이 뒤로 젖혀졌다.

"앗!"

놀란 외침을 받은 김기성이 말에 박차를 넣었다.

"나리!"

엉겁결에 옛 버릇이 나와 나리를 불렀다.

말이 단숨에 내달려 옆으로 갔을 때 최경훈은 말에서 떨어지는 중이었다.

"저쪽이다!"

김기성이 손으로 오른쪽 산기슭을 가리켰다.

그곳뿐이다.

왼쪽은 잡초가 우거진 황무지다.

은폐할 곳이 없다.

"잡아라!"

외치면서 김기성이 말에서 뛰어내렸다.

"대장군!"

땅바닥에 쓰러진 최경훈의 상반신을 안아 일으켰던 김기성의 가슴이 철렁 내려앉았다.

신시(오후 4시) 무렵.

아직 햇살이 환한 강화도 북방.

최경훈의 가슴에서 피가 번져 나오고 있다.

치명상.

"아아!"

그때 최경훈의 입에서 신음이 아닌 탄성이 터졌다.

"대장군!"

김기성이 상처를 손바닥으로 눌렀다.

"제가 탄환을 뽑겠습니다. 경험이 있습니다!"

최경훈을 수행하던 부하들이 모두 산기슭을 향해 달려갔고 뒤에는 세 명이 둘러서 있을 뿐이다.

바람이 불면서 잡초가 부딪쳐 마른 소리를 냈다.

그때 최경훈이 눈의 초점을 잡고 김기성을 보았다.

"네 조선 이름이 김기성 아니냐?"

"예, 대장군."

"기성아."

"예, 대장군."

"내 유언을 이산 공(公)께 전해라."

"예, 전해드리지요."

김기성이 최경훈의 상반신을 바짝 끌어안았다.

치명상이다.

곧 숨이 끊어질 것을 알고 있었기 때문이다.

그때 최경훈이 말했다.

"내 방 서랍에 유언장이 있으니 찾아서 이산 공(公)께 드려라."

"예, 대장군."

"그리고 숨이 끊어지는 순간에 이렇게 말했다고 전해라."

"말씀하십시오."

"꼭 아바가이 님을 통해 대업을 이루시라고 전해드려라."

"예, 대장군."

"그동안 모셔서 영광이었다고."

"예, 대장군."

"먼저 떠나서 죄송하다는 말씀도."

"예, 대장군."

"꼭 살아서 대업을 이루시라고. 알았느냐?"

"예, 대장군."

그때 최경훈이 입을 다물었고 다시 잡초 부딪치는 소리가 들렸다.

김기성은 최경훈의 눈빛이 흐려지는 것을 보았다.


봉천성에 차드나 공주가 도착했다.

차드나가 누구인가?

이산의 부인이며 누르하치의 동복 여동생이다.

갑작스러운 방문이었기 때문에 놀란 수문장이 마바스에게 달려가 물었다.

차드나 일행을 성 밖에 세워둔 채다.

"이놈아! 차드나 님은 폐하의 여동생으로 이곳에 오신 거다!"
버럭 소리친 마바스가 자리에서 일어섰다.
맞으려고 나가려는 것이다.

차드나를 맞은 누르하치가 얼굴을 일그러뜨리며 우는 것처럼 웃었다.
"너 왔느냐?"
"오라버니."
누르하치를 본 차드나가 두 손으로 얼굴을 가리며 울었다.
그동안 누르하치가 몰라보게 여위었고 늙어 보였기 때문이다.
자리에 앉은 누르하치가 손을 들어 보였다.
"내 왼팔은 멀쩡하다."
이제 누르하치는 왼쪽 다리도 마비되어 왼팔만 사용한다.
누르하치가 얼굴을 일그러뜨리며 다시 웃었다.
"내 입이 멀쩡할 때 잘 왔다."

이곳은 남부(南部) 안산성.
이산이 최경훈의 유언장을 읽고 있다.
앞에는 조선에서 달려온 김기성이 엎드려 있다.
청 안.
수십 명의 대신들이 도열해 있었지만 모두 숨을 죽이고 있다.
유언장은 '언문'으로 쓰였다.

'대원수 각하, 미리 유언장을 써서 올립니다.

조선을 떠나 대륙의 방랑자로 진입했다가 누르하치 님을 만나 조선인의 기개를 펼치게 되었습니다.

더구나 조선인의 혈통이며 각하의 친자 아바가이 님이 황제의 후계자가 되었으니 조선인의 열망이 마침내 이루어진 것이라고 믿습니다.

아바가이 님이 대륙의 지배자가 되어서 한(恨)을 풀게 해주소서.

먼저 떠나면서 각하께도 소망합니다.

각하를 모시게 되어서 영광이었습니다. 부디 제 남은 몫까지 누리소서.

추신.

제 목숨을 빼앗아간 일당이 있다면 김류 일파일 것입니다.

조선인은 간계에 능해서 뒤집어씌우는 것에 익숙하니 숙고하소서.

각하의 모습을 마지막으로 떠올리며 갑니다.

마지막 소원이 있습니다.

광해대왕을 보호해주소서.'

"네가 조선의 주둔관이 되어라."

이산이 최보성에게 말했다.

"앞으로 조선에 3개 주둔소를 둘 것이고 그 지휘를 너에게 맡긴다."

청 안.

최경훈의 유서를 읽고 난 다음 날이다.

최보성은 최경훈의 조카로 34세.

조선에서 종5품 도사였다가 여진 땅에 온 지 10년이다.

"네 백부의 뒤를 이어라."

"예."

허리를 굽혀 절을 한 최보성이 붉어진 얼굴로 이산을 보았다.

"각하와 백부의 한(恨)을 꼭 풀도록 하겠습니다."

고개를 끄덕인 이산이 옆에 서 있는 김기성을 보았다.

"네가 부장(副將)으로 주둔관과 함께 일하도록 해라."

김기성도 승급되었다.

"잘했어."

이괄이 웃음 띤 얼굴로 오백진을 보았다.

이곳은 북방수비군의 본영인 영변.

부원수의 진막 안이다.

이괄의 시선이 오백진 옆에 앉은 곽상표에게 옮겨졌다.

"곽 별장, 네 공이 크다."

"아니올시다. 포수가 잘 맞췄지요."

"기다려라. 너희들이 입신할 때가 얼마 남지 않았다."

이괄의 두 눈이 번들거렸다.

"곧 내란(內亂)이 일어난다."

최경훈의 보좌역이었던 고한길은 오정을 수행하고 안산성에 온 바람에 조선으로 돌아가지 못했다.

결원이 생긴 청군(靑軍)의 부장(副將)에 임명되었기 때문이다.

부장(副將)이면 5천인장급 장수다.

평소에도 8기군 장수가 되는 것이 소망이었기 때문에 고한길은 직을 받아들였고 대가로 최경훈의 최후를 듣기만 했다.

김기성이 조선으로 떠나는 날 아침.

1백여 리 떨어진 부대에 있던 고한길이 눈보라를 헤치고 달려왔다. 김기성을 찾아온 고한길이 손바닥만 한 가죽 주머니를 내밀면서 말했다.

"이보게, 1천인장. 미안하지만 이걸 대장군 묘 옆에다 묻어주게."

"뭡니까?"

김기성이 받으면서 묻자 고한길이 일그러진 얼굴로 대답했다.

"내 머리카락을 잘라 넣었네. 옆에서 모시지 못했던 것이 한(恨)이 되어서 그러네."

"알겠습니다."

가죽 주머니를 저고리 안에 넣은 김기성이 고한길을 보았다.

"옆에 묻어 드리지요."

"내가 죽으면 내 혼(魂)이 그곳으로 갈 거네."

"묻으면서 대장군께 그렇게 말씀드리겠습니다."

"무운(武運)을 비네."

불쑥 말한 고한길이 김기성의 어깨를 가볍게 쳤다.

"부장께서도 건승하시오."

금세 눈이 흐려진 김기성이 대답했다.

이것이 충성심이다.


"그대는 좌군(左軍)을 맡으라."

이괄이 말하자 박종기가 고개를 들었다.

"이것 보시오, 부원수. 나한테 보군 3천을 맡기신단 말씀이오?"

"그러네."

이괄이 정색하고 박종기를 보았다.

"1만 1천 명 중 3할의 군사네. 더구나 좌군(左軍)은 함경도 6진에서 추려온 정예군이야."

"나한테 중군(中軍)의 기마군이나 영변의 수비장, 그렇지 않으면 부장(副將)으로 부원수의 보좌역을 맡기시는 줄 알았소."

박종기의 목소리도 격해졌다.

"나는 정4품 무관(武官)으로 지금도 황해병사를 겸직하고 있소. 격에 맞는 대우를 해주시오."

영변성의 청 안이다.

청 안에 모인 장수들이 술렁거렸다.

북방수비군 부원수인 이괄의 품계가 정3품 병마절도사인 것이다.

그리고 반정 전만 해도 이괄은 종4품 병마우후였다.

그때는 박종기보다 품계가 낮았다.

이괄이 어깨를 부풀렸다가 내렸다.

"이것 보게, 박 병사. 내가 군율을 시행해야 되겠나?"

"전쟁 중이라고 해도 정4품 무장을 정3품 지휘관이 베어 죽일 수는 없다는 것을 알고 계시지 않소?"

"가둘 수는 있지."

"내분을 일으키기 싫으니 생각을 해보시지요."

박종기의 시선을 받은 이괄이 호흡을 골랐다.

자신과 마찬가지로 박종기도 집권세력으로부터 기피당한 신세인 것이다.

고개를 끄덕인 이괄의 안색이 어둡다.

당연한 일이다.

장수들 앞에서 지휘관의 면목이 깎인 것이다.

"저놈을 이용해야 돼."

회의를 마치고 내실로 들어선 이괄이 옆으로 다가온 오백진에게 말했다.

이괄이 말을 이었다.

"우리가 능양군 일당에게 억압을 받고 있다는 것을 이산한테 알려줄 것이다."

"그건 사실이니까요."

내실에 둘이 있었지만 오백진이 가는 눈을 더 가늘게 뜨고 목소리를 낮췄다.

"저자가 이산 일당과 내통하고 있어서 나리께 보내진 것 아닙니까?"

"이산이 기병 1만 명만 응원해주면 능양군 일당을 쓸어낼 수가 있어."

이괄이 말을 이었다.

"그때 다시 광해를 왕위에 복귀시키고 내가 일등공신이 되는 거다."

"그것이 조선을 위한 일이기도 합니다."

오백진이 맞장구를 쳤다.

그래서 이괄이 박종기의 항명성 반발에 미적지근한 태도로 얼버무린 것이다.

"부원수가 반심(反心)을 품고 있는 것은 분명합니다."

종사관 전재길이 박종기에게 말했다.

둘은 영변성 서문 근처의 막사에 들어와 있다.

전재길이 말을 이었다.

"그리고 우리가 여진과 우호적인 관계라는 것을 알고 있습니다."

"그래서 우리를 김류 일당이 이쪽으로 보냈다는 것까지 알고 있는 거네."

쓴웃음을 지은 박종기가 말을 이었다.

"능양은 그런 머리가 없지만 이귀, 김류, 김자점은 계산하고 있을 거야."

"어떻게 말씀이오?"

"어쨌거나 이괄은 반정(反政)의 일등공신이야. 나하고 이괄은 물과 기름 사이로 적응할 수 없다는 것을 말일세."

"그렇지요."

"결국 둘이 다투게 되고 내가 이괄의 손에 죽게 될 가능성이 많다고 생각했을 걸세."

"그런데 오늘 이괄이 끓는 물에 데친 고사리처럼 흐늘흐늘해졌습니다. 이괄이 김류 일당의 간계를 안 것 같습니다."

"이괄도 산전수전 다 겪은 장수야. 탐욕이 많고 호승심이 강하지만 병법을 배운 무장이네."

"최 관찰사는 누가 기습했을까요?"

불쑥 전재길이 묻자 박종기의 표정이 굳어졌다.

"김류 일당이겠지."

의심할 여지가 없다.


"그렇다면 누구의 소행이란 말이오?"

능양이 묻자 김류가 머리를 기울였다.

창덕궁의 청 안.

외인(外人)을 물리치고 청 안에는 능양과 김류, 이귀, 김자점까지 넷이 둘러앉아 있다.

술시(오후 8시) 무렵.

밀담을 나누는 터라 입직 승지도 청 밖으로 내보냈다.

"전하, 아무리 생각해도 이것은 반역세력의 소행일 것 같습니다."

"글쎄, 그것이 누구냐고 묻지 않소?"

벌써 여러 번이다.

최경훈이 피살당했다는 말을 듣고 나서 김류 일당은 물론 능양까지 제대로 눈을 붙이지 못할 정도다.

최경훈은 여진족의 수뇌부다.

대원수 이산의 최측근 대장군인 인물이다.

그때 이귀가 입을 열었다.

"야적이나 개인적인 원한을 품은 인물은 없습니다. 더구나 최경훈의 경호는 삼엄했기 때문에 접근조차 어려운 상황이었습니다."

고개를 끄덕인 김류가 능양을 보았다.

"이괄의 소행일 가능성이 있습니다."

"이괄?"

놀란 능양이 흐려진 눈으로 둘을 번갈아 보았다.

"이괄이 최경훈을 암살했단 말이오?"

"이괄의 수하에 포수대가 있습니다."

김류가 말을 이었다.

"함경도의 명사수들이지요."

"그럴 리가."

"포수를 시켜 최경훈을 암살하면 그것이 우리의 소행이 될 것이니까요."

"……"

"이번의 반정(反政)에서 일등공신에 첨록되지 않은 데다 변방의 북방군 부원수로 몰아낸다고 한을 품었을지도 모릅니다."

"그렇다면 여진족에게 이 사실을 알려주어야 되지 않소?"

능양의 목소리가 다급해졌다.

"이괄이 우리한테 덮어씌운다고 말이오."

"예, 전하."

이귀가 먼저 대답을 했다.

"저희가 밀사를 보내는 것이 낫겠다고 상의했습니다."

그때 지금까지 잠자코 있던 김자점이 입을 열었다.

"그래서 제가 여진에 가야 할 것 같습니다."

"오오!"

감동한 능양이 탄성을 뱉었다.

김자점은 언변이 뛰어나다.

그리고 담력도 있다.


누르하치가 웃음 띤 얼굴로 차드나와 마바스를 번갈아 보았다.

수염이 무성했지만 여윈 얼굴은 감추지 못했다.

눈이 퀭했고 붉어진 흰자위가 번들거리고 있다.

유시(오후 6시) 무렵

내궁의 침실 안이다.

누르하치가 둘을 부른 것이다.

"마바스, 암살대는 어떻게 되었느냐?"

"예?"

놀란 마바스가 힐끗 옆에 앉은 차드나를 보았다.

이산의 암살대를 묻는 것이다.

그때 누르하치가 쓴웃음을 지었다.

"말해라, 차드나도 알고 있을 테니까."

"제가 귀성하면서 모두 철수시켰습니다."

"성과가 별로 없었다. 그렇지?"

"예, 폐하. 워낙……."
"잘했어."
"예?"
"그냥 시늉만 낸 것을 말하는 거다."
"예, 폐하."
그때 누르하치가 차드나를 보았다.
"아마 네 남편도 알고 있을 거다."
"무슨 일인데요?"
"시치미 떼지 말고."
"알아도 그 사람이 내색하는 성격인가요?"
"그건 그렇지."
"폐하께서 갑자기 그 이야기를 왜 꺼내세요? 다 끝난 일인데."
"내가 이 꼴이라 어디 출입을 할 수 있겠느냐?"
누르하치가 제 몸을 보는 시늉을 했다.
이제 하반신과 오른쪽 팔까지 마비되어서 움직일 때는 가마를 탄다.
그래도 요즘 며칠간 정청에 나가 정무를 꼼꼼하게 보고 있다.
머리는 더 명석해진 것 같다.
누르하치가 말을 이었다.
"내가 죽기 전에 아바가이를, 그렇지, 이산까지 여기로 불러서 만나고 싶다면 올까?"
둘에게 묻는 것이다.
그 순간 둘은 숨을 죽였다.
입을 다물고는 제각기 외면했는데, 방 안에 잠깐 정적이 덮였다.
얼마 전까지 이산과 아바가이를 죽이려고 암살대를 보냈던 누르하치다.

둘을 죽이려고 명(明) 사령관 전충과의 동맹까지 추진했던 누르하치인 것이다.

먼저 고개를 든 것이 마바스다.

"폐하, 당장은 힘들 것 같습니다."

"그럼 내가 죽고 나서 어떻게 될 것 같으냐?"

마바스가 입을 다물었을 때 누르하치가 다시 묻는다.

"그때 네가 성문을 열고 그 둘을 맞아들이면서 내 묘에 침을 뱉을 거냐?"

"폐하, 지나친 말씀이시오."

당황한 마바스가 누르하치를 보았다.

"폐하께서 지시를 해주셔야 합니다. 소신은 그 지시만을 따르겠습니다."

"그걸 어떻게 믿는단 말이냐?"

누르하치의 목소리가 높아졌다.

"살아있는 나를 가둬놓고 황제가 되려고 했던 하시바크 놈을 보아라."

"제가 그런 놈하고는 다릅니다."

마바스의 목소리도 높아졌다.

"폐하께서 그렇게 말씀하시니 차라리 이 자리에서 죽어 보이지요."

"이 미친놈이."

어깨를 부풀렸던 누르하치가 길게 숨을 뱉었다.

그러고는 의자에 등을 붙였을 때 차드나가 물었다.

"폐하, 아바가이가 보고 싶으세요?"

"그렇다."

누르하치가 금세 고개를 끄덕였다.

"이산도 함께."

"제가 말해볼게요."

차드나가 말을 이었다.

"그것이 폐하의 진심이라고 하겠어요."

차드나가 안산성으로 돌아간 다음 날이다.

마바스가 누르하치의 침전으로 불려갔다.

기동하기 불편한 누르하치는 침전을 집무실로 이용한다.

약초를 태우는 냄새가 가득한 침전은 어둑했고 반라의 시녀들이 시중을 들고 있다.

하반신은 마비되었어도 욕정은 일어나는 터라 누르하치는 눈으로 해소하는 것이다.

"부르셨습니까?"

마바스가 묻자 누르하치는 성한 손을 휘둘러 시녀들을 내보냈다.

"마바스, 잘 들어라."

"예, 폐하."

"이산과 아바가이가 이곳에 올 것 같으냐?"

"예, 폐하."

고개를 든 마바스가 말을 이었다.

"차드나 님께서 말씀을 잘 드릴 것 같습니다. 폐하의 진심을 알게 되면 오시겠지요."

"그래야겠지."

"감복할 것입니다, 폐하."

"그래야 정상이지."

"안산성에서 기별이 오면 준비를 하겠습니다. 이제 다시 후금(後金) 제국이 하나로 된 것이니 경축해야지요."

"그렇지."

누르하치가 시선을 준 채로 고개를 끄덕였다.

"마바스, 너도 그렇게 믿느냐?"

"저뿐만이 아닙니다. 전 백성이 경축할 것입니다."

"다시 아바가이가 세자로 책봉되고 이산이 후견인이 되는 것에 말이지."

"예, 폐하."

대답은 했지만 마바스가 조심스러운 시선으로 누르하치를 보았다.

누르하치의 기색이 점점 차가워지는 느낌이 들었기 때문이다.

그때 누르하치가 이를 드러내고 웃었다.

"그 정도면 되었다."

"……."

"지금부터 내궁에 암살대 배치 준비를 해라. 시녀들, 궁인들도 모르게 준비를 해야 할 것이다."

"……."

"이번에는 철저하게, 한 치의 차질도 없이 준비해야 한다. 방심을 시키고 둘을 내궁으로 끌어들여 참살하는 거다."

"……."

"그렇지. 밖으로는 아바가이에게 황제 위를 이양한다는 소문을 퍼뜨려라. 이산을 섭정으로 임명한다고 하고."

"……."

"이산이 대군을 끌고 오겠지만 내궁에는 들어오지 못한다. 이산과 아바가이만 죽이면 다 끝나는 거야."

누르하치의 눈이 번들거렸고 얼굴은 모처럼 상기되었다.

평시의 누르하치로 되돌아갔다.

안산성에 도착한 김자점은 일단 객사에 수용되었지만 하루가 지나도록 이산이 부르지 않았다.

이때 김자점은 39세.

정5품 병조좌장 신분으로 반정(反政)의 일등공신이다.

지난달에는 정3품 개성부윤직에 올랐다.

그리고 정일품 영의정을 남인 출신 이원익으로 임명토록 능양군에게 주장해서 성사시킬 정도의 위세다.

그러나 객사에 갇힌 채 이틀째가 되는 날에는 문득 연개소문을 찾아간 김춘추의 고사까지 떠오를 정도가 되었다.

사흘째 되는 날이다.

미시(오후 2시)가 지났을 때 객사로 장군이 찾아왔다.

이제는 여진군의 복장을 보고 계급을 알 수 있기 때문에 김자점은 그가 1만인장급 장군인 것을 알 수 있었다.

그때 장군이 말했다.

"준비하고 따라와."

순간 김자점이 숨을 들이켰다.

조선말이다.

그래서 반말이 튀어나왔어도 반갑게 물었다.

"조선인이시오?"

"맞아."

퉁명스럽게 대답한 사내가 김자점을 훑어보았다.

"그런데 왜 묻는가?"

"여진군에서 조선인 장군을 처음 만나서 그렇소."

"너희가 살해한 최 대장군은 여진군에서 최고 지휘관이셨다."

"우리가 아니오."

당황한 김자점이 서둘러 말했다.

"그 때문에 내가 주상 전하의 명을 받들고 해명차 온 것이오."

"주상이라니? 광해대왕 말인가?"

"아니. 그것이……."

"너도 반정(反政)으로 대왕을 몰아낸 역적 아니냐? 일등공신이지?"

김자점의 심장이 철렁 소리를 내면서 내려앉았다.

다시 잘못 들어왔다는 생각에 땅을 치고 싶은 심정이 되었다.

사내가 몸을 돌리며 말했다.

"따라와."

객사에서 내성(內城)으로 가는 동안에 김자점은 여진군의 위용을 보았다.

곳곳에 배치된 기마군과 보군, 그것도 황(黃), 청(靑), 백(白), 적(赤)의 4가지 깃발과 테로 둘러싸인 깃발까지 8기군(八旗軍)을 실제로 볼 수 있었다.

군기가 엄정했고 엄청난 군사다.

내성 안에만 5, 6만의 군사가 주둔하고 있었는데 조선 북방군의 주력은 1만 5천밖에 되지 않는 것이다.

객사에서 내성 안까지 가는 동안 김자점은 위축되었다.


"김자점이 뵙습니다."

청에 엎드린 김자점이 말했을 때 이산이 고개를 들었다.

이때 이산은 60세.

그러나 이가 하나도 상하지 않았고 윤기를 띤 피부에 허리도 곧다.

청 안.

좌우에 대신들이 시립해 있었기 때문에 무거운 분위기다.

김자점이 여진어로 말했기 때문에 모두 알아들었다.

그때 이산이 입을 열었다.

이산도 여진어를 쓴다.

"네가 조선 왕을 퇴위시킨 반정공신이냐?"

순간 김자점이 숨을 들이켰다가 대답했다.

"예, 대원수님."

"그 이유는?"

"인목대비를 폐위시키고 영창대군을 죽였기 때문입니다."

거침없이 김자점이 말했을 때 이산의 얼굴에 쓴웃음이 떠올랐다.

"명(明)에 사대하지 않은 것이 첫 번째 이유 아니었느냐?"

"그것은 잘못 알려진 것입니다."

그때 이산이 고개를 끄덕였다.

"여기까지 온 것을 보면 제법 남자다운 놈이라고 생각했더니 쥐새끼구나."

이것은 조선말이다.

조선말이어서 마치 맨살에 비수가 꽂히는 느낌이 든 김자점이 숨을 죽였다.

눈이 금세 흐려졌다.

이산이 자리에서 일어서며 말했다.

"저놈 목을 베어서 머리통만 조선 조정으로 보내라."


"살려주시오."

객사로 끌려가면서 김자점이 조선인 1만인장에게 말했다.

이제 김자점은 사지가 포박된 채 가마에 실려 있다.

가마 옆에 말을 타고 걷는 1만인장이 고개를 돌려 김자점을 보았다.

"너는 내일 목이 잘린다."

"살려주시는 것이 10배의 이득이 될 것이오. 대원수께 전해주시오."

김자점은 필사적이어서 얼굴이 땀으로 번들거리고 있다.

"제가 여진의 첩자가 되겠소. 그 말씀을 드리려고 제가 밀사를 자원한 것이오. 대원수 각하께 그 말씀을 전해주시오."

"네가 첩자가 되겠다고?"

"그렇소. 명(明)에 대한 사대에 나도 구역질이 나지만 다른 소리를 했다가는 기회를 노리는 당파들이 떼로 몰려와 죽이고 유배시킵니다. 제 파당이 정권을 잡으려고 갖은 꼬투리를 잡는데 명(明)에 대한 사대만 한 트집거리가 없소."

"내가 그건 잘 알지."

"조선 조정에 나 같은 첩자를 심어 두시는 것이 여진에 크게 이로울 것이오."

"너를 어떻게 믿느냐?"

"배신한다면 언제든지 조선을 징벌할 수가 있지 않소? 그땐 삼족을 멸해주시오."

"너는 능양을 도와 반정을 한 일등공신 아니냐? 무엇이 아쉬워서 첩자를 자원했는가?"

"호랑이 아가리 속의 조선국 일등공신이 뭐가 대단합니까?"

이제는 김자점이 얼굴을 일그러뜨리며 웃었다.

어둠 속에서 김자점의 이가 드러났다.

"최소한 우물 안 개구리 신세는 벗어나려는 것이오."


1만인장은 전(前) 의주부도사였던 황석기다.

황석기의 보고를 들은 이산이 아바가이와 요중, 신지, 스즈키까지를 둘러보았다.

의견을 묻는 것이다.

그때 스즈키가 말했다.

"제가 며칠 그자를 만나 이야기를 해보겠습니다. 이야기를 해보면 목숨을 구하려는 임기응변인지 제법 대국(大局)을 보고 있는 자인지를 알 수 있을 것입니다."

이산이 고개를 끄덕였다.

"황 기장(旗將)과 함께 만나도록 하라."

황석기가 조선인이니 습성 파악에 도움이 될 것이었다.

차드나가 돌아왔을 때는 떠난 지 20여 일 만이었으니 열흘 가깝게 봉천성에서 체류한 셈이다.

차드나는 여장을 풀자마자 바로 이산에게 찾아갔다.

유시(오후 6시) 무렵.

이산이 아직 성의 청에 앉아있을 때였다.

"급하게 드릴 말씀이 있어서요."

이산 주위에는 대신(大臣)들이 모여 있는 데다 아바가이까지 와있었지만 차드나는 거침없이 말했다.

"황제 폐하의 전갈이어서 모두 계실 때 말씀드리는 게 나을 것 같은데요."

"그래요?"

차드나의 당돌함을 아는 데다 보르츠가 죽고 나서 차드나는 성격의 굴곡이 심해졌다.

가라앉아 있다가 갑자기 밝아지곤 했는데 그것이 스스로 견디어내는 노력 같아서 이산은 신경이 쓰이는 참이었다.

그때 차드나가 말했다.

"황제께서 아바가이 님과 당신을 황성으로 초대하셨습니다. 아바가이 님께 세자를 복위시키고 당신과 화해하시겠답니다."

청 안이 갑자기 웅성거리기 시작했기 때문에 이산이 손을 들었다.

다시 조용해졌을 때 차드나가 옆에 앉은 이산을 보았다.

"마바스도 함께 있었습니다. 당신과 아바가이 님이 오신다면 제국이 다시 예전으로 돌아갈 것이라고 했습니다."

"좋은 일이오."

이산이 입을 열었다.

"그리고 수고했소."

"마바스가 전군(全軍)을 다 이끌고 오셔도 된다고 했습니다."

차드나가 반짝이는 눈으로 아바가이를 보았다.

"아바가이 님께 황제 위(位)를 이양하신다고도 했습니다."

"폐하의 용태는 어떻소?"

이산이 뒤늦게 묻자 청 인이 다시 조용해졌다.

차드나가 한숨부터 쉬었다.

"왼팔과 머리 부분만 움직입니다. 나머지는 마비된 상태라 도움을 받지 못하면 기동을 못 합니다."

"……"

"폐하께서 직접 말씀하셨습니다, 곧 왼팔과 입, 머리도 마비될 것이라고. 그래서 서둘러야겠다고."

"……"

"제가 두 눈으로 폐하를 보았습니다. 그리고 직접 말씀도 들었습니다."

"차드나, 수고했소."

이산이 고개를 들고 차드나를 보았다.

이제 차드나는 아바가이에게 집중하고 있다.

보르츠 대신이다.

아바가이를 황제 위에 올리는 것이 생(生)의 목적이 되었다.

"서두르시면 안 됩니다."

대신들만 남았을 때 요중이 먼저 말했다.

"우리한테는 시간이 원군(援軍)입니다."

아예 노골적으로 요중이 말을 이었다.

시간이 지나 누르하치가 더 악화되거나 죽을 때까지 기다리자는 것이다.

그렇게 되면 마바스까지 이쪽에 우호적인 터라 자연스럽게 아바가이가 제위(帝位)를 이으면 된다.

그때 신지가 입을 열었다.

"당당하게 제국을 접수하시지요."

"무슨 말이오?"

이산이 묻자 신지가 아바가이를 향해 고개를 돌렸다.

"아바가이 님의 기상으로 압도시키는 것입니다."

신지의 목소리가 떨렸다.

이번에 최경훈의 죽음은 신지에게 충격을 주었다.

신지와 최경훈은 사돈 관계다.

거기에다 이산 휘하의 2인 대장군이기도 하다.

최경훈의 사망 후에 신지는 서두르는 기색이 보인다.

그것을 이산이 감지하고 있다.

신지가 말을 이었다.

"대군을 이끌고 봉천성에 다가가 진정한 대륙의 황제는 이곳에 있다고 세상에 보여주는 것입니다."

청 안에 신지의 목소리가 울렸다.

"봉천성 밖에 주둔한 채 황제를 기다리는 것입니다. 그 위용 앞에 간계가 통하겠습니까? 압도하는 것입니다."

그때 아바가이가 이산을 보았다.

눈이 번들거리고 있다.

부라트는 차드나보다 먼저 누르하치를 만나고 왔기 때문에 봉천성 상황을 잘 안다.

마바스하고도 깊게 대화를 나누고 왔다.

그래서 신지의 제의에 적극적으로 찬성했다.

같은 부족장이며 기장(旗將)인 유니마도 마찬가지다.

"아버님, 가겠습니다."

신중한 성격의 아바가이가 말하자 이산이 고개를 끄덕였다.

"그래, 때가 된 것 같구나."

그러자 요중이 얼굴을 펴고 웃었다.

따르겠다는 표시다.

객사에 갇혀있는 김자점은 안산성 내부가 이런 상황으로 분주하게 돌아가고 있는지를 모른다.

"오셨소?"

오늘도 황석기를 맞은 김자점은 이제는 웃음 띤 얼굴이다.

미시(오후 2시) 무렵.

둘은 객사의 마루방에 앉아있다.

그때 황석기가 물었다.

"능양이 왕의 권위를 세우려고 대장군을 암살했다는 것이 중론이오. 어디, 대답을 들어봅시다."

이제 황석기도 존댓말을 쓴다.

그때 김자점이 정색했다.

"이렇게 뻔한 추정이 가능한 일을 하겠습니까? 우리가 왜 화(禍)를 끌어들이겠습니까? 이것은 이괄의 음모올시다."

"증거를 댈 수도 없지 않소?"

"능양이 저를 보낸 것이 증거지요."

김자점은 황석기 앞에서 왕을 능양으로 부른다.

김자점이 말을 이었다.

"사건이 일어난 후부터 능양은 침식을 거르고 노심초사하고 있습니다. 그러다 제가 해명사로 간다고 하니 펄쩍 뛰듯이 반겼습니다. 그것을 보여드리고 싶습니다."

"말만으로는 믿기지 않소."

"제가 여진의 첩자가 되겠다는 것은 믿으시지요?"

"어디, 그 이유부터 들읍시다."

"첫째가 저, 김자점의 안위올시다. 뒤에 대(大)여진의 배경이 있으면 왕도 건드리지 못할 테니까요."

"공공연하게 여진에 대해 사대를 한단 말인가?"

"명(明)과 여진을 조선이 균형을 이루어 받들어 모시는 것입니다."

김자점이 말을 이었다.

"그것이 곧 조선의 안위에 이롭고 국익이 될 테니 반대하는 놈은 역적이 될 것입니다."

"너희들이 반역했지."

황석기가 버럭 소리쳤다.

"광해대왕께서 바로 그런 균형을 잡으려고 하시지 않았더냐!"

김자점이 고개를 숙였고 황석기가 말을 잇는다.

"그런데 너희들이 명(明)에 사대를 안 한다는 이유로 반정을 일으키지 않았느냐?"

그때 김자점이 고개를 들었다.

"유생들의 분위기를 맞추려고 했습니다. 벌떼 같은 유생 무리가 사대를 주장하고 있어서요."

"그래서 왕권부터 잡고 보자는 것이었지?"

"제가 그것을 바꾸겠다는 것이오."

김자점이 번들거리는 눈으로 황석기를 보았다.

"장군께서도 조선 유생들, 당파들의 속성을 잘 알고 계시지 않습니까?"

황석기가 외면했다.

알다 뿐인가?

그것이 역겨워서 여진에 투신, 1만인장까지 된 황석기다.


이틀 후.

오후에 김자점이 이산에게 불려갔다.

청에는 이산과 아바가이가 나란히 앉아있었는데 좌우에 대신들이 도열해 있다.

그때 이산이 말했다.

"널 조선에 여진의 대리인으로 보낸다."

"황공하옵니다."

김자점이 대번에 대답했다.

"대(大) 여진과 조선의 화목에 목숨을 바칠 것입니다."

"너한테 내 직권으로 조선 주재관의 직위를 주마."

"예, 각하."

"매달 금 10냥씩을 녹봉으로 주겠다."

"황공무지로소이다."

이렇게 김자점이 여진의 주재관이 되었다.

"제가 최경훈 순찰사의 조카입니다."

최보성이 광해 앞에 엎드려 말했다.

강화도의 유배소.

3칸짜리 초막의 안방에서 최보성과 광해, 그리고 폐비 유 씨까지 셋이 앉아 있다.

"오오, 그대가……."

광해의 눈이 금세 흐려졌다.

"내가 최 순찰사의 묘에 가지 못했어. 안타깝네."

유배소 밖으로는 나갈 수 없기 때문이다.

그때 최보성이 말을 이었다.

"전하, 제가 숙부 대신 전하를 모시겠습니다."

"고맙네."

"무슨 일이 있어도 전하를 보호하라는 이산 대원수님의 지시를 받았습니다. 제 목숨을 바쳐 임무를 완수할 것입니다."

광해가 숨을 들이켰다.

광해는 지금 당장이라도 여진으로 갈 수도 있다.

최경훈이 몇 번이나 권했지만 광해는 거부했다.

조선에서 죽겠다는 것이다.

세자 질 부부도 나란히 목숨을 버렸으니 광해와 폐비 유 씨 부부만 남았다.

그리고 광해는 이제 왕위에 복귀하겠다는 희망도 버린 지 오래다.


한명련은 노장(老將)이다.

왜란 때 의병장 곽재우와 함께 싸워 공을 세웠고 정유재란 때는 도원수 권율의 막하에서 싸워 용병술을 떨쳤다.

그러나 천민인 백정 출신으로 무관(武官)에 오르자 유생들의 상소가 쇄도했다.

천민이 벼슬을 살 수가 없다는 것이다.

그때 유성룡이 주장해서 오위장에서 방어사, 순변사에까지 이르렀다.

그리고 이번 능양군의 반정(反政) 때 이괄을 따라 선봉을 섰다.

이괄과의 의리 때문이다.

그러나 창덕궁을 장악한 일등 공신이었던 이괄, 그 선봉대장인 한명련은 공신 책록도 받지 못했다.

이괄이 이등 공신이 되었으니 천민 출신인 한명련은 말할 것도 없이 무시당했다.

이것이 조선의 반상 차별, 당파 차별이다.

한명련은 어느 파벌에도 속하지 않은 것이다.


"아니, 자네가 웬일인가?"

놀란 한명련이 앞에 선 사내를 보고 물었다.

유시(오후 6시) 무렵.

귀성부사인 한명련은 막 내실로 들어선 참이다.

"나리, 드릴 말씀이 있소."

다가온 사내가 낮은 목소리로 말했다.

젊다, 20살 안팎의 나이, 그러나 육중한 몸.

허리에는 장검을 찼다.

"나리, 밀행으로 왔으니 조용한 곳으로 가시지요."

사내가 말했기 때문에 한명련이 쓴웃음을 지었다.

"이런, 일등 책록 공신들이 쳐들어오기라도 한단 말인가?"

"바로 그것입니다, 나리."

그러자 눈을 치켜뜬 한명련이 발을 떼었다.

심상치 않은 느낌을 받은 것이다.

사내는 이괄의 아들 이전.

이괄은 지난 반정(反政) 때 아우 이수와 아들 이전까지 참전시켰다. 그러나 이수, 이전은 선봉에 섰으면서도 공신 명단에 들어가지도 못했다.

모두 김류 일당이 이괄이 조정에서 두각을 나타내는 것을 꺼렸기 때문이다.

내아의 뒤쪽 골방에 둘이 마주 보고 앉았을 때 이전이 말했다.

"지금 조정에서 선전관과 금부도사가 떴습니다. 이틀 후에는 이곳 귀성에 도착할 것이고 사흘 후에는 영변에 닿을 것입니다."

"선전관과 금부도사라, 이곳에 역적모의라도 하는 자가 있단 말인가?"

"나리하고 저를 금부로 압송해가려는 것이지요."

"괴이하군."

노장(老將) 한명련은 놀라지 않은 표정이다.

쓴웃음을 지은 한명련이 주름진 눈을 치켜뜨고 이전을 보았다.

"또 모함인가?"

"고변이 들어갔습니다. 서인 윤도정이란 자가 10명의 연판장을 받아 저하고 나리가 역모를 꾀한다는 연판장을 금부에 올렸습니다."
"흥, 자네 부친을 노리는 것이겠지. 그래서 자식하고 수족 같은 나를 고른 것이고."
"나리, 그래서 제가 아버님의 명을 받고 왔습니다. 몸을 피하시지요."
"내가 왜?"
"금부에 끌려가 고문을 당하면 불지 않을 수가 없다고 합니다."
"그건 그렇지."
"나리, 같이 피신하시지요."
"도망을 치란 말인가?"
한명련이 눈을 부릅떴다.
"내가 죄를 지었나? 금부에 가서 따져보겠어."
"나리, 김류 일당이 기다리고 있습니다."
이전이 바짝 다가앉았다.
"나리, 아버님의 부탁입니다. 그러시면 아버님까지 연루됩니다."

이괄이 고개를 끄덕였다.
"김자점이 여진에 갔다면 틀림없이 내 소행이라고 변명을 했을 것이다."
영변성의 청 안이다.
앞에는 심복 오백진이 앉아있었는데 방금 평양에서 달려온 것이다.
"김류 일당이 한편으로는 내 아들과 동생, 한 부사까지 잡아가 내 수족을 자르려고 한다. 시간이 지날수록 나에게 불리해."
"장군, 한 부사를 압송하려고 금부도사가 뜬 것은 확실합니다."
"그래서 전이를 보냈어."

어깨를 부풀린 이괄이 쓴웃음을 지었다.

"어차피 일어날 일이다. 조금 빨리 시작된 셈으로 치자."

"장군, 그러시면……."

"네 연락을 받고 이수백과 기익헌을 불렀다. 지금 둘이 각각 기병 1천여 기를 이끌고 이곳으로 오는 중이다."

"장군, 잘하셨습니다."

숨을 들이켠 오백진이 눈을 부릅떴다.

"기다리고 있었습니다."

"장졸들에게 내 의지를 보여주겠다."

이괄이 잇새로 말을 잇는다.

"내가 김류, 김자점, 이귀 같은 비겁자가 아니라는 증거를 보여줄 것이다."

"……."

"금부도사, 선전관이 올 때까지 기다리겠다."

어깨를 부풀린 이괄이 말을 이었다.

"그때는 한명련, 이수백, 기익헌이 다 모이겠지."

셋은 모두 이괄의 복심이다.

이산, 아바가이의 출진군은 대략 12만.

기마군 7만에 보군 5만이다.

기마군이 많다.

12개 기군(旗軍), 8기군이 다 포함되었다.

그중 청군(靑軍)과 백군(白軍)은 3개씩 겹쳤는데 각각 부족이 달랐기 때문이다.

안산성을 떠난 대군(大軍)은 호호탕탕, 하루에 50리(25킬로) 정도의 속도로 북진했는데, 각 고을을 지나면서 수령, 주민들의 환영을 받았다.

아직도 명(明)의 관리가 통치하고 있는 명(明)의 영토를 지나고 있다.

지금 이산과 아바가이는 누르하치와 상봉하려는 것이다.

"준비는 다 되었느냐?"

누르하치가 묻자 마바스가 고개를 들었다.

내궁(內宮)의 청 안.

방 안에는 시중을 드는 17비 나탈까지 셋뿐이다.

"예, 폐하."

정색한 마바스가 말을 이었다.

"이산과 아바가이가 내궁 안으로 들어오기만 하면 틀림없습니다."

"실수가 없어야 돼."

"이중 삼중으로 암살대를 배치해놓았습니다."

"이번 자전으로 우환을 제거하고 후금(後金)이 새 출발을 한다."

누르하치가 웃음 띤 얼굴로 마바스를 보았다.

"내가 이제는 말도 못 하고 수족을 모두 쓸 수 없다고 했지?"

"예, 겨우 몇 마디씩만 하실 수 있을 정도라고 소문을 퍼뜨렸습니다."

"됐다. 언제쯤 올 것 같으냐?"

"열흘은 걸릴 것 같습니다."

"열흘이라."

누르하치의 눈이 흐려졌다.

이번에 이산과 아바가이를 제거한 후에는 제국을 어떻게 운용할 것인지는 말하지 않았다.

마바스가 나갔을 때 누르하치가 나탈에게 말했다.

"비자트를 부르라."

나탈이 말없이 일어나 방을 나갔다.

나탈은 18세.

하루드 부족장 비자트의 딸이다.

잠시 후에 비자트가 들어섰다.

비자트는 백기장(白旗將)으로 기마군 1만과 보군 5천을 거느리고 죽은 하시바크 대신 위사대장까지 맡고 있다.

비자트가 앞에 섰을 때 누르하치가 물었다.

"마바스한테 이야기 들었느냐?"

"예, 방금 들었습니다."

40대 후반의 비자트는 산악지역 부족장으로 지금까지 소외되었다가 지위가 급상승했다.

딸을 17황비로 바치고 위사대장이 된 것이다.

부족군(軍)이 적었기 때문에 수하의 1만 5천 중 1만여 명은 타 부족의 혼성군이다.

주위를 둘러본 누르하치가 말을 이었다.

"내 옆방에 1백 명만 차출해서 배치해라. 회담장 옆쪽 방을 비워놓을 테니까."

"예, 1백 명을……."

"네 부족으로 골라라, 믿을 만한 놈으로."

"그러면 마바스 님과……."

"아니."

누르하치가 고개를 저었다.

"마바스한테도 알리지 말도록. 너와 나만의 비밀이다."

"예, 폐하와 저만의……."

"만일의 경우를 대비하는 것이다. 그것은 마바스도 모르는 것이 좋다."

"알겠습니다, 폐하."

비자트의 눈이 번들거렸다.

황제와 둘만의 비밀, 만일 거사가 성공하면 일등 공신이 된다.

"아버님, 폐하께서 말도 제대로 못 하신다고 합니다."

아바가이가 마상에서 말을 이었다.

"사지가 모두 마비되어서 움직이지도 못하신답니다."

"나도 들었다."

말고삐를 챈 이산이 고개를 돌려 아바가이를 보았다.

"몸이 병약해지면 생각도 편협해지는 법이다. 그걸 명심해야 한다."

이산의 얼굴에 쓴웃음이 떠올랐다.

"너를 길러주신 분이시다. 폐하는 제국의 원조(元祖)로 추앙받으셔야 한다."

한명련과 이전이 도착했을 때는 1월 중순이다.

능양군이 반정(反政)으로 즉위한 지 10개월 후다.

"잘 오셨소."

이괄이 일그러진 웃음을 띠고 한명련을 맞았다.

"금부도사 일행이 귀성을 들렀다가 빈손으로 이곳으로 오고 있소."

금부도사가 이제는 이괄을 압송하려고 오는 것이다.

"장군, 어쩌다 이렇게 되었습니까?"

한명련이 탄식했다.

"내가 금부도사한테 쫓기다니, 상상도 못 한 일이 벌어지고 있소."

한명련으로서는 기가 막힐 일이다.

10개월 전, 한명련은 이괄군(軍)의 선봉에 서서 창덕궁을 점령했다.

김류는 주저하다가 맨 나중에 거사에 참여했다.

그러나 반정이 성공하고 나서 김류 등은 일등 공신에, 이괄은 이등에 책록되고, 한명련, 이수백, 기익헌 등 부하들은 공신에 들어가지도 못했다.

모두 김류, 이귀 일당들이 이괄의 영향력이 커질까 봐 견제했기 때문이다.

이괄이 고개를 끄덕였다.

"이미 벌어진 일이오."

금부도사 유익종, 선전관 남병선 일행이 도착했을 때는 다음 날이다.

서슬이 퍼런 금부도사 일행은 나졸 10여 명을 이끌었는데, 영변성의 청 앞마당까지 말을 타고 들어왔다.

미시(오후 2시) 무렵.

"북방군 부원수 이괄은 명을 받으라!"

금부도사 유익종의 목소리가 청 앞마당을 울렸다.

도사와 선전관은 아직 말에서 내리지도 않았다.

청 앞마당에는 군사들이 드문드문 서 있을 뿐 앞쪽 청은 텅 비었다.

도사가 다시 목청을 높여 소리쳤다.

"어명이다! 이괄은 어명을 받들라!"

그때 안쪽에서 이괄이 나타났다.

갑옷 차림.

이때 이괄은 38세.

6척 장신의 육중한 체구다.

청 앞에 선 이괄이 도사를 보았다.

"유익종, 넌 지난번 반정(反政) 때 김류의 호위병으로 참가했다가 종5품 별장에서 정4품 도사로 3계단이나 승급했더구나. 이등 공신으로 책록되었지?"

이괄의 목소리가 청을 울렸다.

"네 상전 김류는 처음에는 거사가 탄로 난 줄 알고 도망쳤다가 내가 창덕궁에 진입하자 뒤늦게 나타났어. 너도 알지?"

"이괄은 명을 받으라!"

기가 질렸던 유익종이 다시 소리쳤다.

"어명이다!"

"그래. 능양군이 뭐라고 했는지 듣자."

무도한 발언이었기 때문에 따라온 선전관 남병선은 숨을 들이켰다.

그때 유익종이 소리쳤다.

"부원수 이괄의 역모 혐의를 조사하려고 즉시 압송한다. 왕명에 따르라!"

"못 따른다."

이괄이 말이 끝나자마자 대답하고는 이를 드러내고 웃었다.

"나는 네가 왕으로 부르는 능양군을 곧 쳐 죽이려고 남진(南進)할 것이다."

"무, 무엇이?"

그때 이괄이 소리쳤다.

"쳐라!"

그 순간 마당 안으로 군사들이 쏟아져 들어왔다.

미리 대기시킨 군사들이다.

이괄의 수족 같은 부하들로 10여 년간 손발을 맞춰온 군사들 50여 명이 덤벼들었다.

"앗!"

비명은 나졸들한테서부터 터졌다.

군사들이 불문곡절하고 나졸들부터 베어 죽이는 것이다.

"이것 보시오!"

놀란 선전관 남병선이 말고삐를 채면서 이괄을 불렀으나 그것이 마지막 말이 되었다.

군사들이 내지른 창에 등이 꿰어 말에서 떨어졌기 때문이다.

금부도사 유익종은 몸이 빨랐다.

군사들이 마당으로 뛰어 들어온 순간 말에 박차를 넣고 옆쪽 문으로 내달렸다.

그쪽은 비어있었기 때문이다.

유익종이 문을 빠져나간 순간이다.

"앗!"

유익종의 입에서 외침이 터졌다.

앞에 창을 겨눠 쥔 창수 10여 명이 대기하고 있었다.

유익종이 말을 세우기에는 너무 늦었다.

"으아악!"

온몸이 고슴도치처럼 창이 박힌 유익종이 말에서 떨어지면서 처절한 비명을 내질렀다.

"효수해서 성문 앞에 걸어라."

이괄이 부하들에게 지시했다.

"자, 남진(南進)이다!"

소리쳐 말한 이괄이 장수들을 둘러보았다.

금부도사와 선전관을 베어 죽이고 효수까지 함으로써 결의를 내보인 것이다.

이제 장수들은 반란군 장수가 되었다.

"곧장 한양성으로 간다!"

이괄이 소리쳤다.

이미 계획을 세워놓은 것이다.

도원수 장만이 평양성에 있었지만 군사는 5천 남짓이다.

이괄 휘하의 군사는 2만여 명.

단숨에 장만을 격파할 수도 있지만 평양성 옆을 지나 곧장 남하한다.

장만도 가로막지 않을 것이다.

"이괄이 반란을 일으켰습니다."

김기성이 고개를 들고 광해를 보았다.

"북방군 2만을 이끌고 남진(南進)하고 있습니다."

"이괄."

광해가 흐린 눈으로 앞쪽을 보았다.

이괄은 창덕궁에 가장 먼저 진입해 온 반란군 장수다.

반란을 일으키기 1년 전.

광해 14년에 광해는 이괄을 함경도 병마절도사에 임명했었다.

"나는 그자가 서인의 앞잡이가 되어서 궁으로 쳐들어올 줄은 상상도 못 했다."

광해가 말을 이었다.

"그래서 지금도 자주 그자를 떠올리고 있어. 도대체 왜 나에게 반역을 했을까? 하고."

"전하."

김기성이 굳어진 얼굴로 광해를 보았다.

"욕심이 많은 놈들은 짐승과 다를 바가 없다고 합니다. 이괄이 그런 자입니다."

"그 욕심을 능양이 알고 배척한 것 같구나. 그래서 또 반란을 일으킨 것이지."

광해의 얼굴에 웃음이 떠올랐다.

"1년 만에 왕 둘을 배신하는구나. 역사에 남는 인물이 되겠다."

"파죽지세입니다. 한양성으로 직진하고 있는데 도원수 장만이 있는 평양성을 우회하여 남하하고 있습니다."

광해는 입을 다물었다.

이괄의 난은 광해에게 기쁜 소식도 아니다.


하루에 50리(25킬로) 행군 계획을 세웠지만 실제로는 30리(15킬로) 정도밖에 가지 못했다.

눈이 쌓여 있는 데다 갈수록 추워졌기 때문이다.

그리고 이산은 독촉하지 않았다.

보군을 위해 여유를 주었고 동사자가 나오지 않도록 일찍 숙영지를 찾았다.

그래서 열흘이 지났지만 봉천성까지는 절반 정도밖에 닿지 못했다.

이산은 이번 황궁행에 차드나와 동행이다.

차드나가 같이 가겠다고 한 데다가 이산도 선뜻 승낙했기 때문이다.

열흘째가 되는 날 밤.

차드나가 문득 고개를 돌려 옆에 누운 이산을 보았다.

깊은 밤.

막사 안에서 둘은 양피로 만든 이불을 덮고 있다.

촛불을 껐지만, 어둠에 익숙해진 이산은 차드나의 눈이 반짝이는 것을 보았다.

"산, 황궁에서 온 내 부족 한 사람을 만났어요. 궁인의 오빠 되는 사람인데."

차드나가 말을 이었다.

"우리가 오고 있다는 말을 듣고 눈보라를 헤치고 나를 만나려고 왔다는 겁니다."

"……."

"우리 가문에 화살을 공급하던 집안이라 명문(名門)이죠. 그 가문 중에 1천 인장이 다섯이나 나왔어요."

"……."

"그런데, 산."

차드나가 몸을 바짝 붙였다.

눈이 야행성 동물처럼 반짝이고 있다.

"누르하치 님이 내궁(內宮)에서 요즘 보이지 않는다고 해요. 17비하고 두어 명 시녀만 시중을 들고 마바스와 17비 아버지 비자트만 만난다고 합니다."

"……."

"그래서 더 위독해졌다는 소문이 났답니다."

이산이 고개를 끄덕였다.

"그럴 가능성도 있지."

이산이 말을 이었다.

"폐하는 그렇게 쉽게 돌아가시지 않아요, 차드나."

이산이 차드나의 허리를 당겨 안았다.

차드나가 이산의 가슴에 얼굴을 묻었다.

"그래요. 누르하치 님은 쉽게 원한을 풀어버릴 성품이 아녜요, 산."

이산이 입을 다물었고 차드나의 말이 이어졌다.

"당신과 아바가이를 부른다고 해서 가슴이 철렁 내려앉았어요. 그래서 내가 따라가겠다고 한 거죠."

"……."

"방심하면 안 돼요, 산."

"누르하치 님은 여진을 통일시킨 영웅이오."

"지금까지 한 번도 원수를 용서한 적이 없어요. 저한테도 그것을 자랑했어요."

고개를 든 차드나가 이산을 보았다.

"친아들인 장남 추엥도 제거했다는 것을 기억해야 해요, 산."

"고맙소, 차드나."

"난 당신뿐이에요."

차드나가 길게 숨을 뱉었다.

"난 당신을 택했어요, 산."


"자네가 웬일인가?"

병마우후 허전을 본 정충신이 놀라 눈을 치켜떴다.

황주의 병영 안.

유시(오후 6시) 무렵.

진막 앞에 선 허전이 얼굴을 일그러뜨리며 웃었다.

"도망쳐왔습니다."

"아이구, 잘 왔어."

정충신 옆에 서 있던 남이홍이 반겼다.

"우리도 들었네. 자네가 이괄이 보낸 전령을 베어 죽였다는 말을 들었네."

"내가 이곳으로 도망쳐온 줄은 모를 겁니다. 북쪽으로 말을 달리는 걸 놈들이 다 보았으니까요."

"잘 왔네."

정충신이 다가가 허전의 어깨를 잡았다.

"한명련, 이수백은 이미 합류했다더군."

"내가 반역을 할 수는 없지요."

"당연하지."

남이홍도 다가와 고개를 끄덕였다.

"들어가 술이나 한잔하세."

그때 허전이 고개를 저었다.

"이럴 때가 아닙니다. 이괄의 대군이 허흥령을 넘고 있으니 오늘 밤에는 이곳을 휩쓸고 지날 겁니다."

놀란 정충신과 남이홍이 숨을 들이켰고 허전이 말을 이었다.

"서둘러 안식령을 넘어 피해야 합니다. 그러면 우리가 이괄군(軍)의 뒤를 칠 수가 있습니다."

도원수 장만이 황해방어사 조근에게 물었다.

"통로에 정충신, 남이홍이 가로막고 있으니 내일쯤이면 결과를 알 수 있을 게야."

평양성의 청 안.

술시(오후 8시)가 넘어서 청에는 불을 밝혀 놓았다.

장만은 5천의 병력을 거느리고 있었는데 성 밖으로 나갈 엄두를 내지 못했다. 병력이 턱도 없이 적은 데다 사기도 떨어져 있었기 때문이다.

그래서 이괄의 대군이 남하한다는 보고를 듣자마자 조정에 전령을 띄우고는 성문부터 굳게 닫았다.

밖에서 들어오는 피난민도 막았기 때문에 원성이 일어났으나 놔두었다.

그때 조근이 말했다.

"정충신, 남이홍 부사가 거느린 군사가 8천쯤 됩니다. 기습하면 승산이 있을지도 모릅니다."

그리고 둘은 이괄과 함께 여러 번 전장(戰場)을 누빈 동료다.

이괄의 약점도 잘 알고 있을 것이었다.

기마군 3천이 앞장을 섰고 보군 5천여 명이 뒤를 따른다.

기마군은 보군과 보조를 맞추려고 말을 걸렸으며 일부는 말고삐를 쥐고 말과 함께 걸었다.

자시(밤 12시) 무렵.

"선두는 고개 정상에 닿았을 것이오."

남이홍이 말과 함께 걸으면서 정충신에게 낮게 말했다.

"골짜기가 길기도 하군."

정충신이 혀를 찼다.

말발굽에도 짚신을 신겼기 때문에 소리는 나지 않는다.

안식령 골짜기에 들어선 지 한 시진이 지났다.

이제 8천 병력은 종대로 늘어서서 골짜기 안에 묻힌 셈이다.

"밤 새도 울지 않는구만."

다시 정충신이 투덜거리자 남이홍이 어둠 속에서 이를 드러내며 웃었다.

"새가 우리들 기척을 모르겠소? 숨을 죽이고 있겠지요."

"그런데."

정충신이 고개를 돌려 뒤를 보았다.

"이 사람은 왜 보이지 않는 거야?"

"뒤를 따라오겠지요."

대수롭지 않은 듯이 남이홍이 건성으로 대답했다.

허전이 배탈이 났다면서 옆쪽 숲으로 들어갔던 것이다.

정충신이 말을 이었다.

"이괄과 10여 년 같이 붙어 다녔는데 합류하라는 청을 거부하기 힘들었을 거야."

"오죽하면 전령을 베어 죽였겠소?"

"글쎄 말이네."

그때다.

앞쪽이 수선거렸기 때문에 정충신이 이맛살을 찌푸렸다.

다음 순간이다.

밤하늘에 불화살이 솟아올랐다.

"아뿔싸!"

정충신이 외쳤을 때다.

"와앗!"

함성이 울렸다.

"와아앗!"

사방에서 함성이 울렸기 때문에 골짜기가 뒤집히는 것 같다.

"함정이다!"

남이홍이 소리친 순간이다.

"억!"

가슴에 화살이 박힌 남이홍이 주저앉았다.

"앞으로!"

장수 하나가 소리쳤지만 부질없는 짓이다.

사방이 포위되었다.

허전이 돌아왔을 때는 사시(오전 10시) 무렵이다.

행군 중이어서 이괄이 말에 탄 채로 허전을 맞는다.

"장군, 확인까지 하고 왔습니다."

"오, 그런가? 나도 방금 윤 병사한테서 들었어."

이괄의 얼굴에 웃음이 떠올랐다.

"그대가 이번 전투의 일등 공신이야."

"그렇습니까?"

허전은 웃음 띤 얼굴로 말을 받는다.

"공신 책록에 분명하게 일등으로 명기해주시지요."

"내가 능양처럼 우유부단하지는 않다. 걱정 말게."

"남이홍이 전사했고 정충신은 겨우 목숨만 건져 도주했습니다."

허전이 말을 몰아 옆을 따르면서 말을 잇는다.

"8천 병력 중 살아 도망친 병사는 2천여 명밖에 되지 않습니다."

"대승이다."

허전은 뒤에 남아 확인까지 하고 늦게 돌아왔다.

이번 작전은 허전의 거짓 투항으로 정충신, 남이홍 부대를 함정으로 유인한 결과다.

안식령 골짜기에 미리 이괄의 수하인 함경병사 윤책이 군사 6천을 숨겨두고 기다리고 있었다.

도원수 장만은 미시(오후 2시)가 되어서야 정충신, 남이홍 부대의 궤멸 보고를 받았다.

부상을 당한 정충신이 돌아와 보고했다.

"남 병사는 전사했소."

정충신이 시선을 내린 채 말했다.

"2천3백 명쯤 군사가 남았으나 전력(戰力)으로 사용할 수는 없을 것 같소."

"큰일 났다."

장만이 탄식했다.

"이괄이 곧장 한양으로 가겠구나."

"전령을 보내야 합니다."

부사 이경윤이 나섰다.

"지금쯤 이괄은 경기도에 들어섰을 것이오. 한양성은 사흘 길이오."

"기마군을 앞장세웠을 테니 속도가 빠를 것이오."

장수 하나가 말했을 때 장만이 고개를 들었다.

"여기서는 손쓸 여력이 없으니 평산의 관군에게 알려라!"

장만이 소리쳤다.

"전령을 평산과 한양성으로 보내라!"

이괄의 앞에 개성과 임진강 사이의 평산에 관군이 가로막고 있다.

평산부사 이확과 방어사 이중로가 이끈 관군 7천여 명이다.

눈보라가 이틀째 계속되어서 대군은 움직이지 못했다.

12만 대군이 벌판에 주둔한 상황이어서 금세 도시가 하나 생겼다.

인근 주민들이 몰려와 장사판을 벌였고 구경을 하러 오기도 했다.

이곳은 명목상으로 명(明)의 영토였지만 실질 지배자는 후금(後金)인 것이다.

요동의 태반은 후금(後金)의 영토가 되었다.

"황성에서 사신(使臣)이 왔습니다."

신시(오후 4시) 무렵.

진막에 있던 이산에게 위사장이 보고했다.

"웅가르란 자입니다."

그때 이산 옆에 있던 요중이 말했다.

"웅가르는 하루드족의 원로지요. 지금 위사대장인 비자트의 심복입니다."

요중이 말을 이었다.

"비자트가 보낸 것 같습니다."

이산이 고개를 끄덕였다.

"데려오라."

이산과 아바가이가 나란히 앉아 사신을 맞는다.

웅가르는 50대쯤으로 반백의 머리에 장신이다.

털모자를 벗은 웅가르가 무릎을 꿇고 절을 했다.

"웅가르가 세자 저하, 대원수 각하를 뵙습니다."

그때 둘러서 있던 장수들이 술렁거렸다.

웅가르가 '세자'로 불렀기 때문이다.

지금까지 누르하치 제국은 아바가이를 '폐세자'로 취급했다.

다시 웅가르가 말을 이었다.

"저는 위사대장 비자트와 마바스 님의 지시를 받고 왔습니다."

"말하라."

상대는 요중이 했다.

"무슨 일인가?"

"예, 말씀드리지요."

웅가르의 시선이 이산과 아바가이를 스치고 지나갔다.

"폐하께선 이제 말씀도 겨우 하십니다. 그래서 가능하면 빨리 두 분을 뵙고 싶어 하십니다. 그래서 제가 온 것입니다."

"폐하의 지시인가?"

요중이 묻자 웅가르가 대답했다.

"예, 간절하십니다."

웅가르가 말을 이었다.

"저에게 눈물까지 보이셨습니다."

"자세히 말하라."

"폐하께서 죽기 전에 만나야 한다고 하셨습니다."

"……"

"죽기 전에 양위하셔야 한다고도 하셨습니다."

"……"

"하루에 물 몇 모금밖에 드시는 게 없습니다."

그때 이산이 입을 열었다.

"마바스는 네가 오기 전에 무슨 말을 안 하더냐?"

"본 대로만 전하라고 하셨습니다."

"마바스는 폐하를 자주 뵙는가?"

"제가 사신으로 오기 전에 폐하를 뵐 때도 옆에 계셨습니다."

이산이 고개를 끄덕였다.

아바가이는 격정을 참느라고 어금니를 악물고 있다.


이산과 아바가이가 이끄는 대군(大軍)이 다시 출발했다.

이번에는 이산은 물론 아바가이도 부인과 함께 상경하는 터라 마차가 수십 대다.

그중 이산의 부인 차드나가 탄 마차에 손님 둘이 합석했다.

세자비 한윤과 제2비로 부르는 오정이다.

차드나가 둘을 부른 것이다.

마차는 넓어서 뒤쪽에 시녀 셋이 더 타고도 공간이 남았다.

말 12필이 끄는 마차에는 바퀴가 8개 있다.

폭이 10자(3미터), 길이가 20자(6미터)에 높이가 7자(2미터)다.

바퀴는 지름이 5자(1.5미터)나 되어서 어지간한 도랑도 거침없이 건넌다.

"너희들은 자매간이라 외롭지 않겠다."

차드나가 둘을 번갈아 보면서 말했다.

"서로 우애가 깊으니 그것이 세자한테도 복이야."

"감사합니다."

아직 여진어에 서툰 오정에게 통역해준 한윤이 사례했다.

"저희는 공주님을 어머님처럼 모시고 살 겁니다."

"내가 너희들의 짐이 되지는 않을 거야."

차드나의 시선이 오정에게 옮겨졌다.

"네 언니의 정성을 봐서라도 왕자를 낳도록 해라."

한윤의 통역을 들은 오정의 얼굴이 붉어졌다.

그러나 대답은 했다.

"예, 공주님."

"아바가이는 황제가 될 거야. 위대한 홍타이지 황제."

차드나의 시선이 다시 한윤에게 옮겨졌다.

눈이 번들거리고 있다.

"너희들이 내 남편의 아들을 위대한 황제로 만들어야 한다."

그렇다.

아바가이의 생부(生父)는 이산인 것이다.

황해방어사 이중로는 능양군의 반정 때 훈련대장 이홍립과 함께 참여해서 이등 공신에 책록되었다.

직접 돌입하지 않고 호응을 한 셈인데도 이괄과 같은 이등 공에 책록되었다.

반정 전(前)인 광해 13년에 이천부사로 제수받았다가 능양군의 편에 선 것이다.

"이괄이 반정에 공을 세웠지만, 이번 반란으로 제 얼굴에 침을 뱉는 꼴이 되었어."

이중로가 앞쪽 여울을 응시하며 말했다.

술시(오후 8시) 무렵.

이미 어둠이 덮인 여울은 건너편 황무지와 구별되지 않는다.

이중로가 옆에 선 부방어사 이성무를 보았다.

"이괄은 서인임에도 광해가 병마절도사까지 시켜준 놈이야. 겨우 35살에 말이네. 그런데도 또 욕심을 부려 반정에 참여했어. 그러면 뭘 바랐겠나?"

"이괄의 수준으로 보면 일등 공에 병판이나 우의정쯤으로 승급이 되어야겠지요."

이상무가 맞장구를 쳤다.

그렇다.

이중로도 조선의 개국공신인 이지란의 후손인 데다 왜란 때부터 공을 세운 용장이다.

이중로의 나이는 현재 47세.

이괄보다 10여 살이나 연상인 것이다.

이괄의 욕심이 과하다고 할 만했다.

광해의 총애를 받고 35세에 정3품 병마절도사에 오른 이괄인 것이다.

반정 세력들의 견제를 받을 만했다.

주위를 둘러본 이중로가 말을 이었다.

"정충신과 남이홍은 이괄과 절친한 친구 사이였어. 그래서 허전을 시켜 간계를 부린 거야. 하지만 이곳에서는 어려울 거다."

"우리가 강 상류에서부터 막고 있으니 건너지 못할 겁니다."

이성무가 맞장구를 쳤다.

이곳은 예성강 상류 마탄이다.

앞쪽 여울은 폭이 2백 자(60미터). 중심 부분은 깊이가 10자(3미터)가 넘어서 인마가 건너기 어렵다.

5리(2.5킬로)쯤 아래쪽에 다리가 하나 놓였지만 끊어버려서 남진하려면 20리(10킬로) 아래쪽 평산성을 지나야 한다.

평산성에는 평산부사 이확이 군사 3,500과 함께 지키고 있다.

평산성은 산 중턱의 석성(石城)이어서 성을 깨뜨리려면 열흘도 모자랄 것이다.


1월 22일.

남진을 시작한 지 닷새 만에 황해도 황주에서 정충신이 이끄는 관군을 궤멸시켰다.

그리고 사흘이 지난 후에 평산에서 관군과 마주친 셈이다.

"예성강 상류 마탄에 이중로군(軍)이 진을 쳤습니다."

한명련이 말하자 이괄이 고개를 들었다.

"마탄에?"

그때 한명련이 손으로 지도를 짚었다.

"안전한 곳이지요."

"그렇군."

이괄이 지도에서 시선을 떼고 물었다.

"앞쪽에 깊은 여울이 있어서 건너가지 못하겠군. 그렇지 않소?"

"예, 마탄을 중심으로 10리(5킬로) 좌우는 건너갈 수 없습니다."

"그 아래쪽은 어떻소?"

"병력을 배치해 놓았습니다."

"이중로는 수전산전 다 겪은 장수요. 이번 반정(反政)에서 훈련대장 이흥립 뒤만 따라다니는 바람에 이등 공신이 되었지만 말이오."

한명련의 시선을 받은 이괄이 소리 없이 웃었다.

"다만 너무 신중해서 기회를 놓치는 경우가 많지. 그래서 능양이 거사에 선봉을 시키지 않은 거요."

"그렇습니까?"

한명련이 웃음 띤 얼굴로 이괄을 보았다.

"그래서 장군을 선봉에 세웠군요."

"한 번 쓰고 버릴 작정이었던 것 같소."

한명련은 이괄보다 20세나 연상이다.

30년 전인 임진왜란부터 정유재란을 다 겪은 용장이다.

천민 출신이어서 공을 세워도 무반(武班)이 못 되었을 때 명(明)의 제독 마귀(麻貴)가 선조에게 극력 추천해서 오위장이 된 것이다.

그 후로 공을 세워 계속 승진해서 방어사, 순변사에 이르렀다.

조정에서 한명련이 백정 출신임을 이유로 파직을 계속 요구했지만 명(明)의 제독이 추천한 장수다.

사대국인 명(明)마저 안 하는 짓을 한 것이다.

양반 중심의 사회는 의병도 천민 의병, 양반 의병으로 갈라져 싸웠다. 왜란이 끝났을 때 선조는 천민 의병은커녕 의병장도 부르지 않았다.

그때 한명련이 말했다.

"천민 출신 장수와 양반 무장의 대결이군요."

깊은 밤.

자시(밤 12시)가 넘어서 주위는 짙은 정적에 덮여 있다.

추운 날씨다.

마른 풀로 바위 사이를 막은 초소에서 군관 임호가 졸음을 참으려고 어금니를 물었다.

그때 앞쪽에서 인기척이 났다.

"누구냐?"

"순찰이다."

어둠 속에서 목소리가 울렸다.

이곳은 마탄 아래쪽 황무지에 주둔한 치중대다.

전선의 후방인 데다 남쪽이다.

그래서 경비초소는 둘뿐이다.

"누구십니까?"

일어선 임호가 상반신만 내놓고 물었다.

초소 안의 군사 셋도 긴장해서 어둠 속을 응시했다.

그 순간이다.

임호는 다가온 사내의 손에 쥐어진 칼을 보았다.

어둠 속이었지만 칼날이 희게 번득였다.

"앗!"

놀란 임호가 허리에 찬 칼을 빼들었지만 늦었다.

목에 격심한 충격을 받은 임호가 소리쳤지만 입만 딱 벌렸을 뿐이다.

"와앗!"

함성이 울렸기 때문에 이중로는 소스라치며 일어섰다.

그러나 서두는 성품이 아니다.

갑옷 차림에 신발만 벗고 진막 안의 거적 위에 누워있었던 참이다.

순식간에 신발을 신고 칼을 쥔 채 일어섰지만, 그동안 함성이 더 커졌다.

습격이다.

그때 문을 젖히면서 종사관 강훈식이 들어섰다.

"나리! 적의 기습이오! 후방입니다!"

"무엇이? 후방이라고?"

이중로가 소리쳤다.

다시 장교 하나가 들어와 진막 안에 양초를 켰다.

이제는 함성과 함께 칼날 부딪치는 소리, 비명까지 들렸다.

1백 보쯤 거리다.

강훈식과 장교의 얼굴이 촛불에 드러났다.

"불을 꺼라!"

이중로가 소리치자 곧 진막 안의 불이 꺼졌다.

진막을 나오면서 이중로가 물었다.

"놈들이 강을 건넜단 말이냐?"

"예, 치중대 쪽에서 적이 밀고 옵니다."

"이런."

그때 어둠 속에서 외침이 울렸다.

"방어사는 어디 계시냐!"

우측 진(陣)에 가 있던 부방어사 이성무의 목소리다.

"나, 여기 있소!"

이중로가 맞받아 소리쳤을 때 곧 이성무가 달려왔다.

"적이 평산성 우측을 돌아서 이곳으로 온 것 같습니다!"

그때 함성이 더 높아졌고 불길이 솟아서 아래쪽 하늘이 붉어지는 중이다.

"나리! 지시를 내려주시오!"

이쪽으로 달려오면서 도사 윤성이 악을 썼다.

윤성의 머리는 산발이다.

본진 우측을 맡은 윤성은 보군 2천을 지휘한다.

"남쪽에서 수천 명이 기습해 왔습니다."

윤성이 소리쳤을 때 이중로가 발을 굴렀다.

"소리치지 마라! 다 들린다!"

앞에 선 윤성이 헐떡였지만 말을 뱉지는 않는다.

함성과 소음이 더 심해졌다.

"좌측으로 강을 따라 후퇴!"

마침내 이중로가 명령했다.

적이 평산성 우측을 돌아 후방으로 기습했으니 좌측으로 후퇴할 수밖에 없다.

이중로가 이끄는 병력은 8천5백.

이곳저곳에서 모은 군사였지만 훈련은 잘 되었다.

기마군 1,700에 보군이 6천 정도였는데 중군(中軍), 좌, 우군(軍)으로 나뉘었다.

후군은 치중대와 함께 전선에서 2리(1킬로)쯤 후방에 배치된 구조다.

기습이 뒤쪽에서 후군을 무너뜨리고 배후를 기습했기 때문에 평산선(平山線) 방어군은 단숨에 무너지게 된 것이다.

이중로로서는 믿기지 않는 현실이다.

난전(亂戰)이 그쳤을 때는 인시(오전 4시) 무렵이다.

호각 소리가 이곳저곳에서 울리더니 기습군은 썰물 빠지듯이 물러갔다. 황무지, 강가 10리(5킬로)에 걸쳐서 5천여 구의 시신, 부상자가 깔렸다.

그중에 황해방어사 이중로, 부방어사 이성무, 종사관 강훈식, 도사 윤성의 시신도 포함되었다.

한명련은 먼저 지리에 익숙한 황해도 병사 3백 명을 별동대로 남하시켰다.

왜군과 싸울 때 의병장으로 수없이 써먹던 기습전이다.

가로막은 강은 방패도 되지만 한편으로는 함정도 된다.

소수의 별동대가 후방을 깨뜨리면 앞에 강으로 가로막힌 적은 당황하는 법이다. 그러니 강을 건너지 못하고 좌우로 피한다.

이중로는 강을 따라 좌측으로 후퇴했다가 그때 강을 건너온 기습대에 또 당했다.

수많은 전투를 치른 한명련에게 병법은 무용지물이다.


평산성에 주둔했던 평산부사 이확은 다음 날 오전, 패전 보고를 듣고 나서 성을 버려야만 했다.

예성강선(線)의 방어군 사령관인 이중로가 부하 장수들과 함께 전사했다는 소식을 들은 장수들이 갖가지 핑계를 대고 도주했기 때문이다.

마탄에서 평산성까지는 35리(17.5킬로) 거리인 것이다.

그래서 이확은 남은 병력 7백여 명을 이끌고 평양성의 도원수 장만에게로 옮겨갔다.

피신이다.


이확이 보낸 전령이 창덕궁에 닿았을 때는 그날 신시(오후 4시) 무렵이다.

애타게 소식을 기다리던 조정 백관들에게 전령이 보고했다.

"방어사 이하 장수들이 전사하고 방어선이 무너졌습니다."

보고가 끝나기도 전에 청 안이 술렁거렸다.

능양군도 듣고 있다가 안색이 변했다.

정충신은 이괄의 친구라 긴가민가했지만 이중로는 믿음이 갔기 때문이다.

"지금 반란군은 어디에 있는가?"

김류가 전령으로 달려온 별장에게 소리쳐 물었다.

임금이 들으라고 그런다.

그때 별장이 목소리를 높였다.

"곧장 남진하고 있습니다."

"어느 방향이냐?"

"그건 모릅니다."

고개를 든 별장의 두 눈이 번들거렸다.

"마탄에서 패주한 군관들을 여럿 만나 물었지만, 반란군의 행적은 모르고 있었습니다."

"이럴 수가. 평산부사의 전언도 없는가?"

이귀가 소리쳐 묻자 별장이 대답했다.

"적은 평산성을 점령하고 남진할 것이라고만 했습니다."

그때 고개를 든 김류가 능양을 보았다.

"이제 방어선은 임진강 한 곳 남았습니다, 전하."

이괄이 남진한 지 엿새째가 되는 날이다.

반란 보고를 받은 지는 열흘째다.

"임진강 방어선만 깨뜨리면 창덕궁을 다시 장악하게 되는 거요."

이괄이 웃음 띤 얼굴로 한명련에게 말했다.

둘은 나란히 말을 타고 속보로 걷는 중이다.

한명련이 웃기만 했고 이괄이 말을 이었다.

"내가 조선 왕조와 전생에서 악연이 있었던 것 같소."

"나리, 이번에 창덕궁을 장악하시면 저를 꼭 일등 공신으로 정해주시지요."

한명련이 농담을 했다.

"논공행상이 분명하셔야 합니다."

"앗하하."

이괄이 소리 내어 웃었기 때문에 주위의 시선이 모였다.

이괄 주위를 수십 기의 기마대가 둘러싸고 있다.

이괄이 소리쳐 말을 잇는다.

"내가 이종하고 같겠소?"

이종은 능양군의 이름이다.

"부원수께선 다르시지요."

한명련도 소리쳐 대답했다.

"나는 부원수께서 새 세상을 만드시리라고 믿습니다."

"이종 대신 흥안군을 왕으로 세우겠소. 어떠시오?"

"흥안군이건 누구건 좋습니다. 어차피 허수아비 아닙니까?"

"내가 첫째로 할 일은 반상 차별을 없애는 일이오. 창덕궁을 점령하자마자 노비 문서를 태우고 천민을 없애겠소."

이괄의 목소리가 열기를 띠었다.

"차별하는 양반 놈들을 저잣거리에서 목을 베어 매달겠소."

한명련이 잠자코 앞만 보았다.

한명련이 바로 천민 출신으로 지금까지 차별을 받아왔다.

그때 뒤를 따르던 이수백이 소리쳐 대답했다.

"그렇게만 하신다면 조선은 여진보다 강국(强國)이 될 것입니다."

## 2장
## 이괄의 난

"웅가르의 말을 믿을 수 없습니다."

요중이 말했을 때는 다시 행군을 시작한 지 이틀째 되는 날 저녁이다.

이산의 진막으로 들어온 요중이 말을 이었다.

"밀정을 보냈지만 내궁 경비가 철통같아서 새 위사대장 비자트와 수하 몇 명만 폐하를 접견한다는 것입니다."

진막 안에는 아바가이와 노장(老將) 신지까지 10여 명의 중신이 둘러앉아 있다.

요중은 황성인 봉천에 수십 명의 밀정을 파견해놓았다.

요중이 말을 이었다.

"시녀도 하루드 부족으로 다 바뀌어서 폐하의 동태를 알 수가 없습니다. 이것은 뭔가를 숨기려는 의도가 분명합니다."

"맞습니다."

부라트가 동의했다.

도모란 부족장 부라트는 하루드 부족에 대해서 잘 안다.

"하루드 부족장 비자트는 속을 알 수 없는 음흉한 놈입니다. 뭔가를 숨기고 있습니다."

"웅가르를 심문하는 것이 어떨까요?"

유니마가 물었을 때 이산이 고개를 저었다.

폐하가 보낸 전령인 것이다.

"곧 알 수 있겠지."

이산이 그렇게 결론을 냈다.

황성에 접근할수록 중신(重臣)들의 의심이 높아지는 상황이다.

그것은 모두 누르하치의 성품을 알기 때문이다.

누르하치는 원한을 쉽게 푸는 성품이 아니다.

"폐하 계신가?"

마바스가 묻자 비자트는 앞장을 서면서 말했다.

"같이 가십시다."

미시(오후 2시) 무렵.

내궁의 청에서 기다리고 있던 마바스가 비자트의 뒤를 따라 복도로 들어섰다.

궁 안에서 짙은 탕약 냄새가 났다.

누르하치가 먹는 약이다.

마바스가 비자트의 등에 대고 물었다.

"이산 공(公) 숙소는 어디로 하는 것이 낫겠나? 영빈관인가?"

"그래야지요."

고개를 돌린 비자트가 마바스를 보았다.

"아바가이 님은 세자궁에 드시도록 준비를 해놓았습니다."

"잘했어."

마바스가 고개를 끄덕였다.

내궁은 아바가이와 이산을 맞는 준비로 활기에 차 있다.

"왔느냐?"

침대에 누워있던 누르하치가 마바스를 맞았다.

목소리가 또렷했지만, 일부러 꾸민 흔적이 드러났다.

금방 입이 비뚤어진 것이 그 증거다.

겨우 말하는 것이다.

"폐하."

누르하치와 시선이 마주친 순간 마바스의 얼굴이 일그러졌다.

그동안 누르하치의 얼굴이 수척해졌기 때문이다.

눈이 퀭했고 흰자위에 붉은 실핏줄이 덮였다.

"준비 잘해라."

누르하치가 그렇게 말했는데 목소리가 이제는 어눌해졌다.

그때 옆에 선 비자트가 대답했다.

"맞을 준비는 다 되었습니다."

누르하치의 시선이 마바스에게로 옮겨졌다.

어느새 입술 한쪽 끝이 비틀려 있다.

누르하치가 입을 열었다.

"마바스, 아바가이를 다시 세자로……."

누르하치가 말을 그쳤을 때 비자트가 물었다.

"복위시키신단 말이지요?"

누르하치가 고개를 끄덕였다.

"서둘러라."

"예, 폐하."

그때 누르하치가 눈을 감았기 때문에 비자트가 마바스를 보았다.

"마바스 님, 하실 말씀을 하시지요."

"폐하."

마바스가 누르하치를 불렀다.

누르하치가 눈을 뜨지 않았지만 마바스가 말을 이었다.

"폐하, 제위 이양을 하실 겁니까? 하신다면 그 준비를 해야 하지 않겠습니까?"

누르하치가 눈을 뜨지 않았고 입도 열지 않았기 때문에 비자트가 말했다.

"주무십니다. 가시지요."

"그렇군."

"요즘은 금방 주무십니다. 말씀하시다가도 곧 이렇게……."

마바스는 몸을 돌렸다.

다시 침전으로 돌아온 비자트가 누르하치 앞에 섰다.

누르하치는 이제 눈을 뜨고 비자트를 올려다보았다.

"눈에 약초를 너무 많이 넣었나 보다. 눈이 따끔거린다."

누르하치가 웃음 띤 얼굴로 말했다.

"물로 씻으면 금세 풀립니다."

비자트가 말하고는 수건에 물을 적셔 건네주었다.

"마바스가 속아 넘어간 것 같으냐?"

수건으로 눈을 닦으면서 누르하치가 물었다.

멀쩡한 목소리다.

"예, 폐하. 돌아가면서 소매로 눈물을 닦았습니다."

"그놈이 이산하고 내통하고 있어. 날 만난 결과를 이산에게 보고할 거다."

누르하치의 눈이 번들거렸다.

"이번 일이 끝나면 마바스도 정리해야 될 것이다."

임진강 방어선으로 가기 전에 송도를 거쳐야 한다.

송도에서는 경기감사 이서가 2천여 명의 군사를 거느리고 청석골에서 진을 치고 있다.

신시(오후 4시) 무렵.

대군(大軍)이 전진하는 중인데, 중군(中軍)으로 기마인 1기가 달려왔다. 군관 차림의 사내다.

이괄의 앞까지 달려온 군관이 말에서 뛰어내렸다.

이괄과 낯익은 별장 어윤소다.

"무슨 일이냐?"

이괄 옆에 선 한명련이 소리쳐 물었다.

긴장으로 굳어진 얼굴이다.

뒤를 따르던 이수백, 기익헌, 허전, 송입 등이 모여들었다.

어윤소가 고개를 들고 이괄을 보았다.

"부원수 나리, 도성에서 변고가 일어났소이다."

순간 이괄이 숨을 들이켰다.

주위가 순식간에 조용해졌고 어윤소의 말이 이어졌다.

"김류, 이귀가 주동이 되었습니다."

이괄이 시선만 주었고 어윤소의 목소리가 떨렸다.

"어제 처형했소이다."

"……"

"부원수의 빙장이신 이방좌 어른, 그리고 부인, 아우님이신 이돈 나리, 자택에 남아있던 아드님 이전의 부인까지 목을 베었습니다."

"……"

"가족이 모두 20여 인이나 됩니다."

"늦었다."

이괄의 입에서 낮게 흘러나온 말을 주위의 장수들이 들었다.

고개를 든 이괄이 말을 이었다.

"자, 가자."

그때 조정에서는 능양이 대신들을 모아 놓고 회의 중이다.

이귀가 먼저 능양에게 말했다.

"임진강 수비군은 충청, 경기, 황해도에서 골라 뽑은 정예입니다. 임진강에서 막을 테니 안심하소서."

능양이 눈만 치켜뜨고 대답하지 않았기 때문에 김류가 나섰다.

"수원부사 한영길과 파주목사 박효림은 백전노장으로 휘하에 6천5백의 병력이 있습니다. 능히 역도를 막을 수 있을 것입니다."

이귀가 덧붙였다.

"그리고 평양성의 도원수 장만이 뒤를 쫓고 있습니다."

진용으로 보면 어마어마하다.

예성강변 마탄에서 이중로군(軍)이 궤멸되어 2차 방어선까지 뚫렸지만, 조정은 전력(戰力)을 다 끌어내었다.

2월 7일에는 체찰부사 이시발, 독전어사 최현, 황해감사 임서, 종사관 김시양에게 군사 3천을 맡겨 북상시켰다.

또한 평양성의 도원수 장만은 부원수 이수일과 함께 평산으로 가서 이괄군을 쫓도록 했지만 이괄은 이미 남하한 후다.

이제 경기감사 이서의 진을 지나면 임진강이 바로 눈앞이다.

송도의 청석골은 골짜기가 깊어서 명종 때 임꺽정이 소굴로 삼던 곳이다.

이서는 관군 3천3백을 골짜기에 포진시켜 놓고 이괄군을 기다렸다.

"기마군 5천, 보군 8천입니다."

종사관 양강이 이서에게 보고했다.

"항상 기마군이 앞서고 보군은 뒤를 따라 수습을 합니다."

"여기가 임진강으로 가는 길목이야. 군사가 많다고 전쟁에서 이기는 것이 아니다."

이서가 꾸짖듯이 말했다.

"내일 오후에는 이괄이 아래쪽 골짜기를 지날 것이다. 우리가 이곳을 막고 있는 한 이괄은 도성에 가지 못한다."

이서는 지난번 반정 때 참가하지는 않았다.

그러나 서인(西人)으로 대북파가 장악했던 광해 시절을 탄압받고 보낸 보상을 받았다.

정5품 현감이었다가 반년 만에 3계단이나 뛰어올라 정3품 경기감사가 된 것이다.

"이 골짜기는 능히 군사 1명이 10명을 막을 수 있는 천혜의 험지다. 임꺽정이의 혼(魂)이 우리를 응원할 것이다."

임꺽정을 갖다 붙인 것이 난데없었지만 양강이 건성으로 고개를 끄덕였다.

정신이 다른 데 가 있었기 때문이다.


이서와 헤어진 양강이 아래쪽으로 내려와 별장 주현에게 다가갔다.

술시(오후 8시) 무렵이라 골짜기는 어둠에 덮여 있다.

"이보게, 주 별장. 야단났네."

나무 밑에 붙어선 양강이 주현에게 말했다.

"감사 영감이 골짜기를 지키기만 하면 다 되는 줄로 알고 있어. 사방으로 뻗친 샛길이 한 곳뿐이 아닌데도 말이야."

"옛날 임꺽정이 만든 도주로가 10군데도 넘소."

송도 출신인 주현이 말을 이었다.

"영감은 임금에 대한 의리 때문에 기어코 길목을 지키려고 하지만 이곳은 개미굴이오. 자칫하면 우리가 당합니다."

그러나 감사에게 군사를 돌리자고 할 수는 없는 노릇이다.

양강이 길게 숨을 뱉었다.

"이괄이 군사를 탄막 쪽으로 돌려갔으면 좋겠네."

탄막은 청석골에서 20리(10킬로)쯤 떨어진 능선이다.

"구로가와, 맡기겠다."

유영번이 말하자 사내가 어둠 속에서 이를 드러내고 웃었다.

"좋습니다. 이번 싸움이 끝나면 모두 벼슬을 시켜주겠다고 했더니 사기충천이오."

"벼슬뿐이냐? 도성을 점령하고 나면 너희들도 별장, 수문장, 나중에는 병마사도 될 것이다."

"병마사까지는 바라지 않소."

조선어 발음이 어색한 사내는 바로 항왜병(降倭兵) 출신의 용병이다.

이괄은 선봉대로 항왜병 150여 명을 내세웠는데 천하무적이다.

모두 왜도(倭刀)를 쥐고 있었는데 왜도는 칼날이 예리해서 가죽 갑옷은 물론 쇠도 자른다.

별장 유영번은 항왜병의 지휘관이다.

그때 구로가와가 말했다.

"관군 놈들에게 왜귀(倭鬼)를 보여주겠소."

해시(오후 10시) 무렵.

산 중턱의 조선군 진막 안.

송도 판관 서준이 막 잠이 들려는 순간에 밖에서 벽력같은 외침이 울렸다.

"조선 놈들은 다 죽여라!"

기겁을 한 서준이 벌떡 일어섰다.

왜말이었기 때문이다.

서준은 42세.

왜란을 겪었기 때문에 왜말을 들으면 섬뜩하다.

그다음 순간이다.

"와앗!"

함성과 함께 다시 왜말이 터졌다.

그것도 여러 곳이다.

"모두 죽여라!"

"저쪽으로!"

왜말이 난무하지만 뜻은 모른다.

그러나 왜군이 왜 이곳에 있겠는가?

"와앗!"

"왜군이다!"

그것은 이곳저곳에서 터지는 비명과 외침으로 증명되었다.

다음 순간.

진막 안으로 사내 하나가 뛰어 들어왔다.

"누, 누구냐!"

서준이 외쳤지만, 어느새 다가온 사내가 휘두른 칼날이 어깨에서 가슴까지를 베어 내려갔다.

"으아악!"

처절한 비명이 진막 안을 울렸다.

역시 진막 안에 있던 경기감사 이서는 왜군의 외침을 듣고 밖으로 뛰어나왔다.

그러나 칠흑처럼 사방이 어두운 밤이다.

왜군은 고함을 질러댔기 때문에 조선군 진지는 그야말로 난장판이 되었다.

모두 겁에 질려 사방으로 흩어지고 있다.

고함에 이어서 비명이 이어져서 공포심은 극에 이르렀다.

"잡아라!"

이서가 발을 구르며 소리쳤다.

그러나 어떻게 잡으라는 말은 할 수가 없다.

"잡아라!"

이서가 네 번째 고함을 쳤을 때다.

어둠 속에서 다가온 왜군이 이서의 뒤에서 칼을 내려쳤다.

"펑! 펑! 펑!"

화약이 폭발하는 굉음이다.

골짜기에서 화약이 폭발하면서 주위가 환해졌고 참상이 다 드러났다.

골짜기에 몰려있는 것은 경기감사 이서가 이끌었던 관군들이다.

골짜기 좌우의 산 중턱에 매복하고 있던 관군들이 항왜병의 기습을 받고 쏟아지는 것처럼 골짜기로 도망쳐 내려온 것이다.

그 골짜기에 폭약을 던져 관군들을 폭사시키고 있다.

오히려 관군이 덫에 걸렸다.

묘시(오전 6시) 무렵.

임진강이 보이는 산기슭에서 이괄이 별장 유영번의 보고를 받는다.

"경기감사 이서, 송도판관 서준 등 10여 인이 죽고 5백여 명의 전상자를 냈습니다. 나머지는 흩어졌습니다."

유영번의 옆에는 어젯밤의 왜귀(倭鬼) 대장 구로가와가 엎드려 있다.

"아군은 항왜병 17명이 전사, 20여 명이 부상을 입었습니다."

이괄이 구로가와를 보았다.

"구로가와, 넌 몇 살이라고 했지?"

"48살이올시다."

"언제 투항했느냐?"

"올해로 27년 되었습니다."

"긴 세월이구나. 네 자식도 함께 왔다면서?"

"예, 자식과 함께 온 항왜병이 넷이나 됩니다."

구로가와가 번들거리는 눈으로 이괄을 보았다.

"노무라는 자식을 둘 데리고 왔지요."

"장하다."

이괄이 고개를 끄덕였다.

"도성에 가서 너희들에게 모두 벼슬을 내리겠다."


봉천의 황성(皇城)과 엿새 거리에서 대군(大軍)이 숙영했을 때다.

술시(오후 8시) 무렵에 위사장 시로이가 진막 안으로 들어섰다.

시로이는 죽은 곤도의 아들이다.

"각하, 마바스의 아들 구르사트가 왔습니다."

"구르사트?"

놀란 이산이 되묻더니 옆에 앉은 아바가이를 보았다.

구르사트는 마바스의 장남으로 다리 하나가 짧은 병신이다.

그러나 머리가 영민해서 마바스 집안일은 구르사트가 다 처리한다.

이산과 아바가이는 한두 번 얼굴을 보았을 뿐이다.

"들여보내라."

이산이 자리를 고쳐 앉으면서 말했다.

마바스는 전혀 외부에 얼굴을 나타내지 않았던 아들 구르사트를 보낸 것이다.

말을 탔겠지만 절름발이가 이곳까지 왔다.

밀행일 것이다.

잠시 후에 진막 안으로 사내 하나가 들어섰다.

구르사트가 맞다.

이산이 한두 번 마바스의 저택에서 본 적이 있다.

"오, 구르사트. 자네가 왔구나."

구르사트의 인사를 받은 이산이 반겼다.

진막 안에는 아바가이와 요중, 스즈키, 부라트 등 중신들이 긴급히 소집되어 있다.

구르사트가 앞쪽에 앉더니 이산을 보았다.

"아버님이 비밀리에 저를 보냈습니다."

"그랬구나."

이산의 시선을 받은 구르사트가 얼굴을 일그러뜨리며 웃었다.

"각하를 모시고 있으라고 하셨습니다."

구르사트가 말을 이었다.

"아버님은 대원수께서 운양성을 점거, 그곳에 주둔하기를 권하셨습니다."

"무슨 말이냐?"

이산이 물었고 진막 안이 술렁거렸다.

운양성은 이곳에서 하루 거리인 대성(大城)이다.

누르하치의 측근 아율무치가 병력 2만을 거느리고 주둔하고 있다.

그때 구르사트가 정색했다.

"폐하께선 이번에 대원수 각하와 세자 저하를 기필코 처단하실 계획입니다."

모두 숨을 죽였고 구르사트의 목소리가 진막 안을 울렸다.

"아버님이 내궁에 들어가 폐하를 뵙고 확인했습니다. 폐하는 병세를 위중하게 보이려고 독초를 눈에 비벼 붉게 만들었고 일부러 말까지 더듬었습니다."

"……."

"폐하 침전 구조가 그동안 바뀌었는데 안에 휘장을 치고 방을 만들었습니다. 옆방의 벽을 터서 휘장으로 가려놓고 안에 도부수 1백 명을 숨겨놓을 만하다고 하셨습니다."

"……."

"수십만 대군을 이끌고 와도 각하와 전하 두 분만 처치하면 끝나는 일이라고 하셨답니다."

"누가 한 말이냐?"

이산이 갈라진 목소리로 묻자 구르사트가 고개를 들었다.

"위사대장 비자트의 경호장 하이락입니다. 하이락이 아버님께 은밀히 보고했습니다."

"……."

"하이락은 10여 년 전 아버님께 은혜를 입은 적이 있지요. 비자트는 모르고 있는 일입니다."

그때 고개를 든 이산이 아바가이를 보았다.

눈이 흐려져 있다.

다음 날 밤.
내성의 침실에 누워있던 아율무치가 소음에 눈을 떴다.
외침과 비명이다.
벌떡 일어선 아율무치가 벽에 걸린 칼을 집어 들고 침실을 나왔다.
"무슨 일이냐!"
버럭 소리쳤을 때다.
"와앗!"
이제는 함성이 가까워졌다.
다음 순간 아율무치의 심장이 덜컥 내려앉았다.
근처에 대원수 이산과 아바가이의 대군(大軍)이 와 있다는 것을 깨달은 것이다.

"운양성이 점령되었습니다."
비자트가 보고했을 때는 사흘 후다.
폭설이 내렸기 때문에 기마 전령도 이틀 길을 사흘이 걸렸다.
누르하치가 침상에 누운 채 보고를 받는다.
비자트가 말을 이었다.
"아율무치가 투항했다고 합니다."
"……"
"운양성의 군사 대부분도 함께 투항한 것 같습니다."
"이놈, 이산."
누르하치가 상반신을 비틀면서 침상에 바로 앉았다.

눈빛이 강해졌고 입술이 굳게 다물렸다.
"그놈이 내 계획을 알아차렸구만."
비자트가 시선만 주었고 누르하치가 말을 이었다.
"그렇다면 계획을 바꿀 수밖에. 마바스를 불러라!"
"마바스를 말입니까?"
비자트가 누르하치를 보았다.
"마바스를 믿으십니까?"
"그놈이 있어야 된다."
누르하치가 얼굴에 웃음이 떠올랐다.
멀쩡한 얼굴이다.
"위험한 놈은 옆에 끼고 있어야 안전한 법이야. 너도 기억해둬라."

다가선 마바스에게 누르하치가 말했다.
"너도 들었겠지만 이산이 또 변덕을 부렸다."
마바스의 표정을 본 누르하치가 쓴웃음을 지었다.
"오늘은 멀쩡하시군요? 하는 표정을 짓고 있군, 마바스."
"예, 폐하. 옛날 그대로십니다."
"이산이 운양성을 점령했다는 소리를 듣고 회복되었다."
"다행입니다, 폐하."
"이산이 나를 믿지 않는 것 같다."
"그런 것 같습니다."
"운양성은 땅이 굳으면 기마군으로 이틀 길이야. 이곳까지는 방천성 하나뿐이다."
"이산은 운양성을 경계로 남쪽, 동쪽의 후금(後金) 영토를 모두 장악했다고 봐도 될 것입니다."

"그렇겠지."

누르하치가 멀쩡한 얼굴을 찌푸리며 웃었다.

"성주(城主), 각 지역 주둔군 사령관들은 모두 이산과 아바가이한테 복속하게 될 것이고 그렇지 않으냐?"

"폐하께서 방심하신 것 같습니다."

"이산이 내 뒤통수를 친 거야. 나한테 오는 시늉을 하면서 내 영토를 먹어왔던 것이지."

"……."

"그것도 내가 20년쯤 전에 써먹던 전법이었는데 말이야."

"폐하, 전쟁은 안 됩니다."

"네 입에서 그 말이 나올 줄 예상했다, 마바스."

"이대로 놔두시지요. 이산은 폐하를 공격하지 않을 테니까요."

"운양성에서 내가 죽기를 기다릴 작정이겠지?"

"전쟁이 일어나면 명(明)이나 좋아하겠지요. 폐하께선 이산을 이용하셔야 합니다."

"옳지. 네 입에서 그런 말이 나올 줄 알고 있었다."

"전충이 이번에 군사 5만을 지원받았습니다. 거기에다 요동 대장군 겸 총독 직위를 겸하게 되었으니 최고 실권자에 올랐습니다."

누르하치의 시선을 받은 마바스가 말을 이었다.

"이산에게 전충을 상대하도록 하시지요. 이산은 명(命)을 거부할 수 없는 인물입니다."

"과연 천하의 마바스다."

누르하치의 얼굴이 일그러졌다.

"그래서 그놈의 운양성 점거를 그렇게 덮는구나."

마바스가 물러갔을 때 누르하치가 듣고만 있던 비자트를 보았다.
"들었느냐?"
"예, 폐하."
"내가 저런 놈을 측근으로 30년 동안 데리고 다닌 거다. 알겠느냐?"
"예, 폐하."
"저놈은 아마 내 상태를 이산한테 알려주었을 것이다. 그래서 이산이 운양성에 머물도록 했는지도 모른다."
"……."
"그것이 나나 이산에게도 좋은 일이라고 생각한 것이지. 그것이 후금(後金)을 위해서도 좋은 일이라고."
어깨를 늘어뜨린 누르하치가 길게 숨을 뱉었다.
"저놈은 날 죽이지는 못해. 그렇다고 이산을 죽일 수도 없어. 내가 그걸 잘 알지."
"……."
"그래서 저놈을 살려두는 거야. 저놈의 나에 대한 충심(忠心)을 믿으니까."
비자트가 소리죽여 숨을 뱉었다.
머리가 어지러웠기 때문에 눈도 감았다가 떴다.


임진강도 살얼음이 덮여 있어서 눈 덮인 평원처럼 보였다.
그러나 배를 타고 건너야 한다.
파주목사 박효림이 주위를 둘러보면서 물었다.
"수원부사는 어디에 있나?"

"좌측 오복정에 있습니다."

오복정은 강변의 작은 정자다.

낮은 언덕 위에 세워져서 전망이 좋은 곳이다.

"반란군이 어젯밤에 청석골을 지났으니 오늘 오후에는 이곳에 닿을 거야."

박효림이 옆에 선 별장 정윤제에게 다시 물었다.

"경기감사를 기습한 것이 왜병이라고?"

"예, 모두 왜말로 소리치며 덤벼들었다고 합니다."

정윤제가 말을 이었다.

"왜놈들은 모두 얼굴에 회칠을 해서 어둠 속에 흰 귀신들이 덮친 것 같다고 했습니다."

"흥. 항왜병은 다 노인들이다. 투항한 지 30년이나 지났다."

"그래서 더 끔찍하다는 것입니다."

박효림은 입을 다물었다.

임진강 방어선은 이괄이 반란을 일으키자마자 이귀가 병력을 배치했다.

경기병사, 충청병사, 황해병사를 독려해서 모은 병력이 6천5백.

수장은 지리를 잘 아는 파주목사 박효림이다.

그것이 2월 6일.

이귀는 능양군을 데려와 방어군을 사열시키기까지 했다.

그때 박효림이 고개를 들었다.

유시(오후 6시)가 되어가고 있다.

"왜군 이야기는 하지 말라고 하게."

연이은 대패로 군사들의 사기가 떨어져 있는 것이다.


능양군 이종이 앞쪽에 앉은 김자점에게 물었다.

"임진강만 뚫리면 바로 도성으로 진입해오지 않겠소?"

"시간은 있습니다."

김자점이 정색한 시선으로 능양군을 보았다.

"임진강을 건넜다고 해도 벽제를 거쳐야 할 테니 그때 몽진하셔도 됩니다."

"수원으로 가자고 했지만 너무 가깝소. 그러니 공주가 낫겠소."

"공주부사에게 전령을 보내지요."

내실 안에는 시립한 승지까지 셋뿐이다.

그때 능양이 다시 물었다.

"의금부에 가둔 대북파 공조 세력은 몇 명이나 되오?"

"40여 인입니다."

"지금 처형하는 것이 낫지 않겠소?"

김자점이 시선만 주었을 때 능양이 옆에 선 승지에게 말했다.

"의금부에 전해라. 이번에 가둔 반역을 공조한 놈들을 모두 처형시키라고 해라."

"예, 어떻게 처형시킬까요?"

"절차가 번거로우니 바로 참형을 시키라고 전해라."

승지가 몸을 돌렸을 때 김자점도 몸을 일으켰다.

"저도 공주부사한테 전령을 보내겠습니다."

내궁을 나온 김자점이 궐문 밖에서 기다리던 한성부윤 이익수를 만나 길게 숨부터 뱉었다.

"능양이 겁은 많아도 잔인하구만."

"무슨 일 있소?"

이익수가 묻자 김자점이 진저리를 쳤다.

"공주로 도망갈 작정인데 그전에 옥에 갇힌 대북파를 다 베어 죽인다네."
"대개 그렇소."
이익수가 고개를 끄덕였다.
"비겁한 자는 약자에 잔인하고 강자에게 비굴하지요."
"저런 임금들을 모시는 백성이 불쌍하지."
"역사에는 우리도 능양과 같은 무리로 보지 않겠소?"
"이괄이 왕위에 오르면 우리가 역적이 되는 것이지."
발을 뗀 김자점이 고개를 들어 북쪽 하늘을 보면서 탄식했다.
"어쨌거나 조선 백성은 왕 복(福)이 지지리도 없구나."

해시(오후 10시) 무렵.
적막에 덮여 있던 임진강 변에서 갑자기 포성이 울렸다.
"펑!"
"왜적이다!"
다음 순간.
조선어의 외침이 강변을 훑고 지나갔다.
"왜적의 기습이다!"
이제는 사방에서 외침이 일어났다.
"펑! 펑! 펑!"
포성과 함께 폭발음이 일어났다.
가까운 곳에서 쏘기 때문이다.
그때다.
이번에는 왜말이 울렸다.
"다 죽여라!"

"돌격!"

"곧장 뚫고 나간다!"

왜말이 어둠 속 이쪽저쪽에서 울렸을 때 강변은 아수라장이 되었다.

한 시진(2시간)도 안 되었을 때 임진강 변의 방어선은 허무하게 무너졌다.

파주목사 박효림은 말을 타고 도망가다가 떨어져 다리가 부러졌지만 빠져 나왔다. 아래쪽 수원부사 한영길은 강변에 포탄이 떨어졌기 때문에 나룻배를 타고 강을 건너 도망치다가 배가 뒤집혔다.

그래도 수심이 얕아서 기어 나왔지만 강기슭에서 얼어 죽었다.

이렇게 임진강 방어선이 무너졌는데 이괄이 보낸 기습대는 50여 명의 항왜병이었다.

그리고 포수 10여 명이 지자총통 3문으로 포를 10발쯤 쏘았을 뿐이다.

임진강 방어선이 뚫렸다는 보고가 왔을 때는 2월 8일 유시(오후 6시) 무렵이었다.

놀란 능양이 가장 먼저 말에 올라 숭례문으로 달렸다.

수문장이 없는 숭례문이 닫혀 있었기 때문에 별장들이 자물쇠를 부수어야 했다.

"능양군이 충청도 공주로 도망을 쳤습니다."

운양성 안.

이산에게 강홍립이 보고했다.

강홍립은 조선으로부터 계속해서 정보를 받아오는 것이다.

"이괄은 벽제를 지나 도성에 입성했습니다."

"능양이 선조의 뒤를 잇는군."

이산이 쓴웃음을 짓고 말했다.

"선왕(先王)은 북쪽 의주로, 능양은 남쪽 공주로 도망질을 쳤구나."

"이괄이 선조의 열째아들인 온빈 한씨의 장남 흥안군을 왕으로 추대했습니다."

"흥안군이라. 하긴 선조가 14남 11녀를 낳았으니까."

이산이 건성으로 대답했다.

광해는 선조의 8명 부인 중 하나인 공빈 김씨의 차남이다.

능양은 인빈 김씨의 4남 5녀 자식 중 셋째인 정원군의 장남인 것이다.

그때 강홍립이 말했다.

"그런데 아직 조선이 평정된 것은 아닙니다. 도원수 장만이 평양에서 관군을 모아 남하하고 있습니다."

"장만군(軍)만 격파하면 이괄에게 승산이 있습니다."

강홍립과 함께 투항한 부원수 김경서가 말했다.

"북방의 군사는 다 깨뜨렸기 때문이지요. 전라, 충청도 병력은 얼마 되지 않는 데다 약졸(弱卒)입니다."

그때 요중이 고개를 들고 이산을 보았다.

"이괄은 대장군을 암살한 놈입니다. 이괄이 간계를 부려 그것을 능양이 사주한 것으로 만들었다가 탄로가 나지 않았습니까?"

이산의 시선을 받은 요중이 말을 이었다.

"이괄이 능양보다 나을 것이 없는 놈입니다."

"장군은 어떻게 생각하시오?"

고개를 든 이산이 노장(老將) 강홍립에게 물었다.

운양성의 청 안.

장수들의 시선이 강홍립에게 모였다.

"조선은 개국 이래 내란으로 임금이 처음 도성을 떠난 셈입니다."

이때 강홍립은 65세.

30년 전 왜란 때부터 싸웠던 무장(武將)이다.

강홍립이 흐려진 눈으로 이산을 보았다.

"전령을 선왕(先王)께 보내시지요."

"누구 말이오?"

물었다가 곧 이산의 얼굴에 쓴웃음이 번졌다.

광해를 말하는 것이다.

그래서 되물었다.

"광해대왕께 말이오?"

"예, 각하."

"용건은?"

"지금 조선이 두 개로 쪼개졌습니다. 흥안군의 왕소로 이어질 것인지, 능양이 회복할 것인지로 말씀입니다."

강홍립의 얼굴이 일그러졌다.

"안타깝게도 이번 이괄의 반역으로 광해대왕의 세력까지 몰살했습니다. 능양 일당이 이괄의 난이 일어나자마자 동조할까 두려웠기 때문이지요."

"……."

"이괄의 가족과 함께 처형한 것이지요."

"……."

"이제는 능양과 이괄 일당만 남았습니다."

고개를 든 강홍립이 이산을 보았다.

"능양이 제 잇속만 차리는 놈이라면 이괄은 더 소인배지요."

그때 이산이 말했다.

"더구나 최 대장군을 암살하고 능양 짓이라고 술책을 부린 교활한 놈이지."

이산이 요중에게 말했다.

"전령을 광해대왕께 보내 누구를 죽여야 할지 결정하시도록 하게."

공주성은 좁다.

그래서 성문에서 능양이 묵는 내실까지는 8백 보 남짓이다.

그것이 걱정이 된 능양이 김류에게 물었다.

"더 큰 성이 없소?"

"이 근처에는 없습니다. 청주성은 평야에 있어서 위험하고 나주성은 너무 멉니다."

유시(오후 6시) 무렵.

이미 어둠이 덮이고 있는 내실 앞마당을 보던 능양이 고개를 들었다.

"홍안군이 창덕궁을 차지하고 있겠지?"

"예, 하지만 장만 도원수가 도성으로 접근하고 있습니다."

능양의 시선을 피한 김류가 말을 이었다.

"마지막 싸움이 남았습니다."

그렇다.

장만은 파주로 다가가고 있다.

장만이 패한다면 능양군은 공주에서 떠나 전라도로, 그러다가 남쪽 바다에 몸을 던지게 될지도 모른다.

그러나 도망치다가 잡히면 이괄이 제 가족의 원수를 갚겠다고 목을 벨 것이다.

"장군, 조금 더 내려가시지요."

정충신이 말하자 장만이 버럭 화를 내었다.

"이곳이 산비탈이라 진을 치기에 적당하다. 네가 뭘 안다고 나서느냐!"

정충신이 입을 다물고 물러섰다.

미시(오후 2시) 무렵.

바람이 센 날이어서 마른 땅에서 먼지가 일어나 시야를 가렸다.

추위를 참지 못한 군사들이 한 무리씩 모여 있었지만, 산비탈은 나무도 없다.

고스란히 바람을 맞는다.

아래쪽 골짜기로 내려온 정충신이 옆에 선 종사관에게 투덜거렸다.

"도원수가 기습을 당할까 봐 겁이 나는 모양이야."

"지금까지 번번이 야습을 당했으니까요."

종사관 임정이 말했다.

"산비탈은 기습당할 염려는 없는 곳입니다."

"밤에 다 얼어 죽겠다."

투덜거렸지만 도원수의 지시다.

어쩔 수 없이 대군(大軍) 1만 3천은 파주 위쪽 천마산 비탈에서 야영을 해야 한다.


"장만은 나한테 정면승부를 해 올 용기가 없는 자야."

이괄이 앞에 선 이수백에게 말했다.

창덕궁의 청 안이다.

이괄은 이미 이수백, 기익헌에게 종3품 병마첨절제사를 주었고 한명련은 종2품 병마절도사다.

이미 왕(王)이 되어 있는 흥안군 이제를 시켜 임명한 것이다.

이괄은 정2품 도총관이 되었는데 스스로 낮췄다.

이괄이 말을 이었다.

"파주 근처에서 상황을 살피다가 곧 투항해올 거다. 내가 그자를 잘 안다."

"투항해오면 받아들이실 겁니까?"

기익헌이 묻자 이괄이 소리 내어 웃었다.

"내가 평양성을 우회해서 지날 때 밀사를 보냈다."

모두 숨을 죽였을 때 이괄이 말을 이었다.

"그래서 장만이 나를 쫓는 시늉만 하고 있는 거다."


"그렇군."

청에서 나온 이수백이 기익헌에게 말했다.

이수백이 말을 이었다.

"이제야 장만이 꾸물거린 이유를 알겠다. 우리 장군과 비밀 합의를 한 거야."

"아니, 그보다 끌려들어 와 있었다고 봐야 옳다."

기익헌이 말했다.

"장만은 우리 장군에게 굴복한 거야."

이수백이 고개를 끄덕였다.

지금 파주 위쪽에서 진을 친 장만이 꾸물거리고 있는 이유가 바로 이것이다.


"오, 왔느냐?"

광해가 방으로 들어선 최보성을 맞는다.

술시(오후 8시) 무렵.

최보성은 사내 하나와 동행이다.

"전하를 뵙습니다."

최보성과 사내가 나란히 엎드려 절을 했다.

사내들의 움직임에 벽에 붙은 기름등 불꽃이 흔들렸다.

그때 고개를 든 최보성이 옆쪽 사내를 소개했다.

"전하, 이산 대원수께서 보내신 밀사올시다."

"오!"

광해가 짧은 탄성을 뱉었을 때 사내가 고개를 들었다.

"저는 의주부 종5품 종사관으로 있다가 후금(後金)에 투항, 이산 대원수 휘하 위사대 1천인장이 된 신홍이라고 합니다."

"오, 그런가?"

"이번에 대원수의 밀명을 받고 주야로 달려 사흘 만에 이곳에 왔습니다."

"아, 그런가?"

그렇게 대답은 했지만 광해가 실감(實感)할 리가 없다.

거리를 모르기 때문이다.

운양성에서 이곳까지는 3천여 리(1,500킬로).

하루에 1천여 리(500킬로)를 달려온 것이다.

요동 땅에서는 특명을 받은 신홍이어서 주둔지나 역참에서 말을 갈아탔지만 달리면서 잤다.

수하 5명과 함께 남하했는데 강건한 여진 기마군이었지만 4명이 낙오했고 수하 1명만이 신홍과 이곳에 도착했다.

신홍이 광해를 보았다.

두 눈이 붉게 충혈되었고 상반신이 흔들렸다.

"전하, 대원수께서 말씀하셨습니다."

"말하라."

"이괄이 능양군 이종을 몰아내고 흥안군 이제를 왕으로 세우려고 합니다."

전하께선 어떤 선택을 하실지를 말씀해주십시오."

광해가 숨을 들이켰고 최보성은 몸을 굳혔다.

다시 신홍이 말했다.

"대원수께서 전하의 뜻대로 만들겠다고 말씀하셨습니다."

"내 생각 말인가?"

"예, 전하."

신홍이 고개를 돌려 옆에 앉은 최보성을 보았다.

"최 장군이 대신 시행해줄 것입니다."

그때 광해가 어깨를 부풀렸다가 내렸다.

이윽고 고개를 든 광해가 신홍을 보았다.

그러나 눈은 흐려져 있다.

"이종이 이제보다는 낫네."

"이종 말씀입니까?"

놀란 듯 신홍이 되물었다.

이종은 곧 능양군 이름이다.

그때 광해가 말을 이었다.

"이종이 가볍고 욕심이 많고 말만 앞세우며 객기를 부리지만 천민을 우대했어. 그래서 반란에 천민 수하들이 많이 나섰어."

"……."

"하지만 이괄은 홍안군 이제를 내세웠는데 또 한 번 권력을 쥐려고 홍안군을 죽이는 정변을 일으키겠지. 그러면 나라 꼴이 어찌 되겠는가?"

광해의 얼굴에 일그러진 웃음이 떠올랐다.

"나를 따르던 사람들은 이번에 다시 한번 도륙을 당했으니 내가 다시 나설 수는 없게 되었네."

"……."

"나는 모질지가 못해서 능양군 이종, 김류, 이귀 일당들이 의심스러웠어도 다 살려준 사람이야. 내가 다시 왕이 된다면 수천 명을 죽여야 할 텐데, 그 짓은 못 하겠어."

그때 최보성이 입을 열었다.

"전하, 분부대로 하겠사옵니다."

도원수 장만이 늦은 아침을 먹고 있을 때 황주목사 윤치영이 들어섰다.

"대감, 손님이 오셨소."

"손님이라니?"

짜증 난 표정으로 장만이 윤치영을 흘겨보았다.

산비탈의 진막 안이다.

그때 윤치영이 다가와 섰다.

"요동의 이신 대원수가 보낸 듯사요."

"윽!"

입안에 넣었던 닭 다리가 식도로 넘어가기 직전에 걸렸기 때문에 그런 소리가 났다.

장만이 입을 쩍 벌렸다가 허리를 굽히면서 목구멍에 걸린 고깃덩이를 토해내었다.

"으웩!"

한 뭉치의 고기가 바닥에 뱉어졌다.

고개를 든 장만이 붉어진 얼굴로 숨을 골랐다.

장만이 앞에 선 윤치영을 보았다.

"누구라고 했소?"

윤치영도 정3품 목사다.

함부로 대할 수가 없다.

그때 윤치영이 한 걸음 다가섰다.

"최경훈 대장군의 조카 되는 사람이오."

"그자가 특사라고?"

"그렇소. 후금국(後金國) 1만인장 신분이오."

장만이 숨을 삼켰고 윤치영이 말을 이었다.

"조선에 주둔한 특사라고 했소. 최경훈 대장군이 암살당한 후에 그 후임으로 왔다는 것이오."

장만도 최경훈이 암살당한 것을 안다.

고개를 든 장만이 물었다.

"왜 나를 보자는 것이오?"

"만나주셔야 할 것 같습니다."

"아니."

"만나지 않으신다면 화가 되지 않겠습니까?"

"……."

"후금(後金) 대리인으로 말씀드릴 일이 있다고 했소."

"부르시오."

마침내 장만이 말했다.

진막 안으로 들어선 최보성이 장만을 보았다.

이때 장만은 59세.

광해 13년에 병조판서에 임명되었을 정도다.

그러나 수십 번 병을 청하고 사임을 청해 결국 광해 14년에 물러났다. 그러고 나서 반정이 일어나 광해가 폐위된 것이다.

장만은 반정파 주역인 서인 계열이다.

그리고 반정의 일등 공신인 최명길이 장만의 사위다.

장만이 물었다.

"그대가 후금(後金)의 특사라고 했소?"

"그렇습니다."

최보성이 다섯 걸음 앞에 서서 장만을 응시했다.

조선 양반 행색으로 조선말로 대화하는 터라 장만은 실감이 나지 않는 것 같다.

그때 최보성이 말했다.

"후금(後金) 대원수 이산 각하의 전갈을 말씀드리겠소."

"해보시오."

진막 안이 조용해졌다.

어느새 장군, 지휘관 10여 명이 모여 있었다.

정충신, 윤치영 등도 긴장해서 귀를 세우고 있다.

최보성이 말했다.

"대원수께서 장군을 도와 이괄을 물리치라고 하셨소."

그 순간 장만이 숨을 들이켰다.

둘러선 장군들도 술렁거렸다.

최보성이 말을 이었다.

"내가 여진 기마군 4백을 거느리고 있소이다. 그 기마군으로 이괄의 중군(中軍)을 기습할 테니 도원수께서는 그 기회를 이용하시오."

"믿기지가 않는데."

마침내 장만이 입을 열었다.

"대원수가 이괄을 돕는다면 차라리 믿겠소. 대원수와 선왕(先王)과의 사이를 우리 모두가 아는 처지니 말이오.

맞는 말이다.

"이것 보시오, 도원수."

그때 최보성이 버럭 소리쳤기 때문에 휘하 장수들은 물론 장만까지 흠칫 놀랐다.

최보성이 장만을 노려보았다.

"내가 누구를 만나고 왔는지 아시오? 바로 선왕(先王) 전하를 뵙고 온 거요. 선왕께서 뭐라고 말씀하셨는지 알려드리겠소."

최보성이 장수들을 둘러보았다.

"이괄이 흥안군 이제를 내세웠지만, 또 한 번 권력을 쥐려고 정변을 일으킬 것이다. 그러면 나라 꼴이 어찌 되겠는가?"

최보성의 목소리가 진막을 울렸다.

"나를 따르던 사람들은 이번 난리 때 다시 한번 도륙을 당했으니 내가 다시 복위하면 피바람이 또 일어나지 않겠는가? 차라리 능양이 다스리는 것이 낫다."

눈을 부릅뜬 최보성의 볼로 눈물이 흘러내렸다.

"이런 선왕(先王)의 말씀을 믿지 못하겠다면 나는 그냥 돌아가겠소."

그러고는 최보성이 몸을 돌렸다.

거침없이 진막 밖을 나가는 최보성의 앞쪽이 탁 트였다.

장수들이 갈라섰기 때문이다.

"이것 보시오, 장군."

말에 오르는 최보성을 뒤에서 누가 불렀다.

장수 둘이 달려오고 있다.

황주목사 윤치영과 안주목사 정충신이다.

말에서 다시 내린 최보성에게 둘이 다가와 섰다.

"그렇게 하겠소."

정충신이 말했다.

"그리고 선왕(先王)께 감사의 말씀을 전해주시오."

고개를 든 최보성이 정충신을 보았다.

능양의 장수 중에서 선왕(先王)에 대한 감사를 입 밖에 낸 사람은 정충신이 처음이다.

더구나 정충신은 이괄과 막역한 사이여서 처음 난(亂)이 났을 때 한명련과 함께 잡아 가두자고 했었다.

그러나 정충신이 재빠르게 장만에게 달려와 합류했던 것이다.

"알겠소."

정충신의 태도에 감동한 최보성이 고개를 끄덕였다.


정충신은 이때 49세.

임진왜란 때부터 용명(勇名)을 떨친 무장이다.

정충신도 한명련처럼 천민 출신으로 어머니가 노비여서 관노로 자랐다. 관(官)에 속한 노비였다.

그때 왜란이 일어나자 권율 수하의 군사로 입대하여 재빠른 행동과 영민함이 눈에 띄어 총애를 받았다.

의주에 있는 선조에게 전황을 보고할 장교가 없자 정충신은 자원해서 임무를 수행했다.

그것이 선조의 눈에 띄어 선조가 직접 면천해준 것이다.

그리고 나서 이항복의 권유로 학문을 배우고 무과에 급제하여 벼슬길에 올랐는데 광해도 정충신을 아꼈다.

33세 때 만호, 35세 때 첨사에 올랐는데 한명련처럼 사헌부에서 천민 출신이니 벼슬이 과하다는 상소가 올랐지만 광해는 무시했다.

능양군의 반정에 참여하지도, 동조하지도 않았지만, 북방 경비에 필요한 장수여서 직을 유지하고 있었다.

창덕궁 안.
이괄이 한명련, 이수백, 기익헌 등 장수들을 모아 놓고 말했다.
"장만이 파주에서 머뭇거리고 있는 것은 이미 승산이 없다고 판단했기 때문이야."
이괄이 굳어진 얼굴로 말을 이었다.
"파주의 장만군(軍)만 깨뜨리면 이번 거사는 끝날 거요. 한 장군, 그렇지 않소?"
한명련에게 묻는다.
그때 한명련이 대답했다.
"장만 휘하의 장수 중에 광해 선왕(先王)의 신임을 받던 자들이 많습니다. 그들이 의심을 받지 않으려고 더 적극적으로 공격해올 가능성이 있습니다."
이괄의 시선을 받은 한명련이 말을 이었다.
"특히 정충신이 앞장설 것 같습니다."
"으음, 정충신."
신음을 뱉은 이괄이 한명련을 보았다.
"한 장군이 정충신의 약점을 가장 잘 알지 않소. 정충신을 맡기겠소."
"정충신도 제 약점을 알지요."
쓴웃음을 지은 한명련이 이괄을 보았다.

"가능하면 서로 부딪치지 않는 것이 서로에게 이롭습니다."

둘 다 천민 태생으로 임금의 신임을 받고 무장 반열에 오른 장수인 것이다.

운양성 내궁 별채를 아바가이가 사용하고 있다.

그래서 궁인들은 세자궁이라고 부른다.

아바가이와 한윤, 오정의 주거지다.

제2비인 오정은 이제 여진 생활에 익숙해져서 표정도 밝아졌다.

아바가이 앞에서도 자주 웃는다.

유시(오후 6시) 무렵.

방으로 들어선 아바가이를 한윤과 오정이 맞는다.

이곳은 한윤의 방인데 오정과 함께 기다린 것이다.

자리에 앉은 아바가이가 둘을 번갈아 보면서 말했다.

"조선에 지금 왕이 둘이야."

아바가이가 말을 이었다.

"능양군과 홍안군이야. 지금 능양군은 공주로 도망갔고 홍안군은 이괄이 새 왕으로 추대해서 한양성에 입성했어."

"홍안군이 누구예요?"

오정이 묻자 한윤이 대답했다.

"선왕(先王) 선조의 열 번째 아들이야."

그때 아바가이가 말을 이었다.

"선왕(先王)께서 능양을 도우라고 하셨어. 그래서 주둔군 사령관이 장만군(軍)과 연합할 거야."

"선왕(先王)께서요?"

놀란 한윤이 아바가이를 보았다.

여기서 선왕(先王)은 광해를 말한다.

아바가이가 고개를 끄덕였다.

"공주로 도망간 능양이 그 말을 듣고 어떤 반응을 보일지 궁금하구만."

"고마움이나 느낄까요?"

서인 집안의 딸인 한윤이 그렇게 되물었을 때 오정이 말을 받는다.

"저는 여진과 조선이 통합되면 좋겠어요."

아바가이와 한윤의 시선이 마주쳤고 둘의 얼굴에 동시에 웃음이 떠올랐다.

모처럼 화기(和氣)가 방 안에 번지고 있다.


아침.

운양성의 청 안.

이산과 아바가이가 밀정들의 보고를 듣는다.

이곳에 온 후로 매일 후금(後金)의 황성 봉천성과 명(明)에서 온 밀정들의 보고를 받는다.

자금성에서 온 한주무는 한인으로 인삼가게를 하는 부상(富商)이다. 그동안 유니마가 대준 인삼으로 거부(巨富)가 된 것이다.

한주무가 입을 열었다.

"명(明)은 황실이 먼저 썩기 시작했고 그래서 환관의 전횡이 극에 달했습니다. 따라서 관리들이 제각기 제 사욕을 차리거나 뜻이 있는 관리들은 낙향했습니다. 이것이 곧 망조입니다."

60대의 한주무는 자금성에서 한평생을 살아온 터라 황실 내부까지 인맥이 있다.

인삼을 납품하고 뇌물도 먹여 와서 어지간한 관리는 손도 못 댄다.

이곳에 올 때도 환관들이 만들어준 황실 마패를 소지했기 때문에 무사통

과다.

도적단만 피하면 되는 것이다.

한주무가 명(明)을 진단했다.

"모든 왕조는 이런 상황에서 농민들이 반란을 일으켜 멸망되었습니다. 그 농민 도적단을 규합한 괴수가 왕이, 황제가 되었지요. 지금이 그때가 되었습니다."

"그런가?"

이산이 웃음 띤 얼굴로 물었다.

"지금 대륙에 도적단이 얼마나 있는가?"

"여기 적어왔습니다."

한주무가 가죽보자기에 싼 종이를 두 손으로 바쳤다.

"전국에 46개가 됩니다. 도적 숫자는 대략 2백80만. 그중 5만 이상이 12곳, 10만 이상은 4곳이나 곧 늘어날 것 같습니다."

명(明)을 세운 주원장도 본래 거지 중이었다가 도적단 괴수가 되었었다.

"대륙은 저렇게 청소작업이 일어난 후에 새 왕조가 새롭게 시작하면서 발전하는 거다."

이산이 아바가이에게 말했다.

"후금(後金)도 그런 바탕에서 시작되어야 할 것이다."

둘은 청에서 나와 내궁으로 걸어가는 중이다.

이산이 말을 이었다.

"한인을 더 많이 끌어들여 포용하고 몽골, 조선족까지 포함한 대제국을 세워야 한다."

"조선을 반면교사로 삼겠습니다."

아바가이가 정색하고 이산을 보았다.

"양반, 천민으로 차별하지 않고 능력에 따라 대우하겠습니다."

"그래야지."

이산이 고개를 끄덕였다.

"폐하가 서거하시면 국명(國名)도 바꾸도록 해라."

"예, 제 생각도 같습니다. 무엇으로 바꿀까요?"

"청(淸)이 좋다."

"청(淸)이라면……."

"맑을 청(淸)이다. 깨끗한 제국이다."

"예, 아버님. 좋습니다."

아바가이의 얼굴이 환해졌다.


"장군, 때가 된 것 같소."

이괄이 말하자 한명련이 고개를 기울였다.

창덕궁의 청 안.

미시(오후 2시) 무렵이다.

홍안군 이제와 즉위식을 상의하고 돌아온 이괄이 한명련을 부른 것이다.

"우리가 일부러 성 밖으로 나갈 필요가 있습니까? 놔두시지요."

한명련이 말을 이었다.

"장만의 군세(軍勢)는 1만 3천 정도지만 3군데에 흩어져 있습니다. 그러니 우리도 군사를 세 곳으로 나눠야 하니 번거롭습니다."

"약장(弱將)에 약졸(弱卒)이오. 더구나 장만은 우리가 군을 내보내면 바로 물러날 것이오."

"장만은 믿을 사람이 못 됩니다."

정색한 한명련이 이괄을 보았다.

"서인(西人)이면서 광해 때 병판까지 지낸 인물 아닙니까? 사임했다지만 누릴 건 다 누리고 나갔다가 지금은 도원수가 된 사람입니다."

"나하고는 그럴 사이가 아니오."

이괄이 고집을 부렸다.

"내가 신왕(新王)께 장만을 물리치겠다고 약속을 하고 왔소."

그때 한명련이 길게 숨을 뱉었다.

"그럼 제가 5천 군사만 데리고 가지요."

"아니. 나도 같이 갑시다. 연로한 장군만 보내면 되겠소?"

이괄이 웃음 띤 얼굴로 한명련을 보았다.

"1만을 이끌고 갑시다."

1만 6천의 병력 중 태반을 이끌고 가게 되었다.

이괄이 말을 이었다.

"내일 일거에 끝내고 신왕 등극식을 합시다."

장만의 관군은 혼성부대다.

장만이 이끈 북방군 3천에다 각 도의 관군 1만여 명이 섞여서 그야말로 오합지졸이었다.

정예는 북방군 3천이었는데 이것도 문제가 많았다.

이괄이 이끈 북방군 주력에서 뗀 부대였기 때문에 전의(戰意)가 약했다.

장만은 자신이 이끄는 북방군도 믿지 못하는 실정이었다.

그래서 정충신이 장만에게 묘책을 내었다.

관군을 3개 부대로 나눈 것이다.

주력군인 장만의 북방군은 맨 뒤에 놓고 좌군과 우군을 각각 5천씩 나눠 정충신과 항주목사 윤치영에게 맡긴 진용이다.

장만이 두말없이 승낙했기 때문에 정충신과 윤치영은 길마재 좌우에 진을 쳤다.

술시(오후 8시) 무렵.

길마재 중턱의 평지에 셋이 둘러앉았다.

정충신과 윤치영, 그리고 최보성이다.

어둠에 덮인 산 중턱으로 바람이 몰려와 옷자락을 날렸다.

"바람이 세군."

옷자락을 여민 윤치영이 말했을 때 최보성이 고개를 들었다.

"내일 오시(낮 12시) 무렵에 이괄이 주력군을 이끌고 이곳을 공격할 것이오."

순간 정충신과 윤치영이 숨을 들이켰다.

"정말이오?"

"그렇소. 성안 첩자한테서 들었소. 그리고 각 부대가 출동 준비 중이오."

최보성이 말을 이었다.

"이괄군(軍)도 3개 부대로 나뉘어 공격해 옵니다."

"아니, 그러면."

"그러니 우리도 미리 대비해야지요."

최보성이 어둠 속에서 번들거리는 눈으로 둘을 번갈아 보았다.

"성안에 가만있으면 될 것을 이괄이 서둘러 나오는 겁니다."

정충신의 눈도 어둠 속에서 번들거렸다.

최보성과 같은 심사였을 것이다.

밤.

해시(오후 10시) 무렵.

이괄이 한명련의 잔에 술을 따르면서 말했다.

"장군, 왕까지 내 손으로 세우고 나니까 문득 모든 부귀영화가 한낮의 꿈처럼 느껴지는구려."

"그렇습니까?"

술잔을 든 한명련이 껄껄 웃었다.

창덕궁의 별채 안.

이괄의 군 지휘부는 왕궁을 숙소로 사용하고 있다.

그들의 술상도 궁(宮)의 무수리들이 차려준다.

출정 전야(前夜).

이괄과 한명련은 둘이서 술을 마시는 중이다.

이괄이 한명련을 초대한 것이다.

"다 일장춘몽이지요. 낮잠 한숨 자고 일어났더니 이팔청춘이 백발노인이 됐다고 하지 않습니까?"

"이번 거사가 잘못되면 이괄이 이등 공신에 책록된 것에 불만을 품고 반란을 일으켰다고 하겠지요."

"그렇게 기록되겠지요."

한명련이 쓴웃음을 지었다.

"성즉군왕이요, 패즉역적입니다."

"나는 곧 흥안군도 폐위시키고 이 조선을 '후고구려'로 국호를 바꾸려고 하오. 어떻습니까?"

"후고구려, 좋지요."

한명련이 고개를 끄덕였다.

"그러면 여진이 일으킨 후금(後金)과 부딪치지 않겠습니까?"

"공존해야지요."

"부원수께서 대망(大望)을 품고 계셨군요."

"장군께서 도와주시오."

"지금도 함께 싸우고 있지 않습니까?"

"믿겠소."

이괄이 손을 뻗어 한명련의 팔을 쥐었다.

"절대로 신의를 배신하지 않겠소."

"믿습니다."

한명련도 이괄의 팔을 마주 쥐었다.

"천민으로 온갖 싸움을 받고 살아온 나를 장군께선 존중해주셨소. 신세는 갚지요."

이것이 한명련의 의리다.


길마재는 마른 땅이다.

잡초도 나지 않는 산길이어서 아래쪽이 훤히 내려다보인다.

그 중턱에 장만의 본진이 세워졌고 5리(2.5킬로)쯤 떨어진 앞쪽 산비탈에 관군(官軍)이 2개 대(隊)로 나뉘어 좌우에 진을 쳤다.

이것이 관군의 진용이다.


이괄은 백전용장(百戰勇將)이다.

관군의 3개 진을 정탐하고 나서 가장 위협적인 부대가 좌측의 정충신군(軍)임을 파악했다.

정충신은 이괄, 한명련과 함께 북방군에서 함께 싸운 용장이다.

정충신의 전략을 다 안다.

그래서 공격 목표를 길마재 정면의 장만군(軍)으로 정했다.

"정충신이 틀림없이 우리의 측면을 칠 것이다."

한명련이 부하 장수들에게 말했다.

"그 정충신군(軍)의 측면을 우리가 다시 친다."

2개 부대로 나눠 자신이 직접 정충신군(軍)을 치려는 것이다.

장만이 이맛살을 찌푸리고 종사관 박영을 보았다.

진시(오전 8시) 무렵.

길마재 중턱의 본진 진막 안이다.

"날더러 이 자리에 가만있으란 말이냐?"

"예, 도원수 나리. 정 목사가 간곡히 말씀하셨소."

"내가 적을 유인하는 미끼가 되라는 말 아닌가?"

"적이 닥치기 전에 허리를 끊는다고 하셨소이다."

"허리를 끊기 전에 나한테 덮치면 어떻게 할 건가?"

"그쯤 방비는 하셔야지 않겠습니까?"

"닥쳐라!"

발을 구른 장만이 소리쳤다.

"전략은 내가 세운다! 내가 곧 지시할 것이다!"

"도성에서 길마재는 40여 리(20킬로), 기마군으로는 한 시진(2시간) 거리지만 보군은 세 시진은 걸리겠지."

이괄이 지도의 한쪽을 손으로 짚었다.

"그래서 오늘 밤에 2개 보군 부대를 이곳까지 보낸다."

모두의 시선이 이괄의 손끝에 모였다.

창덕궁의 청 안.

이괄을 중심으로 장수 10여 명이 둘러앉아 있다.

미시(오후 2시) 무렵.

결전은 내일이다.

이괄의 손끝이 짚은 곳은 길마재 뒤쪽의 자음산이다.

"퇴로를 막는 것이군요."

지난번의 공으로 종4품 병마만호에 오른 허전이 감탄했다.

허전이 보군 부대 하나를 지휘하게 되는 것이다.

"그렇다. 장만을 사로잡는 공은 그대들에게 달렸다."

"죽여도 됩니까?"

다른 1개 보군대장인 강우력이 묻자 대답은 한명련이 했다.

"목만 떼어오게."

허전과 강우력은 각각 보군 2천을 이끌고 밤을 새워 길마재를 멀리서 우회하여 뒤로 돌아가게 된다.

"조선 왕조 최후의 결전이야."

이괄이 장수들을 둘러보면서 말했다.

어느덧 평소의 호기는 사라졌고 얼굴이 굳어져 있다.

"정충신, 윤치영은 지혜와 용기를 갖춘 무장이야. 우리들의 전술을 꿰뚫어 보고 있을 것이다. 그러니 그대들도 제각기 상황에 대처해주기 바란다."

이괄이 다시 지도를 짚었다.

"나는 2중, 3중의 방책을 마련하겠지만 전투에는 꼭 변수가 일어난다. 그 변수가 대부분 승패를 좌우한다는 것을 잊지 말도록."

그러자 한명련이 말을 이었다.

"주공(主攻) 목표만 잊지 않으면 되네. 변수에 흔들리지 말고 주공(主攻) 목표를 향해 직진하면 꼭 이기네."

이것이 노장(老將) 한명련의 교훈이다.

장만은 길마재의 중군(中軍)을 뒤로 물려 아래쪽 너근골에 포진시켰다.

길마재에서 5리(2.5킬로) 뒤쪽이었는데 좌우가 바위산이고 뒤쪽이 탁 트인 황무지다.

비록 앞쪽 길마재를 향해 진을 쳤지만, 몸만 돌리면 도망갈 수 있는 위치다.

그것을 지휘관 이하 군사들이 모를 것인가?

전의(戰意)가 떨어진 북방군 군사들의 사기는 더 가라앉았다.

신시(오후 4시) 무렵.

최보성이 손바닥으로 햇살을 가리면서 앞쪽을 보았다.

이곳은 길마재 뒤쪽 15리(7.5킬로) 지점의 영천산 중턱이다.

이곳에서 길미재와 그 아래쪽 너근골, 그리고 우측의 성충신, 좌측의 윤치영 군(軍)이 다 보인다.

전선의 후방이기 때문이다.

"장만이 너근골로 내려왔기 때문에 길마재는 깃발만 꽂은 빈집이 되었소."

최보성의 부장(副將) 전혁이 말했다.

전혁은 쓴웃음을 짓고 있다.

최보성이 혀를 찼다.

"장만이 그대로 있었다면 일이 쉬워졌을 텐데 아쉽구만."

"상황이 좋지 않으면 바로 몸을 돌려 북쪽으로 도주할 것 같습니다."

"그때는 정충신이 당하게 되지."

고개를 든 최보성이 길마재를 보았다.

"어쨌든 이괄은 이번 싸움으로 반란의 성패를 결정짓게 될 것이네."

술시(오후 8시)가 되었을 때 도성 남대문을 통해 일단의 병력이 빠져나갔다.
남쪽을 향해 나가는 군사다.
"어디로 가나?"
수문장이 낯익은 장교에게 묻자 퉁명스러운 대답이 돌아왔다.
"아래쪽 수원으로 가오."
"파주에서 내려온 장만은 어찌하고?"
"장만은 파주에서 머물다가 투항한다는 소문이 났소."
장교가 어둠 속으로 사라지자 수문장이 고개를 끄덕였다.
그런 소문을 들었다.

남대문을 빠져나온 일단의 군사는 어둠 속에서 10리(5킬로)쯤 남하하더니 곧 북상했다.
다시 20리(10킬로) 정도 북상하던 열은 둘로 나뉘었는데, 바로 이괄이 보낸 기습대다.
허전과 강우력의 부대인 것이다.

그날 밤.
이괄이 아들 이전을 지그시 보았다.
해시(오후 10시) 무렵.
창덕궁 별채의 침실에 둘이 술상을 앞에 놓고 앉아있다.
"잘 들어라."
이괄이 흐려진 눈으로 이전을 보았다.

"내일 결전으로 승부가 난다. 알겠느냐?"

"예, 아버님."

그때 이전은 21세.

아직 약관이나 지금까지 이괄을 따라 수족처럼 움직여 도와주었다.

북방 임지에서 이괄과 함께 있었기 때문에 가족 중에서 유일하게 살아남은 혈육인 것이다.

이괄이 말을 이었다.

"내가 한 장군한테 흥안군도 몰아내고 왕조(王祖)를 세워 태조(太祖)가 되겠다고 했더니 그러라고 하더구나."

이전의 시선을 받은 이괄이 얼굴을 펴고 웃었다.

그러나 곧 얼굴이 일그러졌다.

"내가 속마음을 처음 털어놓았다."

"잘하셨습니다, 아버님."

"그러나 이제 여한이 없다."

"무슨 말씀이십니까?"

"사내로서 이만큼 이뤘으면 되었다는 생각이 드는구나."

"아버님, 태조(太祖)가 되셔야죠."

"네 어머니, 네 동생들, 그리고 네 숙부, 그리고 조카들."

이괄의 눈이 흐려졌다.

"내 가족들의 시체를 밟고 왕관을 쓰는 것인가?"

혼잣말로 물은 이괄이 다시 흐려진 눈으로 이전을 보았다.

"한 장군한테는 그렇게 말했지만 난 한양성에 입성하면서부터 욕심을 버렸다."

"……"

"내가 더 욕심을 부려야 따르는 사람들의 기(氣)가 올라가는 법이다. 욕심을 그치면 수하들이 갑자기 주위를 둘러보게 되거든. 그러면 흔들린다."

"……."

"왕권만 잡으면 사기(史記)에는 성군, 명군으로 불리게 되는 법. 그러니 성즉군왕이요, 패즉역적이라는 말이 나오는 법이야."

이괄의 목소리가 격해졌다.

"따지고 보면 광해는 명군이었다. 명과 여진을 조종해서 이득을 얻고 그동안에 왜란 때 입었던 피해를 복구하려고 애썼다. 능양군 저놈은 왕권만 차지하려고 반정을 일으킨 것이다."

"……."

"광해가 영창을 죽이고 인목대비를 폐위시켰다고? 조선의 명군, 성군으로 칭송되는 태종, 세조를 보아라."

"……."

"태종 이방원은 제 배다른 형제들을 죽이고 동복형제도 처단했으며 계모 강씨의 무덤을 후궁의 무덤으로 전락시켰다."

숨을 고른 이괄이 말을 잇는다.

"또 양자 양녕을 폐세자하고 반대하는 신하 수백 명을 죽였다."

"……."

"세조는 어떠냐? 왕위를 찬탈하고 단종을 죽이고 나서 형수 현덕왕후의 무덤을 파헤쳐 관까지 없애버렸다. 그런 왕들에 비교하면 광해야말로 성군, 명군이다."

"아버님."

이전이 말을 막았다.

"진정하시지요."

"광해는 인목대비를 죽이자는 측근들의 주장을 물리치고 살려놓았다가 이 꼴을 당했어. 모질지 못해서 왕위를 뺏긴 거야. 조선에서는 모질고 극악해야 역사에 성군, 명군으로 남는다."

그리고는 이괄이 길게 숨을 뱉고 나서 눈을 치켜떴다.

"그래. 능양은 조선 왕으로 처음 내란 때문에 도성을 버리고 도망간 병신으로 역사에 기록되겠지."

축시(오전 2시)가 되었을 때 이괄의 기습대를 이끈 허전과 강우력이 자리를 잡았다.

40여 리(20킬로)를 우회하여 길마재 뒤쪽 자음산에 닿은 것이다.

자음산은 앞쪽이 평지였는데 바로 너근골이다.

자음산 기슭의 좌, 우측으로 갈라서 주둔한 두 부대는 날이 밝을 때까지 제각기 은신했다.

보군이라 이장하는 데 시간도 별로 걸리지 않았다.

그래서 날이 밝았을 때 2개 부대는 산의 일부가 된 것처럼 보이지 않았다.

"너근골로 내려갔어?"

놀란 정충신이 버럭 소리치더니 곧 쓴웃음을 지었다.

묘시(오전 6시) 무렵.

척후가 장만의 후퇴를 보고한 것이다.

"그럼 길마재 본진은 비었느냐?"

"진막과 깃발을 지키는 1백여 명만 남아있습니다."

"적이 속을까?"

정충신이 벌떡 일어섰다.

"윤 병사한테 전령을 보내라! 도원수가 너근골에 내려갔지만 그대로 진용을 유지한다고!"

서둘러 진막을 나온 정충신이 하늘을 보았다.

아직 해뜨기 전의 하늘은 흐리다.

"운(運)이야."

정충신이 혼잣소리로 말했다.

"잔꾀가 많으면 결국 제 꼬리를 문다."

오시(낮 12시) 무렵이 되었을 때 길마재 앞쪽에서 함성이 울렸다.

그리고 먼지를 일으키며 달려온 기마군은 5백여 기.

길마재는 높이 2백여 미터 정도의 완만한 고개다.

민둥산의 고개여서 군데군데 평지가 많고 넓어서 중턱에 진을 친 관군(官軍)의 본영도 아래쪽에서는 훤하게 보인다.

기마군을 앞세우고 다가온 대군은 1만여 명.

바로 이괄의 북방군이다.

그때 북소리가 울렸다.

이괄의 진이다.

기마군의 전진 속도가 느려졌고 그 뒤를 보군이 정렬해서 따른다.

수십 개 깃발이 나부꼈고 간간이 함성이 울렸다.

기세를 올리는 것이다.

위쪽 길마재의 관군 본진은 조용하다.

"북방군도 알고 있습니다."

종사관 유영이 정충신에게 말했다.

"그래서 바로 공격하지 않는 겁니다."

정충신이 고개를 끄덕였다.

길마재 위의 본영이 비어있는 것을 아는 것이다.

"길마재에 오르지 않고 좌로 틀겠군."

쓴웃음을 지은 정충신이 말을 이었다.

"후군은 한명련이 이끌고 있다."

앞쪽의 반란군 중심에 대장기가 나부끼고 있다.

'천하통일' 깃발이다.

그때 우측 산기슭에서 함성이 울렸다.

윤치영의 부대다.

관군 윤치영의 부대가 먼저 길마재 앞으로 나가 섰다.

먼지가 구름처럼 일어났다.

보군과 기마군 5천이다.

"여저 이괄을 잡아라!"

군사들이 입을 모아 소리를 쳤기 때문에 천지(天地)가 진동했다.

윤치영이 이괄의 본진을 향해 다가가고 있다.

한낮.

바람이 거칠어지고 있다.


"화포를 쏘아라!"

대장기 깃발 아래에서 이괄이 소리쳤다.

우측 윤치영의 군사가 이쪽으로 달려오는 것이 드러났다.

거리는 3리(1.5킬로) 정도.

그 순간.

"펑! 펑!"

지자총통의 포성이 진동했다.

모든 소음을 압도하는 포성이다.

그때 함성이 울렸다.

포성과 함께 중군(中軍)에 끼어있던 한명련의 군사 5천여 명이 좌측으로 돌진한 것이다.

아직 보이지 않는 정충신군(軍)을 상대하려는 것이다.

전면전이다.

이괄의 1만 군사와 윤치영, 정충신의 1만이 각각 5천씩 나뉘어서 대결하는 구도다.

"옳지."

산기슭 옆에 서 있던 정충신이 얼굴을 일그러뜨리며 웃었다.

"한명련이군."

갈라진 대군(大軍)의 깃발을 보면서 정충신이 말했다.

"기어코 내가 한명련을 상대하게 되었구나."

혼잣말이지만 옆에 선 부장, 종사관들은 다 들었다.

고개를 든 정충신이 허리에 찬 칼을 빼들었다.

"조선의 명운이 오늘 싸움에 달렸다!"

정충신이 소리쳤다.

"와앗!"

장수들이 기세를 올리려는 듯이 소리쳤지만 곧 바람에 묻혔다.

정충신이 칼끝으로 이제 완전히 분리되어 이쪽으로 다가오는 한명련군(軍)을 가리켰다.

"저놈들을 죽이지 않으면 너희가 죽는다! 죽여라!"

정충신이 소리쳤다.

이때 정충신은 49세.

백전노장이다.

임금에 대한 충성을 소리쳤다가는 군사들의 팔 힘이 빠질 것이다.

"우왓!"

군사들이 기를 쓰고 함성을 뱉는다.

# 3장
# 내 대업을 네가 잇거라

한명련은 정충신의 군이 다가오는 것을 보았다.

예상하고 있었기 때문에 바로 군령을 내렸다.

"갈라져라!"

그 순간 붉은색 깃발이 좌우로 흔들렸고 한명련의 5천 군사가 2개 대(隊)로 나뉘었다.

좌우로 갈라지면서 안의 공간이 드러났다.

정충신은 앞쪽 벌판에서 한명련의 군이 좌우로 갈라지는 것을 보았다.

마른 땅에서 먼지가 자욱하게 일어났지만, 군이 반으로 쪼개지는 것은 선명하게 드러난 것이다.

"좋아. 그렇다면 나도 상대를 해주지."

마상에 선 정충신이 소리쳤다.

"1진은 좌측! 2진은 우측군을 맡아라!"

정충신이 소리치자 전령이 내달렸다.

5천 군사를 1진, 2진, 본진으로 나눠놓았다.

잠시 후에 양군이 부딪쳤다.

길마재 아래쪽 벌판에서 양군 1만이 여러 가닥으로 부딪친 것이다.

혼전이 시작되었다. 자욱한 먼지가 구름처럼 일어났고 함성과 포성이 귀청을 찢는 것 같다.

각 군이 포수대를 운용했기 때문에 총성이 끊이지 않는다.

"막상막하입니다."

이괄의 부장 조우진이 소리쳐 보고했다.

"한 장군의 군이 다시 네 가닥으로 찢기면서 조금씩 밀고 나가는 중입니다."

"옳지."

이괄이 회심의 미소를 지었다.

한명련의 용병술은 조선 제일이다.

정충신은 한명련이 다시 군을 4가닥으로 쪼개 나갈 줄은 예상하지 못한 것이다.

"그렇다면."

이괄의 눈이 번들거렸다.

전투가 시작된 지 한 식경이 지났다.

지금은 거의 백중지세.

여기서 칼질 한 번이 들어가거나 어긋나면 대군(大軍)이 흔들린다.

이괄이 뒤쪽 포수에게 소리쳤다.

"총통 세 발을 쏘아라!"

"꽝! 꽝! 꽝!"

앞쪽 길마재에서 포성이 세 번 울렸다.

이곳은 길마재 뒤편의 자음산 기슭.

이제나저제나 하고 기다리던 이괄의 유격군, 허전과 강우력이 이끄는 보군

4천이 일제히 모습을 드러내었다.

목표는 너근골에 위치한 도원수 장만의 본진.

"우왓!"

각각 2천의 보군이 너근골 좌우에서 내달아 공격해 온다.

"무엇이냐?"

앞쪽 길마재 건너편의 총성과 함성을 아련히 듣고 있던 도원수 장만이 대경실색했다.

"탕탕탕탕탕탕."

이제는 보군에게 총포대는 선봉대의 필수 부대다.

각각 2백여 명의 총포대가 사격을 가하면서 접근해 온다.

거리는 아직 2리(1킬로) 정도여서 탄알은 닿지 않지만 위협적이다.

"적입니다! 양쪽에서 수천입니다! 4, 5천씩 되어 보입니다."

장만을 보좌하는 종사관이 뛰어와 보고했다.

이곳 너근골도 평지여서 적의 규모가 보인다.

먼지 속의 적 규모를 두 배, 세 배로 보는 것은 전장에서 흔히 있는 일이다.

벌떡 의자에서 일어선 장만이 두리번거렸다.

장만은 무반(武班)이 아니다.

전장(戰場)에서 칼을 휘두른 경험도 없다.

"길마재로!"

실전에는 약하지만 임기응변은 뛰어난 장만이다.

너근골 좌우에서 밀려드는 적을 본 순간, 장만은 다시 길마재로 돌아가야 안전하겠다고 판단했다.

"길마재로 돌아간다!"

먼저 말에 오르면서 장만이 소리쳤다.
어쨌든 정충신, 윤치영군(軍)과 가깝게 있는 것이 안전한 것이다.

그때 이괄은 윤치영군의 측면으로 쇄도해 가는 중이었다.
이것이 이괄의 용병술이 뛰어난 점이다.
정면으로 부딪칠 것 같다가 우측으로 틀어서 허리를 잡은 셈이다.
"됐다!"
중군(中軍)의 마상에서 이괄이 소리쳤다.
"허리를 끊어라!"
이제 윤치영군은 곧 두 토막으로 갈라진다.

"밀고 나가라!"
정충신이 소리쳤다.
"깃발을 흔들어리!"
각 부대장에게 보내는 수기 신호다.
한명련이 다시 부대를 4개로 나눌 줄은 예상하지 못한 것이다.
그만큼 한명련이 이끄는 북방군은 훈련이 잘되어 있다는 표시다.
정충신도 북방군을 지휘해봐서 안다.
"와아아앗!"
오른쪽에서 함성이 울렸다.
한명련이 쪼갠 한쪽 부대가 정충신 본군(本軍)의 옆구리를 치고 들어온 것이다.
"깃발을 흔들어라!"
정충신이 다시 소리쳤다.

지휘관들에게 계속해서 밀고 나가라는 신호다.
그러나 정충신은 어금니를 물었다.
자신이 지휘하는 5천 군사는 혼성군이다.
이곳저곳의 관군을 섞어서 훈련도 덜 되었다.
급하게 모은 터라 노약자도 있다.
한번 밀리기 시작하면 제방이 터지듯이 무너질 것이다.
"와아아앗!"
함성이 더 가깝게 울렸다.
밀리는 군사는 함성을 뱉지 않는다.
정충신은 자신의 휘하 부대가 지르는 함성이 아닌 것을 알았다.

"깨뜨렸습니다!"
선봉군을 쳐다보던 이수백이 소리쳤다.
"저쪽 대장기가 쓰러졌소!"
이수백이 고래고래 소리쳤다.
"오, 그러냐!"
이괄이 따라 소리쳤다.
과연 먼지구름 속에서 저쪽 대장기가 보이지 않는다.
윤치영의 대장기다.
이쪽 선봉이 윤치영의 중군(中軍)을 덮친 증거다.
"북을 쳐라! 북을!"
그러자 이괄 뒤쪽의 고수 셋이 일제히 북을 쳤다.
대고(大鼓)다.
이 북소리는 적의 중군을 무너뜨렸다는 신호다.

"와앗!"

북소리와 동시에 사방에서 함성이 올랐다.

군사들은 모두 이 북소리가 무엇을 뜻하는지를 아는 것이다.

"이런."

북소리를 들은 정충신이 탄식했다.

지금 허리가 잘린 정충신의 본대(本隊)는 막 뒤로 물러나는 중이다.

그런데 저쪽 이괄의 본진에서 대고(大鼓)가 울리는 것이다.

그것은 이괄이 윤치영의 군(軍)을 깨뜨렸다는 신호다.

그때 정충신이 눈을 부릅떴다.

"길마재로! 길마재로 물러나라!"

윤치영 군의 한쪽 귀퉁이가 무너지더니 금세 밀리기 시작했다.

그러더니 누가 시키지도 않았는데 뒤로 밀렸다.

지금은 백병전이다.

한 명, 두 명이 등을 보이다가 순식간에 수백 명이 등을 돌린다.

도망치는 것이다.

장수들이 목이 터져라 독전해도 소용없다.

지금 윤치영군은 그렇게 무너지고 있다.

전장(戰場) 서쪽이다.

"쫓아라!"

이괄이 장검을 휘두르며 소리쳤다.

"이겼다!"

그때 대장기를 쥔 기수가 앞장서서 달려나갔다.

말에 탄 대장기 기수는 장사다.

10척 장대에 단 거대한 붉은색 깃발이 펄럭이고 있다.

그때다.

"탕탕탕탕탕탕."

일제 사격의 총소리가 울렸다.

전장이 백병전의 마당으로 돌변해서 총성이 그친 지 꽤 된 시점이다.

포수까지 모두 총을 놓고 칼을 쥐고 싸우는 상황인 것이다.

모두 깜짝 놀랐다.

"타타타타타탕!"

다시 두 번째 일제 사격 소리가 울렸을 때 전장은 잠깐 주춤하는 것처럼 느껴졌다.

실제로 총성을 들은 모두가 뜨끔했기 때문이다.

그러나 백병전은 계속되었다.

"아앗!"

함성이 울린 것은 잠시 후다.

"저기, 저기!"

누군가 소리쳤다.

"대장기가 쓰러졌다."

그때 모두 이괄의 붉은색 대장기가 보이지 않는 것을 보았다.

먼지구름 속에서도 우뚝 세워져 휘날리던 대장기다.

그때다.

어디선가 함성과 함께 외침이 울렸다.

"이괄이 죽었다!"

"이괄이 죽었다!"

외침이 울렸을 때 제일 먼저 놀란 지휘관은 한명련이다.

"무어?"

버럭 소리친 한명련이 본군(本軍) 쪽을 돌아보았으나 보이지 않는다.

이곳은 반대편이다.

그때 앞쪽에서 지휘관들의 외침이 울렸다.

"멈추지 마라! 전진! 전진!"

한명련은 나아가던 대열이 어느새 주춤대고 있는 것을 보았다.

순간 정신을 차린 한명련이 소리쳤다.

"밀고 나가라!"

마상에서 몸을 세운 한명련이 다시 소리쳤다.

"적의 계략이다! 대원수는 생존하고 계시다!"

그러나 사방에서 외침은 이어지고 있다.

"이괄이 죽었다!"

"대장기가 사라졌다!"


"이런!"

이괄이 발을 굴렀다.

"이게 무슨 일이냐!"

이쪽저쪽에서 울리는 외침은 더 커지고 있다.

군(軍)은 진군을 멈추고 주춤대고 있다.

윤치영의 군을 다 격멸시키던 중이었다.

"나아가라!"

그때 장군 양창모가 달려왔다.

"대장기 기수가 저격을 받아 죽었습니다."

대장기가 넘어진 것을 보고 적이 간계를 쓴 것이다.

"나아가라!"

이괄이 다시 악을 썼지만 한번 멈춘 대군은 추진력을 잃고 멈춘 상태다.

사방에서의 외침은 오히려 더 높아졌다.

"이괄이 죽었다! 반군은 모두 도망을 친다!"

그때 이괄은 대군이 실제로 뒤로 밀리는 것을 느꼈다.

앞쪽 군사들이 뒤로 물러나고 있다.

전장의 성패는 칼질 한 번, 외침 한 번으로 좌우된다고 누가 그랬던가?

"타타탕!"

그때 또 총성이 울렸고 그것은 전장의 끝 쪽에서도 선명하게 들렸다.

한명련이 명장(名將)이라고 칭송받는 이유가 있다.

그것은 전장(戰場)에서의 순발력 때문이다.

지금도 그렇다.

60이 가까운 노장(老將)이었지만 사태를 파악한 후의 대응력이 뛰어났다.

"우측으로!"

한명련이 소리쳤다.

"우측으로 전진!"

대장기를 쥔 기수에게 소리치고 북을 쳐서 전군(全軍)의 시선을 모았다.

"나아가라!"

그러자 기수가 앞장서 달렸고 고수들이 북을 쳤다.

그 순간 잘 훈련된 군사들이 우측으로 전진하기 시작했다.

우측이 어디인가?

길마재 서쪽의 평지다.

전장에서 벗어난 곳이다.

이괄 또한 명장(名將)이다.

왼쪽 한명련 군에서 북소리와 함께 대장기가 서쪽으로 전진하는 것을 보고 곧 한명련의 의도를 알았다.

"서쪽으로!"

이괄이 소리쳤다.

"서쪽으로 전진이다!"

전장에서 물러나는 것이다.

정충신은 길마재 입구에서 뒤쪽이 허술해진 느낌을 받고 멈춰 선 상태다.

추격군이 허술해진 것이다.

그러다 갑자기 추격군이 머리를 틀어 서쪽으로 옮겨가고 있다.

"무슨 일이냐?"

정충신이 소리쳤지만 아직 영문을 모른다.

이괄이 죽었다는 외침도 아직 이곳까지 전해지지 않았기 때문이다.

그때 길마재에서 대장기가 흔들렸다.

"저건 또 무슨 일이냐?"

정충신이 다시 소리쳤지만 이것도 아는 사람이 없다.

정충신은 도원수 장만이 너근골에서 빠져나와 다시 길마재로 올라온 것을 모르는 것이다.

"되었다. 역할은 했다."

최보성이 말을 달리면서 소리쳤다.

최보성이 이끈 기마대 4백 기는 이제 전장에서 빠져나와 길마재를 우측으로 보고 달려가는 중이다.

방금 최보성은 이괄의 2개 대군(大軍)이 제각기 머리를 틀어 서쪽 벌판으로 빠져나가는 것을 본 것이다.

최보성의 화포대 2백 사수가 이괄의 선봉대와 기수를 기습해서 쓰러뜨렸다. 그러고는 사방으로 흩어져 이괄이 죽었다고 소리친 것이다.

그 외침을 받은 관군이 너도나도 소리쳤기 때문에 전장은 혼란 상태가 되었다.

최보성의 포수대가 끼지 않았다면 정충신과 윤치영의 관군은 차례로 패몰(敗沒)했을 것이다.

이제 사방에 흩어졌던 부하들을 총성 신호로 불러 모으고 나서 회군하는 것이다.


유시(오후 6시) 무렵.

전장이 정리되었다.

관군(官軍)은 4천여 명의 사상자를 내었고 장수 7명이 전사했다.

장수급 부상자는 16명.

그러나 이괄 이하 반란군이 길마재 앞에서 회군해버렸기 때문에 승전이나 같다.

북방군의 사상자도 2천여 명이나 되었기 때문이다.

그것은 마지막 한 식경 사이에 혼란 상태가 되었을 때 발생한 사상자다.

도원수 장만은 즉각 공주성에 피신해있는 능양군에게 승전보를 올렸다.

자신이 직접 '승전문'을 써서 심복 종사관에게 들려 보낸 것이다.

정충신에게는 보이지도 않았다.

윤치영은 화살에 등을 맞아서 평양으로 호송되었는데 그날 밤 서둘다가 임진강에서 배가 뒤집히는 바람에 익사했다.

따라간 별장들이 강가에서 쉬고 날이 밝았을 때 배를 타라고 했는데도 고집을 부렸다는 것이다.

북방군의 가장 큰 손실은 한명련이 말에서 떨어져 다리가 부러진 일이다. 노장이어서 말에서 내리다가 발을 헛디녀 다리가 부러진 것이다.

이괄이 직접 한명련을 업고 도성의 창덕궁에 눕혔는데, 심하지는 않았지만 북방군의 사기가 많이 떨어졌다.

'길마재 패전'은 북방군의 사기를 떨어뜨렸다.

실제는 관군의 대패였음에도 북방군이 물러난 꼴이 되었기 때문이다. 관군은 사상자가 두 배나 되었지만, 장만이 올린 '승전문'에 고무되있다.

공주에서 '승전문'을 받아본 능양군은 크게 감동하여 관군 장수 모두에게 일등 공으로 책록했다.

임진강에 빠져 죽은 윤치영에게는 충무공 시호를 내리고 좌의정으로 봉했다.

"이 기회에 반란군을 공격해야 합니다."

정충신이 말하자 장만의 이맛살이 찌푸려졌다.

장만은 충정공, 자선대부에 봉해졌고 종1품 우찬성에 올랐다.

"이보게, 군사들을 좀 쉬게 하는 것이 어떤가?"

길마재의 진막 안이다.

진막 안에는 10여 명의 장수가 모여 있었는데 모두 긴장하고 있다. 정충신의 분위기를 알기 때문이다.

그때 정충신이 고개를 들었다.

"대감, 이괄이 곧 반격해올 것입니다. 그때는 기회가 없습니다."

"그렇군."

장만이 고개를 끄덕였다.

이번 싸움은 정충신의 공이 일등이다.

그것을 모두가 아는 것이다.

"그대 말이 맞다. 어찌하면 좋겠는가?"

"도성으로 진격하시지요."

정충신이 말을 이었다.

"아직 1만 남짓의 군사가 있는 데다 사기는 낮지 않습니다. 게다가 반군은 한명련이 부상을 당한 데다가 갑자기 후퇴하는 바람에 사기가 떨어져 있습니다. 늦기 전에 출진하는 것이 낫습니다."

"그대에게 전권을 맡기겠네."

마침내 장만이 지휘권을 양도했다.

"이번 싸움은 모두 그대의 공적이야."

장만이 광해 시절에 병조판서까지 오른 것도 다 이유가 있다.


"관군 장수들이 다 승진했다는군."

기익헌이 말하자 이수백이 쓴웃음을 지었다.

"금세 망할 놈들이 정일품 영의정을 받으면 뭐해?"

"그런데 한 장군이 다쳐서 걱정이야."

기익헌이 한숨을 뱉었다.

다리가 부러진 한명련은 몸살까지 겹쳐 드러누웠다.

이괄이 밤낮으로 문병을 가는 터라 군사들의 분위기는 더 가라앉았다.

이번에도 이긴 싸움인데 어이없이 군을 돌리는 바람에 군사들의 사기가 가라앉은 것이다.

더구나 기익헌은 후군(後軍)에 속해 있었기 때문에 '대장기' 소동으로 본군(本軍)이 혼란 상태가 된 것을 이해하지 못하고 있다.

"장군, 관군이 아직 길마재에 있으니 이번에는 도성으로 진입해 올 것이오."

누운 채 한명련이 말했다.

"그러니 밤에 기습군을 보내어 길마재 뒤를 공격하시면 장만이 무너질 것입니다."

"걱정하지 마시오."

이괄이 한명련을 내려다보면서 웃었다.

"이번 싸움에서 장만은 5천 가까운 사상자를 내었소. 우리는 2친 남짓이오. 길마재에 모인 관군은 1만밖에 안 되오."

"관군은 지금도 전국에서 모여들고 있소이다."

"알겠소."

이괄이 마지못한 듯이 고개를 끄덕였다.

"내가 다시 허전과 강우력을 보내리다."

"정충신이 도성 공격을 준비하고 있을 것입니다. 그러니 서두르셔야 합니다."

"오늘 저녁에 보내지요."

"정충신은 기마군으로 대응해 올 테니 절대로 상대하지 말고 총포대로 맞으라고 하십시오."

"총포대 5백을 추려서 이수백에게 딸려 보내야겠군."

"기습군 사령을 허전에게 맡기십시오. 상황 판단이 빠릅니다."

"이수백이 선임인데 괜찮겠소?"

그때 잠깐 주춤했던 한명련이 말을 이었다.

"이수백에게 허전 지시를 잘 따르라고 따로 불러서 말씀하시지요. 설마 적전(敵前)에서 어깃장을 놓겠습니까?"

같은 시간에 광해와 최보성이 움막에서 마주 보고 앉아있다.

이제는 주인과 손님처럼 윗목 아랫목으로 나눠 앉았다. 다만 윗목의 최보성은 무릎을 꿇었다.

그때 최보성이 입을 열었다.

"저로서는 관군을 위해 할 만큼 했습니다, 전하."

정색한 최보성이 말을 이었다.

"그래서 현재도 길마재와 도성에서 양군(兩軍)이 대치하고 있는 상황이 되었습니다."

"장만은 병판 시절에 내 북방정책을 이해하던 신하였어."

광해가 흐려진 눈으로 최보성을 보았다.

"그래서 내가 장만이 서인(西人)임을 알면서도 병판으로 중용(重用)한 것인데."

"소인배지요."

"그런가? 충신으로 기록될 텐데."

"그 기록은 다 거짓 아닙니까?"

광해의 얼굴에 쓴웃음이 번졌다.

"훗날 그 기록이 다시 뒤집힐 수도 있을까?"

"있을 것입니다."

그때 광해가 길게 숨을 뱉었다.

"이제 국운(國運)은 어떻게 될 것인가?"


"잘 들어라."

이괄이 눈을 치켜뜨고 이수백을 보았다.

창덕궁의 밀실 안.

이괄과 이수백이 마주 보고 앉아있다.

이괄 옆에 이전 혼자만 서 있을 뿐이다.

이괄이 말을 이었다.

"이번 싸움에 우리들의 운명이 걸려있다. 네가 우리들의 생사여탈권을 쥐고 있는 것이나 같다."

이수백은 눈만 껌벅였다.

유시(오후 6시).

출동 전(前)이다.

"이번 작전의 총사령은 허전이다. 알겠느냐?"

"예, 장군."

"너는 허전의 지시에 따라야 한다. 그것이 이번 작전의 성패를 가른다."

"염려하지 마십시오."

고개를 든 이수백이 쓴웃음을 지었다.

"허전이 죽으라면 죽지요."

"네가 허전보다 일찍 출신했고 관직이 높았던 것도 안다. 하지만 이번 작전만 끝나면 너를 한 장군이 맡았던 좌군(左軍) 사령으로 임명할 테다."

"감사합니다."

"이번 싸움으로 조선은 평정되는 것이다. 명심해라."

"명심하겠습니다."

그러자 이괄이 길게 숨을 뱉었다.

"지금 도성 안의 분위기는 흉흉하다고 합니다."

경기감사 오창보가 장만에게 말했다.

"한명련이 중상으로 누워있기 때문에 군사들의 사기가 바닥으로 떨어졌다는 것입니다."

진막 안에는 지휘관 10여 명이 모여 있었는데 오늘 경기감사 오창보가 관군 2천5백을 이끌고 왔기 때문이다.

오창보가 소문을 말하고 있다.

"한명련은 관군의 화살을 두 발이나 맞았다는 소문이 났습니다."

지휘관들이 서로의 얼굴을 보았지만 긍정도 부정도 하지 않았다.

그때 장만이 헛기침을 했다.

"어쨌든 반군을 패퇴시켰으니 천만다행이나 아직 도성을 차지하고 있어서 걱정이오."

"곧 충청감사도 원병을 끌고 올 것입니다."

"그렇다면 다행이고."

장만의 시선이 옆쪽 정충신을 스치고 지나갔다.

내일 밤에 도성으로 진격할 작정인 것이다.

오창보가 지휘관들과 함께 진막을 나갔을 때 장만이 정충신에게 물었다.

"이보게, 절도사. 곧 충청도 병력이 온다니 그때까지 기다리는 것이 어떨까?"

"안 됩니다."

고개를 저은 정충신의 표정이 단호해졌다.

"군사 숫자가 많다고 유리한 것이 아니올시다. 때를 맞춰야 합니다."

"내일 밤이 때란 말인가?"

"한시가 급합니다."

"허어."

장만이 혀를 찼지만 지휘권을 맡긴 터라 더 이상 입을 열지 않는다.

자시(밤 12시) 무렵이 되었을 때, 길마재 뒤쪽 초소에서 군관 엄일도가 고개를 들었다.

본진에서 3리(1.5킬로) 떨어진 초소에는 군사 7명이 주둔하고 있다.

"무슨 소리냐?"

엄일도가 물었지만 옆쪽 군사가 되물었다.

"무슨 소리 말씀이오?"

"금방 뭔가 떨어지는 소리 들리지 않았어?"

"못 들었습니다."

"귀먹은 놈들이다. 밖에 초병 선 애들한테 가봐라."

밖에 둘이 서 있는 것이다.

군사 하나가 일어나 땅을 파서 위장한 초소를 나가더니 금방 거적을 들치는 소리가 났다.

고개를 든 군관이 숨을 들이켰다.

그러나 입을 열기도 전에 사내가 내지른 칼에 목을 찔려 소리를 뱉지 못했다.

사내와 함께 진입한 습격자들이 순식간에 초소의 군사들을 제압했다.

잠시 후.

길마재 뒤쪽 너근골에 2개 대(隊)의 군대가 소리 없이 포진했다.

허전과 강우력이 이끈 보군 5천이다.

잘 훈련된 부대여서 군사들의 눈은 어둠 속에서 생기 있게 번들거렸다.

그때 중군(中軍)의 중심에서 허전이 전령에게 말했다.

"적 기마군이 쏟아져 내려올 때 내가 불화살을 쏘아 올린다고 전해라."

"예, 장군."

"그때 즉시 화포대로 기마군을 부수라고 전해라."

"예, 장군."

"자, 가라!"

전령이 소리 없이 몸을 돌려 어둠 속으로 사라졌다.


"와앗!"

함성이 길마재에 울렸을 때는 축시(오전 2시) 무렵이다.

"와아아앗!"

엄청난 함성이다.

길마재가 떠나갈 것 같다.

진막 안에 있던 도원수 장만은 대경실색해서 나무 받침대를 부수며 일어섰고 정충신도 마찬가지다.

겨우 신발을 신었을 때 함성은 지척으로 다가왔다.

"아뿔싸!"

정충신의 얼굴에 절망의 기운이 번졌다.


"전진!"

허전이 고래고래 소리쳤다.

지금 5천 군사는 길마재 뒤쪽을 오르는 중이다.

이미 관군의 치중대를 점령하고 본진을 향해 전진하는 중이다.

길마재 뒤쪽은 정면보다 더 평탄해서 완만한 능선이다.

5천 군사가 횡대로 벌려 전진하는 것이 그물로 훑는 것 같다.

그물 안에 걸려든 관군은 이미 죽은 생선이나 같다.

"와아아앗!"

함경도에서부터 따라온 북방군이다.

훈련도 잘 되었고 이괄과 지휘관들에 대한 충성심도 단단하다.

더욱이 사흘 전의 길마재 전투에서 다 이겼던 싸움이 깃발 하나 빼앗기는 바람에 흩어진 것에 부아가 치밀어 오르던 참이다.

"와아아앗!"

북방군의 기세는 해일이 덮치는 것 같다.

"지, 이겼다!"

앞쪽 본진이 3리(1.5킬로) 거리로 보였을 때 허전이 소리쳤다.

정충신의 기마군도 아직 보이지 않는다.


"가라!"

정충신이 소리치며 북을 쳤다.

"둥둥둥둥."

다음 순간 우레와 같은 함성이 일면서 정충신이 아끼는 기마군 5백여 명이 일제히 내달렸다.

허전의 북방군이 2리(1킬로) 거리를 접근해 오는 동안 정충신이 기마군을 준비시키고 있었다.

이것이 관군의 마지막 칼질이다.

마지막 수단인 것이다.

지금 관군 1만여 명은 길마재 위에서 혼란에 휩싸여 있다.

이미 치중대와 후군(後軍)은 반군에게 점령당했다.

사방에 흩어진 주력부대 일부는 이미 앞쪽으로 도망치는 중이고 옆쪽 산등성이를 타고 내려가고 있다.

"두두두두두두."

기마군 5백이 내달리고 있다.

정충신이 안주에서부터 이끌고 온 역시 북방 기마군이다.

기마군 대장은 병마만호 윤청.

정충신의 심복이다.

"와앗!"

기마군의 함성이 길마재를 울렸다.

관군 쪽에서 울린 첫 함성이다.


"기마군이다!"

전진해가던 허전도 기마군의 말굽 소리와 진동을 함께 들었다.

기대하던 기마군이다.

이 말굽 소리를 이수백도 들었을 터.

고개를 든 허전이 소리쳤다.

"불화살!"

대기하고 있던 별장이 금세 기름 뭉치를 매단 화살 끝에 불을 붙였다.

그러고는 밤하늘을 향해 쏘아 올렸다.

"팽!"

이어서 또 한발.

"팽!"

시위를 튕기는 소리가 연달아 나더니 밤하늘에 불덩이 두 개가 떴다.

"됐다!"

기마군의 말굽 소리와 진동이 더 가까워졌지만, 허전의 얼굴에 웃음이 떠올랐다.

회심의 미소다.

옆을 따르고 있던 이수백의 총포대 5백이 지금 벌려서고 있을 것이다.

그리고 우레와 같은 폭음과 함께 기마군을 무너뜨릴 것이다.

그러면 길마재는 관군(官軍)의 무덤으로 기록될 것이다.


"기다려라!"

좌측으로 전진해온 강우력이 소리쳤다.

강우럭은 밤하늘에 떠오른 불화살 2내를 보았나.

이제 기마군을 향한 일제 사격이 일어날 것이다.

"기다려라!"

거리는 1리(1킬로).

이제 곧 사정거리에 들어온다.


그때 다시 불화살 하나가 칠흑처럼 어두운 하늘에 떠올랐다.

허전이 만일의 경우를 대비해서 쏘아 올린 불화살이다.

이제 허전, 강우력의 보군은 전진을 정지하고 기마군을 기다리고 있다.

아니, 기마군을 쓰러뜨릴 포성을 기다리고 있다.

"5백 보!"

이수백의 옆에 선 부호군 박평이 우렁차게 소리쳤다.

"부시를 쳐라!"

그 순간 포수들이 일제히 부시를 쳐 화승에 불을 붙였다.

불꽃이 일어나는 것이 어둠 속에서 개똥벌레처럼 드러났다.

화승에 불이 붙으면 숨 두 번 쉬고 나서 화약이 폭발하는 것이다.

"타타탕탕탕."

밤하늘에 우레 같은 총성이 울렸다.

그 총성은 위쪽의 관군 총수인 장만과 군사, 반란군의 장군과 군사들까지 모두 들었다.

"타탕탕탕."

2차 사격.

허전이 숨을 죽였다.

말굽 소리와 진동음이 총성에 묻혔다.

"준비!"

허전이 칼을 뽑아 들고 소리쳤다.

기마군이 쓰러진 길마재를 휩쓸고 오를 일만 남았다.

"장전!"

이수백이 소리쳤다.

총포대 5백은 1백 명씩 5개 조로 나뉘어 있다.

5개 대(隊)가 5열 횡대로 늘어서 있는 것이다.

그래서 1열의 사격이 끝나면 2열, 3열, 연속 사격을 한다.

5열이 끝나면 그동안 화약을 쟁이고 탄환을 넣고 나서 화승을 꽂은 다음 부시를 쳐 불을 붙인 1열의 발사 순서가 된다.

별도 지시가 없는 한 연속 발사다.

유효 사거리는 150보였기 때문에 이수백은 이번에 1, 2, 3열을 1차, 4, 5열을 2차에 함께 발사하도록 미리 지시했다.

비탈길인 데다 기마군이어서 닥쳐오는 속도가 빠를 것이기 때문이다.

이수백은 노련한 총포대 지휘관이다.

그때 2차까지 발사한 총포대는 눈앞으로 닥쳐온 기마군에 놀랐다.

이만한 화력이면 기마대 5백 중 3, 4백은 무너져야 한다.

그런데 이게 웬일인가?

3, 4백이 덮쳐오고 있다.

바로 눈앞이다. 50 ,60보 앞이다.

이쪽 총포대는 아직 탄환도 다 넣지 않았다.

그때 이수백이 소리쳤다.

"엎드려라!"

기마군을 그냥 지나가게 하려는 것이다.

밤이다.

그렇지 않아도 엎드려 있는 총포대는 총과 함께 엎드려 버리면 말은 그냥 지나간다.

엄폐물 뒤에 엎드리면 피할 수 있다.


"아앗! 어찌된 일이냐!"

기마군이 쇄도해오자 허전이 소리쳤다.

"맞아라!"

칼을 치켜든 허전이 맞을 준비를 하면서 소리쳤다.

"와앗!"

군사들이 일제히 함성을 질렀으나 당황한 기색이 역력했다.

"우왓!"

말굽 소리와 함께 기마군이 쇄도했다.

"쳐라! 계속 전진!"

잠시 후에 병마사 유준이 악을 썼다.

"전진!"

흩어진 군사들을 향해 유준이 돌아섰다.

"전진! 적은 이미 흩어지고 있다!"

그때 유준은 총포대의 총성이 딱 그친 것을 깨달았다.

어떻게 된 일인가?

"진장!"

유준이 이제는 지휘관 허전을 찾았다.

"기마대가 3면에서 나왔습니다."

부장(副將) 심환이 소리쳤다.

"우리는 중앙의 기마대를 상대한 것이오."

"좌우가 비탈이 심한 데다 길이 없다. 말이 안 돼."

따라 소리쳤던 이수백이 아래쪽의 소음을 듣는다.

기마군이 짓밟고 내려가는 중이다.

고개를 든 이수백이 소리쳤다.

"길마재로 전진! 탄알을 장전하면서 전진하라!"

이수백은 이괄 휘하에서 여러 번 전투를 치른 용장이다.

이제 앞이 비었다는 것을 깨달은 것이다.

그리고 뒤쪽 허전의 보군이 기마군에 의해 손실을 입었다는 것도 안다.

이제는 이수백의 총포대가 선두다.

기마군의 말굽 소리가 아래쪽으로 이어지고 있다.

반란군의 총포대가 일제 사격을 했을 때 정충신은 낙담했다.

엄청난 총성.

5, 6백 정이다.

총성만 들으면 숫자를 맞출 수 있다.

저 총격을 받았다면 기마군은 전멸이다.

그러나 기마군의 손실은 많지 않은 것 같다.

길마재 뒤쪽으로 내려가고 있다.

그때 정충신이 버럭 소리쳤다.

"기마군이 적을 격파했다! 전진해라!"

부장들이 흩어지더니 곧 북이 울리기 시작했다.

도망갈 준비를 하던 지휘관들이 몸을 돌렸고 곧 이쪽저쪽에서 외침이 울리기 시작했다.

기마군의 말굽 소리가 아직도 울리고 있다.

"총포대에 속도를 늦추라고 해라!"

전령에게 허전이 지시했다.

"우리 보군의 50보 앞에 서라고 해!"

전령이 어둠 속으로 달려갔다.

이수백의 총포대가 3백 보 앞에서 길마재 정상으로 전진하고 있었기 때문이다.

관군 기마대는 아래쪽으로 내려갔다.

허전과 강우력의 보군은 약 7, 8백의 피해를 입었지만 겨우 수습해서 다시 전진하는 중이다.

이곳은 비탈길이어서 기마군이 쏟아지듯 내려간 후에 다시 올라오기가 힘든 것이 이쪽에게 득이다.

그때다.

"꿍! 꿍! 꿍! 꿍!"

포성이 올리면서 앞쪽 길마재 정상이 환해졌다.

붉은 기운 속에 오가는 군사들의 모습도 드러났다.

"와아앗!"

저절로 반란군 진중에서 함성이 올랐다.

길마재 정면에서 이괄의 본군이 공격해 온 것이다.

저것은 천자총통이다.

"대원수가 오셨다!"

어디선가 지휘관 하나가 소리치자 함성이 더 커졌다.

"대감이다!"

이수백이 포성을 듣고 소리쳤다.

이번 기마군을 스쳐 보낸 것에 초조해져 있던 이수백이다.

뒤쪽 허전의 보군이 커다란 손실을 입은 것이 분명했기 때문에 부담이 더 커졌다.

이수백이 고개를 들고 소리쳤다.

"뛰어라!"

그러자 화승총을 쥔 포수들이 뛰기 시작했다.

"장군! 허 사령이 간격을 좁히라고 하지 않았습니까?"

부장이 소리쳤다.

방금 허전이 보낸 전령이 보군과의 간격을 50보로 줄이라고 말하고 간 것이다.

"적도 이미 혼란에 빠져있어!"

이수백이 맞받아 소리쳤다.

그때다.

"꿍! 꿍! 꿍! 꿍!"

다시 천자총통 4발이 길마재 정상에서 폭발했다.

"와앗!"

함성이 다시 울린다.

"뛰어라!"

이수백이 다시 소리쳤고 이제는 부장도 따라 뛰기 시작했다.

정상까지는 2리(1킬로) 거리다.


이괄은 허전과 이수백을 보내놓고 한명련의 계략에 따라 5천 군사를 이끌고 온 것이다.

이괄의 군(軍)은 보군 4천 5백에 포군(砲軍) 4백이다.

포군은 천자총통 3문, 지자총통 5문, 현자총통 5문을 끌고 왔는데 포탄은 포군(砲軍)들이 메고 왔다.

포군은 포수와 조수가 각각 포 1문에 3명, 4명씩 배치되지만 포탄을 메고 다니는 군사가 수백 명이다.

조선 북방군은 임진왜란 이후에 포군을 양성해서 위력적이다.

"자, 공격."

이괄이 말에 오르며 지시했다.

그러자 곧 북이 울렸고 장수들을 따라 보군들이 길마재를 향해 전진하기 시작했다.

이괄은 근위대와 함께 뒤에 서 있다.

"꿍! 꿍! 꿍! 꿍!"

좌우의 포대에서 천자, 지자총통이 발사되었고 곧 현자총통에서도 소연자 산탄이 요란한 발사음을 내면서 날아갔다.

소연자 산탄은 철환을 넣어서 쏘는 것이다.

엄지손가락 첫마디만 한 철환 30개 또는 그보다 작은 철환 100여 개를 넣어서 쏘면 1천 보를 날아가 우박처럼 쏟아진다.

"일제사격 총격이 울렸으니 정충신의 기마대도 무력화되었을 것이다."

이괄이 지휘봉을 쥔 채 말을 걸리면서 말했다.

장수들이 좌우를 호위하고 걷는다.

앞쪽에는 4천여 명의 보군이 전진하고 있다.

"오늘 싸움으로 능양은 광해보다 더 비참한 신세가 될 것이다."

이괄이 장수들에게 소리치듯 말했다.

"꿍. 꿍. 꿍. 꿍."

이제는 뒤쪽에서 천자, 지자총통이 길마재 정상을 향해 포를 쏘았고 계속해서 포탄이 작렬하고 있다.

그때 옆을 따르던 대장군 조춘이 소리쳐 말했다.

"곧 길마재 정상에서 함성이 오르겠지요."

이괄이 고개를 끄덕였다.

이곳에서 길마재 정상까지는 2리(1킬로) 정도다.

그러나 정면은 경사가 심해서 올라가기가 힘들다.

그래서 뒤를 기습 공격한 허전의 기습군에게 정상 정복을 넘긴 것이다.

공(功)을 세우도록 한 셈이다.

이괄이 고개를 끄덕였다.

"아앗!"

외침은 옆쪽 병마사 황윤기한테서 일어났다.

황윤기가 허전에게 소리쳤다.

"뒤쪽에서 기마군이 돌아옵니다!"

"무엇이!"

놀란 허전이 어금니를 물었다.

예상은 했지만 빠른 것이다.

"총포대는?"

허전이 앞쪽을 응시하며 소리쳤다.

"총포대를 뒤로 돌려라!"

그때 대답이 돌아왔다.

"총포대가 보이지 않습니다."

"뭐라고?"

"너무 멀리 나갔습니다!"

"무슨 말이냐! 50보 거리로 유지하라고 했다!"

허전이 악을 썼다.

길마재 위에서 정충신이 경기감사 오창보에게 지시했다.

"영감, 휘하의 군사를 데리고 아래로 밀고 가시오."

폭음이 주위에서 울리고 있었기 때문에 정충신이 소리쳤다.

"영감이 공 일등이 되시오. 이제 기마군이 치고 올라오면 이번 싸움은 승리요."

"그러지요."

오창보는 문관(文官)이지만 대담한 성품이다.

더구나 어제 군사 2천 5백을 데리고 본군(本軍)과 합류한 상태다.

"내려가겠소."

"곧장 밀고 내려가면 곧 우리가 뒤를 받쳐드리다."

"알겠소."

오창보가 서둘러 몸을 돌렸다.


"기마군이 다가온다!"

뒤에서 외침이 울렸기 때문에 진중이 어수선해졌다.

그때 위로 달려갔던 전령이 허전에게 보고했다.

"총포대는 이미 적진과 3백 보 거리로 다가가 있소!"

"이런!"

허전이 발을 굴렀다.

이곳은 길마재에서 6백 보 거리다.

"이수백 이놈."

이수백은 이번 싸움에서 전혀 도움이 되지 않았다.

오히려 방해물이다.

"와앗!"

그때 앞에서 함성과 함께 관군(官軍)이 밀고 내려왔기 때문에 총포대는 어수선해졌다.

그러나 잘 훈련된 부대다.

"조준!"

이미 화승까지 꽂고 올라오던 참이다.

이수백의 명이 떨어지자 3백 가까운 총포대가 일제히 엎드려 조준했다.

함성이 가까워지면서 관군의 윤곽이 드러났다.

어둠 속이었지만 수천 명이다.

거리는 1백 보 정도.

"발사!"

그 순간 요란한 총성이 울리면서 앞쪽 관군이 무더기로 쓰러졌다.

3백 정 가까운 화승총이다.

"아앗!"

함성이 울렸는데 관군과 반군 양쪽 진영이다.

"밀고 내려가라!"

오창보가 칼을 휘두르며 소리쳤다.

"우왓!"

관군은 의외로 적이 소수인 것을 깨달았다.

그리고 비탈길이다.

단숨에 1백 보 거리를 밀고 내려간다.

"와앗!"

옆에서 외침이 울렸기 때문에 이수백은 칼을 치켜들었다.

이제 관군과의 백병전이다.

밀려온 관군은 수천 명.

이 싸움은 시작부터 잘못되었다.

기마대의 한쪽 면만 겨눠 쏘아서 대부분을 흘려보낸 것이 아쉽다.

아니, 허전에게 총사령을 맡긴 것이 더 실책이다.

나에게 지휘권을 주었어야 했다.

이수백은 다가온 관군 하나를 칼로 베었다.

관군이 신음을 뱉으며 쓰러졌을 때 이수백은 몸을 돌려 옆쪽으로 뛰었다.

빈 공간이다.

아래쪽 허전의 보군 방향도 아니다.

그래서 총포대를 빠져나왔다.


"다음은 영감이오!"

정충신이 눈을 부릅뜨고 충청병마사 박포에게 소리쳤다.

"영감에게 조선의 명운이 걸려있소."

"가야지."

박포는 58세.

서인(西人)으로 능양이 왕위에 오른 후에 낙향지에서 관직을 받았다.

이번에 군사 3천을 모아 장만군(軍)에 합류한 후에 후군(後軍)만 맡고 있어서 병력이 온전하다.

박포가 번들거리는 눈으로 장만과 정충신을 보았다.

"난 그저 길마재에서 죽겠소."

"우와와!"

박포의 3천 군사가 산이 무너지는 기세로 쏟아져 내려왔다.

이수백의 총포대를 깔아뭉갠 오창보의 2천 5백 군사가 허전과 강우력의 보군 4천과 부딪쳤을 때다.

"와아앗!"

허전의 북방군에게는 박포의 3천이 1만 대군처럼 느껴졌다.

위압적이다.

그때 아래로 내려갔던 정충신의 정예 기마군 4백 기가 뒤를 쳤다.


"어떻게 된 것이냐?"

길마재 정상을 쳐다보면서 승전보를 기다리던 이괄이다.

달려온 별장 장상을 보자 소리쳐 물었다.

인시(오전 4시) 무렵이다.

그때 장상이 소리쳐 말했다.

"나리, 피하십시오! 아군이 패했습니다."

"무엇이?"

이괄이 눈을 부릅떴다.

"패했어?"

"예, 뒤쪽의 허 사령이 남은 군사를 이끌고 퇴진하고 있습니다."

"이, 이런."

어깨를 부풀린 이괄이 거칠게 묻는다.

"이, 이수백은?"

"보이지 않습니다."

그때 길마재 위에서 함성이 울렸다.

북소리도 울렸는데, 아군의 북소리가 아니다.

"퇴군이다."

이괄이 소리쳤다.

"도성으로 돌아간다."

패전이다.

기습대가 또 좌절당했으니 관군의 사기가 치솟을 것이다.

이괄이 말 머리를 돌리자 이곳저곳에서 외침이 울렸다.

연이은 패전이다.

그러나 이대로 밀어붙일 수는 없는 노릇이다.

남은 군사라도 온전하게 남겨야 한다.

이괄은 어금니를 물었다.

기습대의 패전 이유는 무엇인가?

도성으로 돌아오는 길에 패장(敗將) 허전이 말을 달려 이괄에게 달려왔다.

허전은 어깨에 칼을 맞아 피투성이다.

놀란 이괄에게 허전이 소리쳐 말했다.

"이수백의 총포대가 기마군을 제대로 막지 못했습니다. 그것이 패인(敗因)이오."

"무엇이?"

이괄이 눈을 부릅떴다.

이괄이 속보로 말을 걸리면서 물었다.

"무슨 말이냐?"

"이수백의 총포대가 관군 기마대를 통과시켜 제가 이끄는 기습대로 보냈습니다."

"총성을 들었는데 왜 그런가?"

"다른 곳을 쏜 것 같습니다."

"그럴 리가."

"그리고 내려오는 보군도 제대로 막지 못했습니다."

허전이 분을 참지 못한 듯 목소리도 떨렸다.

"보군과 붙어서 공격하라는 내 명령을 듣지 않고 혼자 떨어져서 앞장서 갔습니다. 그래서 총포대도 전멸하고 우리 보군도 밀리는 바람에 무너졌소."

앞이 무너지면 뒤에 아무리 강병(强兵)이 있다고 해도 무너지게 된다.

그것이 전장(戰場)에서의 법칙이다.

이괄이 이를 악물었다.

한명련이 우려했던 일이 현실로 드러났다.


도성에 돌아왔을 때는 아침.

날이 밝아진 묘시(오전 6시) 무렵이다.

"어떻게 되었소?"

창덕궁에 들어온 이괄에게 흥안군이 다가와 물었다.

눈이 붉게 충혈되었고 입에서는 술 냄새가 풍겼다.

궁에서 술을 마시고 있었던 것이다.

"패했습니다."

이괄이 솔직하게 말했다.

"하지만 전력(戰力)은 남아있으니 마지막 일전을 겨루어 볼 것이오."

"이런, 이걸 어쩌나."

크게 놀란 흥안군이 주위를 둘러보았다.

창덕궁의 청 안이다.

"그, 그럼 난 어쩌면 좋소?"

"여기 계시지요. 별일 없을 것입니다."

이괄 옆에 있던 병마절도사 유응수가 퉁명스럽게 말했다.

"한숨 주무시고 나면 다시 전세가 달라질 테니까요, 전하."

"반격한단 말인가요?"

홍안군이 다시 이괄에게 물었지만 유응수가 대답했다.

"예, 전하. 아군은 아직도 수만 군사가 남아있소."

청을 나온 이괄이 유응수, 허전 등과 함께 한명련의 숙소로 찾아갔다.

한명련은 궁 밖의 저택을 숙소로 삼고 있었다.

방으로 들어선 이괄이 눈을 크게 떴다.

한명련이 갑옷 차림으로 앉아있었기 때문이다.

"아니, 왜 앉아 계시오?"

어제 저녁만 해도 누워있었던 한명련이다.

그때 한명련이 정색하고 말했다.

"패전 소식을 들었습니다."

"아직 7천쯤 군사가 남아있소. 장 병마사, 안 부사가 병력을 모으는 중이오."

"이수백이 항명을 했지요?"

한명련의 시선이 허전에게 옮겨졌다.

"맞는가?"

"예, 그렇습니다."

"지금 이수백은 어디 있는가?"

"패잔병을 모아 곧 도성으로 온다고 들었습니다."

그때 한명련이 고개를 돌려 이괄을 보았다.

"장군, 도성을 내놓고 이천으로 옮기시지요. 우리가 이곳에 있으면 도성이 전장(戰場)으로 변합니다."

한명련의 눈이 번들거렸다.

"누가 임금이 되건 도성이 전장으로 변해서 불에 타면 되겠습니까?"

이괄이 고개를 끄덕였다.


"이천으로?"

되물은 이수백이 눈을 가늘게 떴다.

"병력은 얼마나 되느냐?"

"약 6천 정도입니다."

대답한 군관이 이수백을 보았다.

"소문이 돌고 있습니다."

"무슨 소문이냐?"

이수백이 주위를 둘러보며 물었다.

도성의 남대문 안이다.

이수백은 패잔병 2백여 명을 인솔하고 막 도성에 들어온 참이다.

그때 군관이 말했다.

"이 병사께서 항명했기 때문에 기습군이 패했다는 소문입니다."

"무엇이?"

"허 사령이 장수들에게 말하고 도원수께도 보고했다고 합니다."

"……."

"도원수께서 대로하셔서 이 병사를 처형한다고 하셨다는데요."

"이런. 허전 이놈이……."

"한 병마사께서도 이수백이 반역을 할 조짐이 보인다고 하셨답니다."

"한 병마사가?"

한 병마사는 한명련을 말한다.

이수백이 흐려진 눈으로 군관을 보았다.

사시(오전 10시) 무렵이다.


이천으로 향하는 길에서 말에 탄 이괄이 한명련에게 말했다.

"2월 중순인데 벌써 봄이구려."

"그렇군요."

한명련은 교군 넷이 매는 가마를 탔다.

말을 타겠다고 고집을 부렸다가 말에서 떨어질 뻔했기 때문이다.

한명련이 가마 밖의 산천을 둘러보다가 이괄을 불렀다.

"대감."

한명련이 대감이라고 부른 것이 우스웠는지 이괄이 얼굴을 펴고 웃었다.

"왜 대감이라고 부르시오?"

"그저 그렇게 한번 부르고 싶었습니다."

"내가 일등 공신으로 책록되어 대감 칭호를 못 받게 된 것에 한을 품고 있는 줄 아시오?"

이괄이 웃음 띤 얼굴로 한명련에게 물었다.

"아니올시다. 오히려 그 반대지요."

한명련도 따라 웃었다.

"그 알량한 조선 왕조의 대감, 영감이 문득 하찮아서 한번 불러본 것입니다."

"임금은 더욱 하찮은 놈들이지."

"양반, 상놈으로 갈라진 이 왕조는 없애버렸어야 합니다."

"당파 싸움만 일삼는 양반 놈들을 없애버렸어야 했소."

"우리가 기회를 놓친 것 같습니다."

한명련이 낮게 말하자 이괄이 풀썩 웃었다.

"두고 봅시다. 죽을 때까지는 패한 것이 아니오."


"어, 이제 오시오?"

기익헌이 이수백을 맞았다.

광주로 내려가는 길이다.

이괄의 본대를 따라가던 기익헌의 부대를 이수백이 찾아온 것이다.

이수백이 주위를 둘러보았다.

"보군 3백 정도가 남았구만."

미시(오후 2시) 무렵.

길가의 산비탈에 이수백과 기익헌이 이끄는 보군이 모였다.

5백 가까운 병력이다.

모두 지친 기색이었고 흰눈에 보아도 사기가 떨어진 패산군이다.

그때 기익헌이 물었다.

"들으셨소?"

"뭘 말이오?"

"대장군이 찾고 계신다는 거요."

"나를?"

"그렇소. 장군 때문에 길마재 기습이 패했다는 소문이 돌고 있소."

"나도 들었소."

이수백이 길게 숨을 뱉었다.

"대장군 주변에 간신들이 꼬이고 있소."

"그게 누굽니까?"

"허전, 유응수, 강우력 같은 무리 아니오?"

"강우력은 길마재에서 전사했습니다."

그때 이수백이 고개를 들고 기익헌을 보았다.

이수백과 기익헌은 함께 이괄의 반군에 투신했고 북방에서 10여 년간 고락을 함께한 동지다.

"이보시오, 기 장군. 내가 모함에 걸려 처형당하면 기 장군도 무사하지 못할 것 같아서 걱정이오."

"그게 무슨 말씀이오?"

"이번 패전의 책임을 물어야 할 텐데 내가 그 희생양이 될 것 같소."

"아니, 이 장군의 총포대가 무슨 실책을 저질렀다는 것이오?"

"허전이 모두 나한테 뒤집어씌우고 있소."

"……"

"나하고 친한 기 장군도 연루될 가능성이 많소."

"한 장군이 있으니 우리가 죄도 없이 당하지는 않을 것이오."

"한 장군도 부상을 당하고 나서 정신이 온전치가 못하다고 하오."

기익헌이 숨을 죽였을 때 이수백이 번들거리는 눈으로 주위를 둘러보았다. 북방에서부터 따라온 형제 같은 군사들이다.

도원수 장만이 이끄는 관군이 도성에 입성했다.

유시(오후 4시) 무렵.

세 번이나 척후를 보내 반란군이 물러난 것을 확인한 후에 진입한 것이다.

왜란 때 왜군이 물러간 경우와는 다르다.

거리는 말끔히 청소가 되었고 오히려 더 깨끗해졌다.

불에 타거나 강탈당한 주택도 없다.

오히려 주민들이 입성한 관군을 멀뚱한 표정으로 맞았다.

반기는 기색이 아니다.

"부끄럽군."

주민들을 외면하면서 정충신이 말했다.

정충신은 기마군과 함께 도성에 입성하는 중이다.

옆을 따르던 부장(副將) 황용덕이 쓴웃음을 지었다.

"장군, 저쪽 아낙네가 이곳에 대고 소금을 뿌렸습니다."

정충신이 고개를 끄덕였다.

"백성들은 누가 왕이 되건 상관 안 한다. 잘살게만 해주면 돼."

"도성을 내놓고 도망간 임금을 누가 따르겠습니까?"

"쉬잇."

정충신이 이맛살을 찌푸렸다.

"누가 임금 바라보고 이 짓을 하겠느냐? 백성을 위해서 이러는 것이다."

"이괄이 광주로 내려갔다고 합니다."

"광주를 거쳐 이천으로 갈 거야."

정충신이 말을 이었다.

"이천은 30년 전 광해군께서 왜란 때 분조(分朝)를 세워 머무셨던 곳이지. 남쪽과 북쪽 상황을 잘 볼 수 있는 위치야."

이괄이 머물 곳을 예상하고 있는 것이다.


광주.

술시(오후 8시) 무렵.

광주목사 임희가 앞에 선 별장 오광에게 말했다.

"성문을 열어줄 수 없네. 그러니 이곳을 지나 옆쪽 양천산성으로 가게."

"양천산성이라고 하셨소?"

오광이 눈을 치켜떴다.

이곳은 광주성의 청 안.

화톳불을 마당 이곳저곳에 피워놓아서 사방이 환하다.

"이것 보시오, 영감."

어깨를 편 오광이 임희를 똑바로 보았다.

광주목사는 정3품 영감이다.

별장 오광은 종5품인 데다 무반(武班)이다.

평시에는 마주 쳐다볼 수도 없는 위치다.

임희의 시선을 받은 오광이 소리쳤다.

"봉화 올리는 산성으로 우리가 가란 말이오?"

"안 간다면 할 수 없지. 하지만."

임희가 차가운 표정으로 오광을 보았다.

"광주성은 내줄 수 없어."

"성문을 닫아놓으면 우리가 들어올 수 없을 것 같소?"

"별장, 말 삼가라."

임희는 44세.

서인(西人)으로 이번 능양군이 반정을 일으켰을 때 파주현감으로 있으면서 군량을 대었다.

그 공으로 반정 일등 공신에 특임되어 정5품 현감에서 정3품 광주목사가 된 것이다.

임희가 목소리를 높였다.

"너희들이 패퇴해서 도주하고 있는 것도 알고 있어. 이곳 광주성에는 군사 3천여 명이 있다는 걸 잊었느냐?"

"그래서 성에 우리를 받아들일 수 없다는 말이지?"

"이놈, 별장 놈이 말을 삼가라."

"너도 1년 전에는 나하고 같은 5품직이었어, 이놈아."

"네 이놈, 죽고 싶으냐?"

버럭 소리친 임희가 벌떡 일어섰을 때다.

밖에서 함성이 일어났기 때문에 임희가 깜짝 놀랐다.

"무슨 일이냐?"

임희가 밖에 대고 소리쳤다.

그러자 함성이 더 일어났다.

그때 마당으로 군사 한 명이 뛰어 들어와 소리쳤다.

"반란군이 진입했습니다!"

"무엇이?"

임희의 눈이 흐려졌다.

광주성 옆을 지나는 반란군은 수백 명 규모였기 때문이다.

그래서 성문을 굳게 닫고 반란군을 들이지 않을 작정이었다.

길마재에서 반란군이 2번이나 패했고 지리멸렬되었다는 소문이 이곳까지 전해졌기 때문이다.

그때 오광이 소리쳤다.

"이놈아, 너도 이제 당해봐라."


잠시 후에 이괄이 장수들과 함께 청으로 들어섰다.

이미 성안에 들어와 있던 반란군이 안에서 성문을 열었기 때문에 저항도 받지 않고 입성한 것이다.

마당의 화톳불은 더 늘어났다.

청 안에도 수십 개의 양초가 밝혀졌다.

청의 의자에 앉은 이괄에게 오광이 보고했다.

"목사가 성문을 못 열어주겠다고 했습니다. 옆쪽 봉화대가 있는 양천산성으로 가라는군요."

"저놈이 말이냐?"

이괄이 턱으로 구석 쪽에 서 있는 임희를 가리켰다.

"예, 대감."

"이리 끌고 오너라."

이괄의 지시에 임희가 군사들에게 끌려와 앞에 꿇려졌다.

청 안은 수십 명의 장수가 갑옷 차림으로 들어와 있었기 때문에 살벌한 분위기다.

그때 이괄이 임희에게 물었다.

"네 휘하에 군사가 몇이냐?"

"4백 명이 조금 넘습니다."

임희가 떨면서 대답했을 때 오광이 나섰다.

"조금 전에는 저한테 3천이라고 했습니다."

"이놈 목을 베어서 머리통을 공주에 있는 능양에게 보내라."

이괄이 임희의 머리통을 살펴보며 말했다.

"포로로 잡은 선전관 놈한테 들려 보내라. 그놈이 들고 가다가 버리지는 않겠지."


한명련은 다리가 부러진 곳이 덧나는 바람에 온몸에서 열이 펄펄 끓었다. 더구나 몸살이 겹쳐서 혼수상태에 빠졌다가 깨어나기를 반복했다. 노령이어서 회복력이 약하다.

광주성에 묵는 날 밤.

한명련의 정신이 돌아왔을 때, 기다리고 앉아있던 이괄이 반겼다.

"깨어나셨구려."

눈의 초점을 잡은 한명련이 상반신을 일으키려다가 이괄이 어깨를 누르는 바람에 도로 누웠다.

"장군, 그냥 누워계시오."

내성의 방 안이다.

방에는 둘뿐이었는데 이괄이 모두 내보냈기 때문이다.

누운 채 방을 둘러본 한명련이 이괄에게 물었다.

"이곳이 광주성입니까?"

"그렇소."

"아군 병력은?"

"7천 정도요."

"장수들은?"

"유응수, 허전, 이길남, 박영서, 고재성이 따라왔소."

"이수백, 기익헌은?"

"오는 중이라는 말을 들었소."

"이미 소문이 퍼졌을 것입니다."

"무슨 소문 말이오?"

"장군이 이수백을 항명죄로 처단한다는 소문 말입니다."

"그래야지."

"이수백이 그 소문을 듣고도 올 것 같습니까?"

가쁜 숨을 몰아쉰 한명련이 눈을 감으면서 말했다.

"도망쳤을 것이오."

"그게 무엇이냐?"

능양군이 묻자 선전관이 주춤거렸다.

사시(오전 10시) 무렵.

공주성의 청 안에 능양이 서 있다.

그때 마당에서 선전관이 능양을 올려다보았다.

"이괄이 보냈습니다."

"이괄이?"

능양의 시선이 선전관의 옆에 놓인 나무통으로 옮겨졌다.

"안에 무엇이 들었느냐?"

"광주목사입니다."

"광주목사가 어째?"

"광주목사의 머리가 들어있습니다."

그 순간 능양이 입을 쩍 벌렸다.

청 안의 대신들이 웅성거렸지만 입을 여는 사람은 없다.

그때 선전관이 말했다.

"이괄이 전하께 가져가라고 했습니다."

"나한테 가져가라고 했어?"

그때 옆에 서 있던 이귀가 소리쳤다.

"치워라! 무엄하다!"

"무엇이 무엄하다는 말씀이오?"

40대의 선전관이 맞받아 소리쳤기 때문에 주위가 순식간에 조용해졌다.

선전관이 이귀를 노려보았다.

"이괄이 보내라고 했지만 나는 이괄에게 대항하다가 목이 잘린 광주목사의 머리라도 전하께 보여드리고 싶었소!"

"이, 이게 무슨……."

이귀가 소리쳤다가 곧 심장이 철렁 내려앉는 느낌을 받는다.

마당에 둘러선 군관, 군사들의 분위기가 심상치 않았기 때문이다.

그때 김류가 나섰다.

"알았네. 그 머리를 모셔다 안장시켜주게."

능양은 눈만 끔벅거리고 있다.

"이괄이 광주목사의 목을 베었다면 지금 남진하고 있다는 증거 아닌가?"

능양이 김류와 이귀, 김자점까지를 둘러보면서 물었다.

셋은 말이 없다.

그때 능양이 다시 말했다.

"전라도 전주성이나 부산으로 내려가는 것이 어떻겠소?"

"전하."

고개를 든 김자점이 능양을 보았다.

"도원수 장만의 승전보가 온 지 며칠 안 되었으니 조금 기다려 보시는 것이 나을 것 같습니다."

그때 이귀가 말을 받았다.

"그동안 전주성, 부산진에 전령을 보내서 대비는 시켜놓겠습니다."

"지긋지긋하군."

청에서 나온 김자점이 옆을 따르는 예조참의 박용에게 말했다.

박용은 김자점의 심복이다.

"왜군을 피해 북쪽 끝의 의주로 도망간 임금이 있더니 이제는 반란을 피해 남쪽 끝으로 도망가는 임금이 나오겠다."

"이괄이 패전한 것이 아닌가요?"

"그런 모양이야."

"장만 도원수가 거짓 승전보를 보고한 것입니까?"

"그 사람은 무장(武將)이 아냐. 전장(戰場) 이곳저곳에서 모은 좋은 말로 작문을 한 것 같다."

"그 양반 말을 믿다가 이괄이 공주성 아래까지 오면 어떻게 합니까?"

"그래서 정탐군을 보내야겠어."

김자점이 박용을 보았다.

"오작이를 불러라."

이괄이 고개를 들고 이전에게 말했다.

"잘 들어라."

시선만 주는 이전을 향해 이괄이 빙그레 웃었다.

이전은 이제 하나 남은 혈육이다.

이괄의 옆에 있었기 때문에 살아남은 것이다.

해시(오후 10시)가 넘어서 주위는 조용하다.

이곳은 광주성의 내실 안이다.

"우리는 내일 이천으로 옮긴다."

이전은 알고 있었기 때문에 시선만 준다.

이괄이 말을 이었다.

"아비가 일으킨 이번 난(亂)을 어떻게 생각하느냐?"

"당연한 일입니다, 아버님."

이전이 정색하고 이괄을 보았다.

"능양은 썩어 문드러진 이씨의 잡종 새끼일 뿐입니다. 개나 소나 이성계, 이

방원의 피가 조금 섞였다고 왕이 되어서 천년만년 백성을 종으로 부려먹게 할 수는 없습니다."

"옳지."

이괄이 이번에는 이를 드러내고 웃었다.

이전은 이괄의 외아들이다.

본래 이번 반란도 이괄이 반정공신 이등에 책록되었기 때문에 일으킨 것이 아니다.

이전 때문이다.

이전이 나이는 22세지만 머리가 명석했고 학자들과 교유가 많았다. 그래서 일부 학자, 관리들과 반정 공신들의 횡포와 서인(西人)들의 월권을 비판한 적이 있었다.

그것을 지난 1월 초에 서인 일당이 무고를 했다.

문희, 허통, 이우 등이다.

'이괄과 그의 아들 이전, 순변시 한명련과 인주목사 정충신이 군사를 일으켜 인성군 이공(李珙)을 왕으로 삼으려고 합니다.'

완전한 무고다.

이괄이 반정에 가장 큰 공을 세웠음에도 공 이등에 책록된 것에 불만을 품을 것이라고 믿었다.

그래서 서인 일당은 그들에게 너희들은 반정(反政)을 막았다는 공신이 될 것이라고 부추겼다.

이것이 당파 싸움으로 익숙해진 조선 양반들의 행태다.

이것으로 이괄의 반란이 시작된 것이다.

이괄이 입을 열었다.

"전아, 이번 싸움은 졌다."

"압니다, 아버님."

"지금 후회하면 무엇 하겠냐만 내가 평양에서 장만부터 치고 천천히 내려왔어야 했다."

이괄의 얼굴에 쓴웃음이 번졌다.

"도성에 있던 내 가족을 구해내려고 서둘렀던 것이 패착이다."

"아버님, 돌아가신 어머님, 숙부, 그리고 가족들도 모두 감사하게 생각할 것입니다. 할 일 다 하셨습니다."

고개를 든 이전이 흐려진 눈으로 이괄을 보았다.

"모두 제 잘못입니다. 제가 분수를 모르고 반정 공신들의 횡포를 떠든 것이 놈들에게 빌미를 주었습니다."

"아니다. 나는 네가 자랑스럽다. 그런데."

이괄이 정색하고 이전을 보았다.

"너는 떠나거라."

"아버님."

이전도 정색하고 이괄을 보았다.

예상하고 있었던 것 같다.

"저는 아버님을 모시고 죽겠습니다."

"이놈."

낮지만 단호한 목소리로 이괄이 말을 이었다.

"내가 이루지 못한 대업(大業)을 네가 이어야겠다. 그래야 내가 한을 품고 죽지 않을 것이다."

숨을 죽인 이전을 향해 이괄이 말을 이었다.

"북으로 떠나 여진 대원수 이산 님을 만나거라."

"예? 이산 님이라면."

놀란 이전이 말을 잇지 못했고 이괄의 말이 이어졌다.

"내가 이산 님께 편지를 써놓았다. 내가 자객을 보내 최 관찰사를 죽인 것까지 다 말해놓았다."

"……."

"내 야망도 다 썼고 조선을 어떻게 하고 싶었다는 것도 다 썼다."

"……."

"너를 맡기겠다고 썼다. 내가 이산 님께 죄를 지었지만 이괄의 아들 이전을 요긴하게 써 주십사 하고 부탁을 했다."

"아버님."

"전아, 이산 님은 너를 받아주실 것이다."

이괄이 흐린 눈으로 이전을 보았다.

"이제는 네가 내 유일한 희망이다, 내 아들아."

"……."

"내가 죽는 순간에 네가 이산 님 그리고 아바가이 님과 함께 대륙에서 말을 달리는 모습을 떠올리고 싶구나."

그러고는 이괄이 품에서 비단에 싸인 편지를 꺼내었다.


"군사가 6천 남짓입니다."

정충신이 말하자 장만은 고개를 들었다.

"그렇다면 우리가 곧장 내려가는 것이 낫지 않을까?"

도성의 창덕궁 근처의 병조창을 본진으로 삼은 장만은 사방에서 관군을 끌어들였다.

그래서 지금 도성 안에만 1만 8천의 관군이 모여 있다.

그때 정충신이 고개를 저었다.

"지금 반군은 광주성에 있으나 그곳이 지리적으로 이롭지 못하다는 것을 알 겁니다. 그래서 곧 이천으로 옮길 것이오."

"그것을 그대는 어떻게 아나?"

"이괄이 전에 말한 적이 있소."

그러자 청 안의 시선이 모두 모였다.

장만의 눈빛도 강해졌다.

"무어? 이괄하고 말한 적이 있어?"

"왜란 때 분조(分朝) 이야기를 하면서 군(軍)을 주둔시키기에는 이천이 적합한 장소라고 이괄이 말한 적이 있습니다."

정충신이 뱉듯이 말을 잇는다.

"저하고 반란 이야기를 했던 것으로 아십니까?"

"아니, 그런 뜻이 아니라……."

정충신의 시선을 받은 장만이 외면했다.

"그렇다면 어쩌면 좋겠나?"

"연이은 패전으로 북방군의 사기는 떨어져 있습니다. 그러나 우리가 강공(强攻)한다면 궁지에 몰린 짐승처럼 반격해 올 가능성이 많소."

장만은 시선만 주었고 정충신의 말이 이어졌다.

"그러니 수원쯤으로 내려가 상황을 보는 것이 낫겠습니다."

지금까지 전공은 정충신이 다 만들었다.

다른 장수들은 말할 것도 없고 장만도 고개만 끄덕였다.

광해에게 다시 최보성이 찾아왔다.

강화부사는 광해의 처소 옆에 별장이 지휘하는 군사 10여 명을 배치했다.

감시병이다.

그러나 최보성의 출입은 제지하지 않았다.

최보성은 항상 경호병 20여 명을 인솔하고 다니는 터라 막을 엄두도 내지 못한다.

게다가 별장 이하 군사들도 최보성이 누군지 아는 것이다.

최보성은 오늘도 고기와 양식까지 가져왔기 때문에 하인들은 분주하게 움직였다.

"이괄군(軍)은 도성에 온 후로 연패해서 지금 광주로 옮겨간 상황입니다."

최보성이 말을 이었다.

"그곳에서 다시 군사를 모아 일전(一戰)을 벌일 모양이나 관군(官軍)은 시간이 지날수록 늘어나고 있습니다."

"이괄이 패퇴하겠군."

광해가 초점이 멀어진 눈으로 최보성을 보았다.

"광주에서 이천으로 옮겨가겠군. 이천에서는 남북이 다 보이지."

광해가 말을 이었다.

"내가 이천 분조에서 그대 백부하고 같이 있던 때가 벌써 30년도 더 지났어."

"그때나 지금이나 같은 상황이니 통탄할 일입니다."

최보성의 눈이 번들거렸다.

"능양군은 지금 공주에서 다시 전라도 전주나 부산으로 도망칠 준비를 하다가 멈췄다는 것입니다."

"홍안군이 안되었어. 잘되거나 안 되거나 변을 당하게 되겠네."

"본래 서인이 무고할 때 이괄 일당이 인성군을 내세워 왕으로 옹립한다고 했습니다. 그래서 인성군도 당할 것입니다."

인성군은 선조의 14명 아들 중 9번째 아들로 정빈 민씨의 소생이다.

홍안군은 은빈 한씨의 소생이며 광해군은 공빈 김씨의 소생인 것이다.

그때 최보성이 고개를 들고 광해를 보았다.

"전하, 대원수께서 이번 내란(內亂)이 불편하시면 여진으로 거처를 옮기시는 것이 어떨까 여쭤보라고 하셨습니다."

최보성이 본론을 꺼내었다.

"여진에서도 얼마든지 조선 국정을 살피실 수 있는 데다……."

말을 멈춘 최보성이 방 안을 둘러보는 시늉을 했다.

농가의 방 안이다.

바닥에 거적을 깔고 문의 창호지는 덧붙여서 누더기가 되었다.

누추한 숙소다.

광해가 쓴웃음을 지었다.

"내가 조선에서 죽겠다는 마음은 변하지 않았네. 대원수께 고맙다는 말씀은 전해주게."

"여진 땅에서 쉬시다가 돌아오셔도 되지 않습니까? 비 마마께서도 몸이 편치 않으시니 말씀입니다."

광해의 비(妃)인 유 씨는 지난해 세자 질과 세자빈 박 씨를 잃은 후에 시름시름 앓고 있었기 때문이다.

광해의 시선이 벽 쪽으로 옮겨졌다.

옆방에 유 씨가 누워있는 것이다.

약도 최보성이 대주고 있는 형편이다.

서인 일당은 여진 땅의 이산이 무서워서 광해 부부에게 손을 못 대고 있을 뿐이다.

# 4장
# 홍타이지 폐하 만세!

이천으로 이동이 끝났을 때는 유시(오후 6시) 무렵이다.
병력은 보군 6천3백, 기마군 1천2백, 포수대 4백20명, 포군(砲軍) 5백이다.
이괄은 포수대와 포군을 아꼈는데 특히 포군이 강력했다.
천자, 지자총통과 대장군포, 호준포, 거기에다 현자총통, 황자총통까지 끌고 왔다.
막강한 화력이다.
수성(守城)에 이보다 더 위력적인 무기가 없다.

"이만하면 되었습니다."
목발을 짚고 성루에 오른 한명련이 이괄에게 말했다.
한명련은 병세가 호전되어서 기동한다.
성루에는 각종 총통이 배치되었는데, 수십 문이다.
이만하면 수만 명 군사의 정면 공격도 막을 수 있다.
그때 방어사로 임명된 유응수가 말했다.
"이천성에 양곡 6천 석이 있습니다. 그리고 인근 성에서 2천여 석을 가져왔으니 한 달 이상 견딜 만합니다."
"이 사람아, 한 달이나 이곳에 있겠나?"
한명련이 웃음 띤 얼굴로 나무랐다.

"열흘쯤 쉬고 남진해서 조선 왕을 잡아야지."

이제 한명련은 조선 왕을 잡겠다는 말을 공공연하게 뱉는다.

"조선 왕 능양은 지금 전주로 도망갈까 부산포로 도망갈까 궁리 중이네."

주위에 선 장수들이 따라 웃는다.

패전으로 도성을 버리고 내려온 분위기가 아니다.

광주를 거쳐 오면서 부대도 정비했고 실제로도 대패한 것은 아니기 때문이다.


"이전은 어디 갔습니까?"

문득 한명련이 묻자 이괄이 주위부터 둘러보았다.

둘은 본진으로 삼은 내성의 청에 앉아있다.

청에는 둘뿐이었지만 이괄이 목소리를 낮췄다.

"보냈소."

고개를 든 한명련이 이괄을 보았다.

"아니. 그러면……."

"북쪽으로."

"이산 대원수에게 보냈단 말씀이오?"

"그렇소."

"기어코 보내셨구려."

한명련의 얼굴에 쓴웃음이 번졌다.

한명련의 가족은 이미 몰사한 것이다.

관군에게 잡힌 후에 바로 처형당했다.

그때 이괄이 흐린 눈으로 한명련을 보았다.

"장군, 내가 염치가 없소."

"아닙니다."

고개를 저은 한명련이 길게 숨을 뱉었다.

"장군께서는 이제 미련이 남아있지 않겠습니다."

"추한 모습을 보이기 싫을 뿐이오."

"이곳으로 따라온 장수들은 모두 함께 죽을 각오를 하고 있을 것입니다."

"그런 것 같소."

"우리가 죽으면 군사들은 모두 온전할 것입니다."

"그렇겠지."

이괄과 한명련은 이곳이 마지막을 보낼 장소가 될 것을 예상하고 있었다. 남진하자는 말은 호언이다.

그때 고개를 든 한명련이 이괄을 보았다.

"유응수 등을 부를까요?"

이괄이 고개를 끄덕였다.


자시(밤 12시) 무렵이 되었을 때, 내성의 밀실에 장수 9명이 모였다.

긴급 소집이 되었지만 한 명도 빠짐없이 다 모인 것이다.

그때 한명련이 고개를 들고 유응수를 보았다.

"이수백, 기익헌은 지금 어디에 있소?"

"성에서 10리(5킬로)쯤 떨어진 산기슭에 진을 치고 있습니다."

"그놈들을 제가 치지요."

허전이 나섰을 때, 한명련이 웃음 띤 얼굴로 입을 열었다.

"이보게, 허전. 그놈에게 일을 맡기도록 하지."

"무슨 일 말씀입니까?"

"우리 군사들을 그놈 둘에게 맡기자는 말이네."

"어떻게 말씀입니까?"

한명련이 가볍게 헛기침을 하고 나서 이괄을 보았다.

"장군께서 말씀하시지요."

모두의 시선이 이괄에게 옮겨졌다.

어깨를 편 이괄이 장수들을 둘러보았다.

"이곳까지 따라와 주어서 고맙네."

이괄의 눈이 흐려졌다.

"모두 10년 가깝게 나와 동고동락을 해온 무장들이니 지금 상황을 다 알고 있겠지."

"……."

"나하고 같이 죽겠다는 것이 고맙네."

"……."

"내가 오늘 이곳에서 자결할 작정이네. 그러니 내 목을 가져갈 사람이 있어야겠네."

"저는 듣지 못한 것으로 하지요."

허전이 바로 말했을 때, 유응수가 껄껄 웃었다.

"저도 마찬가지올시다."

그때 한명련이 말했다.

"그 사람이 진정 장군의 마음을 아는 사람일세. 하나만 나서주게."

"없습니다."

장수 서넛이 한꺼번에 소리치듯 말했을 때, 군사들이 술상을 들고 들어섰다. 미리 준비를 시킨 것이다.

술을 한 잔씩 마셨을 때, 한명련이 입을 열었다.

"내가 이럴 줄 알고 심지 뽑기 준비를 해놓았네."

마치 유희를 즐기는 것처럼 한명련이 웃음 띤 얼굴로 말을 이었다.

"심지를 뽑은 사람이 성 밖에 있는 이수백, 기익헌에게 달려가서 죽은 우리들의 목을 베어가라고 전하게."

술잔을 든 한명련이 장수들을 둘러보았다.

"그놈들은 믿지 못하고 사람을 시켜 확인하고 나서야 들어오겠지. 그때 군사들이 그놈들을 헤치지 않도록 해야 하네. 그냥 놔두라고 하게."

그때 이괄이 말했다.

"공에 눈이 먼 놈들이니 끌려들겠지."

이괄의 눈이 번들거렸다.

"정충신이 마무리를 할 것이네."

심지 뽑기에서 유응수가 뽑혔다.

긴 심지를 손에 쥔 유응수가 턱을 들고 소리쳐 웃었는데 눈물이 볼을 타고 흘러내렸다.

"고맙네."

이괄이 잔에 술을 따라 내밀었다.

"죽으면 안 되네."

유응수가 잔을 받으면서 다시 웃었다.

그때 한명련이 잔을 내려놓더니 이괄을 보았다.

"장군, 제가 먼저 가겠습니다."

축시(오전 2시)가 되었을 때, 산기슭의 막사 주변이 소란스러워졌다.

잠에서 깬 이수백에게 부장(副將)이 들어와 말했다.

"이천성(城)에서 유응수 병마절도사가 오셨습니다."

"무엇이?"

놀란 이수백이 눈을 치켜떴을 때, 진막 안으로 기익헌이 들어섰다.

"유 절도사가 혼자 오셨소."

숨을 들이켠 이수백이 부장에게 말했다.

"모셔라."

진막 안으로 들어선 유응수가 핏발이 선 눈으로 이수백과 기익헌을 보았다.

"이천성으로 가십시다."

유응수가 말을 이었다.

"내성의 청에 부원수 이하 장수들의 시신이 있소. 가서 확인하고 관군에게 인계하시오."

"무, 무슨 말씀이오?"

기익헌이 먼저 물었을 때, 유응수가 외면한 채 대답했다.

"먼저 확인부터 하시든지. 나는 군사들을 수습하고 떠나겠소."

묘시(오전 6시) 무렵.

광주성 인근 고천산 기슭의 본진으로 전령이 뛰어들었다.

정충신군(軍)의 본진이다.

이수백이 보낸 부장(副將)이다.

"이수백 병마사와 기익헌 부사가 기습군을 이끌고 이괄 일당을 쳤습니다!"

정충신의 시선을 받은 부장이 말을 이었다.

"청 안에 있던 이괄 이하 한명련 등 장수 9명을 죽이고 목을 베었습니다."

"……."

"그리고 이천성에 주둔한 반란군 7천의 항복을 받았습니다. 군사들은 이괄 일당이 죽은 것을 알자 순순히 투항했습니다."

소리쳐 보고한 부장이 번들거리는 눈으로 정충신을 보았다.

"이수백, 기익헌이 이괄과 일당의 목을 가져올 것입니다."

그때 정충신이 말했다.

"목은 그대로 둬라."

그러고는 덧붙였다.

"함부로 건드리지 말란 말이다."

부장을 보낸 정충신이 옆에 선 황해감사 임서에게 말했다.

"이수백이 시신에서 목만 떼어낸 것 같소."

"무슨 말씀이오?"

놀란 임서가 묻자 정충신이 얼굴을 일그러뜨리며 웃었다.

"이수백, 기익헌은 이번 길마재 패전의 책임을 추궁당할까 두려워서 이천성에 들어가지도 못하고 있었소."

정충신의 눈이 흐려졌다.

"그놈들이 이천성 안까지 들어가 기습할 수는 없소. 아마 이괄, 한명련이 두 놈에게 뒷수습을 맡긴 모양이오."

"뒷수습이라니?"

"자살하고 나서 목을 떼어가는 역할 말씀이오."

정충신이 말을 이었다.

"그놈들도 북방군 장수들이니 군사들을 맡긴 것이겠지요."

그러고는 정충신이 외면했다.

유시(오후 6시) 무렵.

공주성 안.

능양이 청에서 도원수 장만이 보낸 전령을 맞고 있다.

이번에도 장만은 서신을 보냈다.

서신을 읽다가 만 능양이 고개를 들고 소리쳤다.

"무어? 이괄, 한명련을 베어 죽였어?"

"예, 전하."

전령이 고개를 들고 능양을 보았다.

"장수 9명을 베어 죽이고 군사들을 모두 투항시켰습니다."

"장하다."

능양이 벌떡 일어섰다.

"공 일등이다!"


정충신이 앞에 선 이수백, 기익헌을 보았다.

술시(오후 8시) 무렵.

이천성의 청 안이다.

청 안에는 관군(官軍) 장수들이 10여 명 늘어서 있었는데, 앞쪽에 9개의 나무통이 놓였다.

이괄, 한명련 등 반군(反軍) 장수들의 머리가 담긴 통이다.

정충신이 이수백에게 물었다.

"기습할 때 반군 장수들은 모두 비무장이었나?"

"둘러앉아 술을 마시고 있었습니다."

이수백이 말을 이었다.

"미처 대항할 여유가 없었지요."

"날랜 장수들도 있었는데 대단하군."

"운이 좋았습니다."

"이괄은 누가 베었나?"

"제가 베었습니다."

"한명련은?"

그때 기익헌이 나섰다.

"한명련은 제가 베었소."

"그대 둘이 공 일등이다."

정충신이 외면한 채 말을 이었다.

"곧 대장군에 도원수가 될 것이다."

이수백, 기익헌이 물러갔을 때, 종사관 김시양이 정충신에게 말했다.

"시신들은 모두 가슴이 찔려 있었습니다. 그것은 자결한 후에 머리를 벤 증거입니다."

"나는 보지 않아도 알겠다."

정충신이 흐려진 눈으로 김시양을 보았다.

김시양은 정충신의 명을 받고 시신을 검시하고 온 것이다.

"모두 자결하고 이수백에게 사람을 보내 목을 떼어 가라고 한 것이야."

"장군, 어떻게 하시렵니까?"

김시양이 물었다.

"도원수께서는 이미 주상께 이수백, 기익헌의 공을 적어 보내셨습니다."

"그것이 이괄, 한명련의 마지막 전략이 되겠다."

정충신이 눈의 초점을 잡고 김시양을 보았다.

"아무래도 둘이 나에게 그 뒤처리를 맡긴 것 같구나."

김시양이 정충신의 시선을 받은 채 길게 숨을 뱉었다.

김시양 또한 북방군으로 이괄, 한명련 등과 고락을 함께해 온 장수인 것이다.

이천성 남문 근처의 숙소에서 이수백과 기익헌이 술을 마시고 있다.

자시(밤 12시)가 넘은 시간이어서 주위는 조용하다.

한 모금 술을 삼킨 이수백이 쓴웃음을 지었다.

"참 기이한 운명이군."

"뭐가 말인가?"

기익헌이 묻자 이수백이 말을 이었다.

"도원수가 나하고 자네를 일등 공신으로 상신했다고 했지 않나?"

"그렇지."

"이괄이 이등 공신으로 책록된 것에 불만을 품고 반란을 일으켰지만 실패하고 죽었어."

술잔을 든 이수백이 말을 이었다.

"그런데 그 이괄의 목을 갖고 우리가 일등 공신이 되었군."

"그렇게 되었군."

기익헌이 쓴웃음을 지었을 때다.

방문이 부서지면서 안으로 사내들이 들어섰다.

손에 장검을 쥐고 있다.

"아앗!"

놀란 둘이 벌떡 일어섰으나 이미 늦었다.

두 사내가 휘두른 첫 칼을 그대로 받았다.

"으아악!"

처절한 비명이 동시에 울렸고 쓰러진 둘에게 다시 칼날이 날아갔다.

사방에 피가 튀면서 피비린내가 일어났다.

그러나 등잔불은 꺼지지 않아서 둘의 처참한 몸이 드러났다.

둘의 움직임이 멈췄을 때, 방 안으로 다시 무장 하나가 들어섰다.

정충신이다.

정충신이 둘의 시신을 내려다보면서 말했다.

"이놈들 몸에 기름을 붓고 그대로 이곳에서 화장을 시켜라."

몸을 돌린 정충신이 방을 나와 어두운 하늘을 보았다.

"보고 계시오?"

하늘에 대고 물었지만 대답이 있을 리가 없다.

요동의 안산성.

최보성이 보낸 전령이 달려왔을 때는 2월 19일.

이괄, 한명련이 죽은 지 나흘 후다.

청에 아바가이와 함께 나란히 앉은 이산이 전령의 보고를 듣는다.

미시(오후 2시) 무렵이다.

"이괄, 한명련 등 장수 9명은 이천성에서 살해되었습니다."

전령이 말을 이었다.

"따라서 성에 모인 군사들은 모두 투항했습니다."

"잘됐군."

이산이 먼저 말하고는 아바가이를 보았다.

"관군(官軍)의 정충신이 이괄의 수하 군사들을 다 포용해줄 것이다."

그때 전령이 고개를 들고 이산을 보았다.

"이괄 등 장수들을 기습해서 살해한 이수백, 기익헌은 다음 날 밤에 숙소에서 살해되었습니다."

청 안이 조용해졌고 이산이 물었다.

"누가 죽였느냐?"

"벽에 피로 천벌(天罰)이라고만 적혀 있었습니다."

"음. 이괄, 한명련 등 장수들이 다 죽었다고 했느냐?"
"예."
"그렇다면 정충신이 이수백, 기익헌을 베어 죽인 것 같다."
눈을 가늘게 뜬 이산이 말을 이었다.
"정충신이 이괄의 복수를 한 거야. 그것으로 빚을 갚은 셈으로 한 것 같다."
그때 청 아래에서 위사가 소리쳤다.
"조선에서 온 사내가 대원수님 뵙겠다고 합니다. 이괄의 아들 이전이라고 했습니다."

청으로 들어선 이전은 행색이 남루했지만 어깨가 벌어진 장신이다. 눈이 맑고 눈빛도 강하다.
이산과 아바가이 앞쪽에 엎드린 이전이 고개를 들었다.
"제 아비가 이괄입니다."
그때 이번에는 아바가이가 맞는다.
"그 증거가 있느냐?"
"아비의 편지를 가져왔습니다."
이전이 품에서 가죽으로 싼 편지를 꺼내었다.
"읽으라."
아바가이가 지시하자 이전이 편지를 펼치고 읽는다.
목소리가 청을 울린다.

"이산 대원수께 이괄이 보냅니다.
이 편지를 읽으실 때면 이괄은 이 세상 사람이 아닐 것입니다."
숨을 고른 이전의 목소리가 떨렸다.

"각하, 이괄은 이씨 왕조의 무능과 독선에 절망하여 이씨 왕조를 폐하는 것이 낫다고 믿었습니다. 그러나 나라의 통치자는 있어야만 되지 않겠습니까? 그리하여 여진과 함께 이 나라를 통합해서 옛 고구려와 백제, 신라까지 아우르는 대국(大國)을 구상했습니다.

그 적임자가 바로 대원수님의 피를 받으신 아바가이 님이라고 생각했습니다."

이산과 아바가이가 서로의 얼굴을 보았다.

이괄이 이런 대구상을 했단 말인가?

이전이 계속해서 편지를 읽는다.

"그래서 각하를 끌어들이려고 최경훈 전(前) 관찰사를 암살했습니다. 그것을 능양 일당의 소행으로 위장하면 대로하신 각하께서 능양 일당을 격멸하시리라고 믿었기 때문입니다. 그것이 제 첫 번째 패착이었습니다."

이산이 심호흡을 했다.

이괄은 여진 내부의 속사정을 모른다.

누르하치와 이산과의 갈등이 없었다면 대군(大軍)을 남하시켰을지도 모른다.

그때면 이괄도 진심을 드러냈을 것이다.

다시 이전이 편지를 읽는다.

"그러나 이제 늦었습니다. 이씨 왕조는 썩은 채 다시 몇백 년을 굴러가게 될지도 모릅니다. 그동안 불쌍한 백성들만 고통을 받겠지요.

각하.

이제 이괄이 마지막으로 부탁을 드립니다."

이전의 목소리가 떨렸다.

이전도 이미 이괄의 죽음을 알고 있을 터였다.

"각하, 제 외아들 이전을 거두어 주시기 바랍니다. 어렸을 때부터 병법과 무술을 배웠고 저를 따라 전장에 다녔기 때문에 아바가이 님께 도움이 되리라고 믿습니다. 제 아비와는 달리 성품이 강직하고 대의(大義)를 간직한 아이니 부려주시기를 소망합니다.

각하와 아바가이 님께 충성하라고 유언해놓았으니 받아주시옵소서."

편지를 다 읽은 이전의 얼굴은 눈물범벅이 되었다.

고개를 든 이전이 흐린 눈으로 이산과 아바가이를 보았다.

그때 아바가이가 말했다.

"너는 오늘부터 1백인장으로 내 보좌역이다."

누르하치와 아바가이 사이는 아직도 답보상태다.

누르하치의 병이 위장되었다는 것만 밝혀졌기 때문에 양측의 불신만 깊어졌다.

그래서 넉 달 가깝게 양측은 전령도 교환하지 않았다.

그러나 정보원은 몇 배로 증가해서 서로 탐색에 열중했다.

이제는 차드나도 대놓고 누르하치를 비난하고 있다.

오늘 아침에도 이산에게 말했다.

"누르하치는 어렸을 때부터 사람을 의심하는 버릇이 있어. 그래서 아버지는 누르하치가 아무도 믿지 못하는 불쌍한 놈이라고 했어."

이산이 고개를 들었다.

처음 듣는 말이었지만 이해가 간다.

"그럼 오빠가 믿는 사람은 아무도 없단 말인가?"

"있어."

이산의 말이 끝나기도 전에 차드나가 바로 대답했다.

이산의 시선을 받은 차드나가 쓴웃음을 지었다.

"누구야?"

정색한 이산이 묻자 차드나가 목소리를 낮췄다.

"주술사 몬타고."

"주술사라고?"

"우리 가문에서 4대째 주문을 풀어주는 주술사야."

"그렇군."

이산이 고개를 끄덕였다.

여진족장 대부분은 주술사를 찾는다.

족장에 따라 다르지만 주술사를 열성적으로 믿는 경우도 있다.

안산성 외성(外城) 성루에 서면 앞쪽에 대평원이 펼쳐져 있다.

미시(오후 2시) 무렵.

외성 남문(南門) 성루에서 이산이 옆에 선 강홍립에게 물었다.

"이보시오, 도원수. 조선으로 돌아가지 않으시려오?"

고개를 든 강홍립이 먼저 미소부터 지었다.

흰 수염이 바람을 받아 누웠지만 아직 홍안이다.

이때 강홍립은 66세.

이산보다 5살 연상이다.

"기다렸다가 가겠습니다."

2월 하순이지만 맑고 포근한 날씨다.

이산이 말뜻을 알면서도 물었다.

"아니, 무엇을 기다린다는 말이오?"

"아바가이 님이 후금(後金) 황제가 되시는 것입니다."

"허, 이런."

마침내 이산도 따라 웃었다.

이산과 강홍립은 자주 만나 조선 이야기를 한다.

명(明)을 도우려고 조선에서 광해가 파병한 군사 1만여 명은 지금도 온전하게 여진군과 함께 생활하고 있다.

광해의 명과 후금 양쪽을 만족시키는 능란한 외교술이었다.

그때 강홍립이 말했다.

"대륙의 격변기에 조선은 집안싸움만 하고 있군요."

"천 년간 밖으로 나오지를 않았으니 우물 안 개구리가 다 되었지요."

대평원을 응시하면서 이산이 탄식했다.

"조선인은 백제시대에 대륙을 정벌했다는 기록이 있소."

"저도 들었습니다. 대륙 곳곳에 담로라는 백제령을 만들었고 왜국도 그중 하나였지요."

둘은 입을 다물었다.

그 위대한 민족의 기상이 다 어디로 갔는가?

무능하고 제 잇속만 차리는 왕조(王祖)가 그렇게 만들었다.

이윽고 강홍립이 입을 열었다.

"조선인의 피를 받은 아바가이 님이 대륙의 황제가 되시는 것을 내 눈으로 보고 가겠습니다."


"가족이 남았느냐?"

불쑥 아바가이가 묻자 이전이 고개를 들었다.

"저 혼자 남았습니다."

"처도 없어?"

"혼인을 안 했습니다."

"나이가 몇이냐?"

"스물둘입니다."

"그 나이에도 혼인을 안 했단 말이냐?"

"예, 저하."

둘은 안산성 서쪽의 황무지를 나란히 말을 타고 속보로 가는 중이다. 둘 다 손에 활을 쥐었고 말을 하면서도 사방을 주의 깊게 살핀다.

사냥을 나온 것이다.

"조선은 혼인이 늦은 거냐?"

"아닙니다. 열대여섯이면 성혼을 하는데, 제가 늦었을 뿐입니다."

"난 비(妃)가 둘인데 모두 조선녀."

"예, 저하."

"내가 내 비(妃)한테 부탁해서 조선녀를 찾아보도록 해주마."

"예, 지하."

그때 문득 아바가이가 생각난 것처럼 말을 잇는다.

"네 아비의 기대를 잊지 말아라."

아바가이는 이 말을 하고 싶었던 것 같다.


누르하치가 황성인 봉천성의 청에서 병부상서 아신카이에게 말했다.

"팔기군(八旗軍)은 본래 내가 만든 부대 체제였어. 이산이 그것을 모방한 거다."

모두 경청하고 있지만 새빨간 거짓말이다.

일본군을 이끌고 요동 땅에 상륙한 이산이 팔기군(八旗軍)을 창안한 것이다.

그래서 지금은 후금(後金)의 모든 부대가 팔기군 체제로 운영되고 있다.

이 자리에 이산이 있었다면 누르하치는 그렇게 말 못 한다.

누르하치가 말을 이었다.

"이산이 이번에 한인으로만 팔기군을 만들었다지만 그것도 내가 먼저 만들었다. 지금 양강성에 주둔한 적기군(赤旗軍)이 바로 그렇다."

"지당하신 말씀이오."

대장군 황찬이 나섰다.

황찬은 한인이다.

요동도사로 있다가 투항한 후에 후금의 대장군이 된 인물이다.

황찬이 말을 이었다.

"앞으로 한인 팔기군을 더 늘려야 합니다. 한인뿐만이 아니라 몽골인 팔기군도 늘려야 합니다."

"네 말이 맞다."

누르하치가 고개를 끄덕였다.

"명이 도적단의 반란으로 내란 상태이니 이때가 기회다. 우리는 도적 떼들에게 자금성이 함락되기만을 기다리면 된다."

그때 그 도적단을 치고 대륙을 석권하려는 것이다.

그것이 누르하치의 전략이다.

일일이 도적단과 상대할 필요가 없는 것이다.

요동에서 기회를 기다리기만 하면 된다.


"폐하는 기동만 불편할 뿐이지 머리는 예전 그대로인 것 같군."

청에서 나온 대장군 카리탄이 백기장(白旗將)인 유스노에게 말했다.

"대원수에 대한 감정은 더 나빠진 것 같고."

"이젠 회복 불능이야."

유스노가 고개를 저으며 주위를 둘러보고 나서 물었다.

"자네 들었나?"

"뭘 말인가?"

"폐하가 여섯째 비(妃) 시트나 님의 아들 호탄 왕자를 세자로 봉할 예정이라는 소문 말이네."

"지난달에는 바실 왕자라는 소문이 났던데, 또 바꿨나?"

"이번에는 사실일 것 같네."

"하긴 성년이 된 왕자가 다섯이나 되니 세자 후보는 얼마든지 있지."

"여섯이야. 아니, 일곱인가?"

내성의 벽 앞에 멈춰 선 둘의 옆으로 근위대가 지나갔다.

누르하치가 세자 아바가이를 폐한 후에 세자에 대한 소문은 끊이지 않는다.

8번째 비(妃) 하르나의 아들 쿠슬란이 죽고 나서 아직 세자를 임명하지 못한 것이다.


이때 누르하치는 67세.

여진 부족장으로 입신하여 여진 전체를 통합했지만, 아직 대륙을 석권하지는 못했다.

대륙은 민란으로 대혼란 상태였지만, 이때 팔기군(八旗軍)을 이끌고 대륙에 진입한다고 해도 조금 큰 도적단 중 하나가 될 뿐이다.

그래서 도적단들의 이전투구가 끝나기를 기다리는 형국이다.

술잔을 든 누르하치가 앞에 앉은 호탄을 보았다.

호탄은 23세.

6척 장신에 호남형 용모다.

누르하치의 침전 안이다.

"잘 들어라. 네 적은 명군(明軍)도, 도적단들도 아니다. 그러면 누구겠느냐?"

"예, 이산입니다."

정색한 호탄이 누르하치를 보았다.

"그리고 아바가이입니다."

"그렇다."

한 모금에 술을 삼킨 누르하치의 눈이 흐려졌다.

초점을 잃은 눈이다.

"조선 놈들인 그 두 놈은 간교하다. 나도 그놈들에게 속을 정도다. 그러니 절대로 믿으면 안 된다."

"예, 아버님."

"이곳 조정 안에서나 장군들 중에서 그놈들과 내통하는 놈들이 있을 것이다. 그러니 그놈들을 가려내는 것이 가장 중요하다."

"예, 아버님."

누르하치가 성한 손으로 잔에 술을 채우더니 다시 한 모금에 삼켰다.

"마바스도 믿지 마라. 그놈이 요즘 너무 활개를 치고 다니는 것도 수상하다."

"예, 아버님."

"위사장 비자트하고 마바스를 경쟁시키는 구도로 부려라."

누르하치의 눈이 번들거렸다.

내일 누르하치는 호탄을 세자로 책봉하려는 것이다.

그리고 나서 당분간 호탄과 함께 후금(後金)을 통치할 계획이다.

누르하치가 잔에 술을 채우려고 손을 뻗쳤다.

그러다가 그 모습 그대로 앞으로 엎어졌다.

"아버님!"

호탄이 자리에서 일어나 누르하치를 부축했다.

전에도 가끔 이랬다.

술 마시다가 엎어졌고 자리에서 일어서다가 뒤로 자빠졌다.

반신이 마비되어서 균형을 잃었기 때문이다.

누르하치의 상반신을 세운 호탄이 숨을 들이켰다.

누르하치는 눈을 치켜떴는데, 동공이 움직이지 않는다.

딱 벌린 입 끝에서 침이 흘러내리고 있다.

"무엇이?"

놀란 이산이 저도 모르게 소리쳤다.

청에 모인 아바가이, 중신들도 일제히 숨을 죽이고 앞에 선 사내를 응시했다.

사내는 누르하치의 위사대 1백인장인 무크락.

이산이 심어놓은 누르하치 측근의 정보원이다.

그 무크락이 이번에는 직접 달려온 것이다.

직무를 다 버리고 달려왔으니 곧 본색이 탄로가 날 것이다.

그것을 각오하고 올 만큼 중대사다.

"그것이 정말이냐?"

이산의 목소리가 갈라져 있다.

눈도 흐려져서 금방이라도 눈물을 쏟아낼 것 같다.

그때 무크락이 말했다.

"예, 제가 시신을 직접 옮겼습니다."

목소리가 청을 울렸다.

"지금 함구령을 내린 상태로 위사대장이 사태를 수습하고 있지만 곧 마바스 장군도 알게 될 것입니다. 궁 안에 첩자가 있을 테니까요."

"아아!"

신음을 뱉은 이산의 눈에서 눈물이 흘러내렸다.

아바가이의 부릅뜬 눈에도 눈물이 고여 있다.

"내가 마지막을 뵈었어야 했어."

이산의 목소리가 청을 울렸다.

"영웅이 가셨다."

1626년.

누르하치가 후금(後金) 황제를 칭한 지 10년이 되던 해다.

봉천성으로 황성을 정한 지 1년이 되었을 때다.


"비자트, 폐하는 어디 계시오?"

마바스가 묻자 비자트가 외면했다.

"침실에 계시오."

내성의 청 안이다.

청에는 10여 명의 대신이 둘러서 있었는데 모두의 시선이 모였다.

신시(오후 4시) 무렵.

아침부터 술렁이던 분위기였던 것은 그제야 비자트가 청에 나왔기 때문이다.

그때 마바스가 목소리를 높였다.

"비자트, 성안에 소문이 돌고 있어."

"무슨 소문이란 말인가?"

비자트도 맞받아 소리쳤기 때문에 금세 살벌한 분위기가 되었다.

마바스가 한 걸음 다가섰다.

"폐하 상태는 어떠신가?"

"말할 수 없어."

어깨를 편 비자트가 마바스를 노려보았다.

"적에게 이로운 정보는 전할 수가 없다는 것을 알고 있지 않나?"

"폐하가 쓰러지셨다는 소문이 돌고 있어."

"반역자들의 선동이야."

"쓰러지신 것을 감추는 것이 반역자다!"

마바스의 목소리가 더 커졌다.

"그것이 우리 대신들의 공론이야!"

"무엇이?"

비자트가 눈을 치켜떴을 때 장군 서너 명이 앞으로 나섰다.

모두 기장(旗將)급 대장군들이다.

"그렇소."

기장 하나가 소리쳤다.

"폐하의 유고를 속이는 것이 반역이라고 결정했소!"

나머지 둘이 번갈아 소리쳤다.

"밝히시오!"

그때 비자트가 턱을 들고 소리쳤다.

"들어오라!"

그 순간 옆쪽의 문에서 위사들이 쏟아져 들어왔다.

모두 수십 명.

손에 칼을 뽑아 쥐고 있다.

그때 이번에는 마바스가 소리쳤다.

"출동!"

그 순간 청 밖에서 함성이 올리더니 마바스와 각 기장(旗將)들의 부하들이 청으로 뛰어들었다.

그들도 모두 칼을 뽑고 있었는데 수십 명이다.

넓은 청이 순식간에 양측의 군사들로 가득 찼지만 아직 칼부림은 일어나지 않는다.

양측이 약 5보 간격을 두고 대치한 상태다.

대신들은 모두 마바스 주위에 모인 상태고 비자트는 위사들에게 둘러싸여 있다.

그때 마바스가 얼굴을 찌푸리며 웃었다.

"네 뜻대로 될 것 같으냐?"

그때 밖에서 함성이 울렸다.

엄청난 함성이다.

마바스가 다시 말을 이었다.

"위사대를 우리 군(軍)이 포위하고 있다, 비자트, 이 미련한 놈아."

"마바스, 이 역적."

비자트가 잇새로 말했을 때, 청기장(靑旗將) 바이타르가 소리쳤다.

"비자트, 네놈이 역적이다. 폐하의 시신을 눕혀두고 네가 농간을 부리려고 한 것 아니냐!"

"나는 폐하의 유지를 받들려고 했다!"

비자트가 맞받아 소리쳤을 때다.

옆에 서 있던 위사대 부장(副將) 파이라스가 몸을 돌리더니 그대로 칼을 뻗어 비자트의 가슴을 찔렀다.

칼끝이 비자트의 가슴을 뚫고 등으로 나왔다.

"윽!"

엉겁결에 소리친 비자트가 바로 눈앞에 선 파이라스와 칼을 쥔 손을 번갈아 보았다.

청 안은 순간 숨소리도 들리지 않는다.

그때 파이라스가 발로 비자트의 배를 밀어 차면서 칼을 뽑았다.

"으으악!"

그제야 긴 신음을 뱉은 비자트가 털썩 무릎을 꿇었을 때다.

마바스가 소리쳤다.

"위사대는 물러가라! 끝났다!"

작전에서 비자트는 마바스를 당할 수가 없다.

마바스가 보낸 사신은 청기장(靑旗將) 바이타르다.

바이타르는 코론족 족장이기도 하다.

청 안에서의 상황을 설명한 바이타르가 이산과 아바가이를 번갈아 보면서 말했다.

"입성하시지요. 이제 모든 준비를 마쳤습니다."

바이타르가 말을 이었다.

"제가 떠나기 전에 마바스 님이 위사대장이었던 비자트의 딸인 17비(妃) 나탈을 추방했습니다."

이산이 고개를 들고 옆쪽에 서 있는 구르사트를 보았다.

마바스의 절름발이 아들 구르사트와 시선이 마주쳤다.

구르사트의 표정에는 만감(萬感)이 섞여 있다.

다음 날 안산성에서 대군이 출발했다.

후금(後金)의 세자 아바가이의 상경이다.

전군(全軍)이 출진하는 터라 대평원은 깃발로 뒤덮였다.

무려 20여 만의 대군이다.

아바가이와 나란히 말을 걸리면서 이산이 하늘을 보았다.

구름 한 점 없는 맑은 하늘이다.

대평원은 온갖 북소리와 말 울음소리, 장수들의 호령으로 가득 찼고 활기가 충천했다.

"우선 황제 폐하의 장례식을 네가 주관해야 한다."

이산이 아바가이에게 말했다.

"명심해라. 네가 폐하를 존중할수록 네 위상이 높아진다는 것을."

"알고 있습니다."

어깨를 편 아바가이가 앞쪽을 응시한 채 말했다.

"장례를 치른 후에 바로 국호를 청(淸)으로 바꾸겠습니다."

봉천성은 이산과 아바가이가 이끌고 온 군사로 가득 찼다.

이산을 맞은 마바스가 말했다.

"황제 즉위식부터 하고 전(前) 황제 장례식을 치르는 게 낫겠습니다."

마바스가 번들거리는 눈으로 이산을 보았다.

"대원수 각하의 의견은 어떠십니까?"

"대장군의 생각과 같소."

이산이 웃음 띤 얼굴로 마바스를 보았다.

"제국에 한시라도 주인이 없으면 안 될 것이오."

"지금 즉시 즉위 준비를 하지요."

마바스가 번들거리는 눈으로 이산을 보았다.

"오래 기다리셨습니다, 각하."

황제 즉위식은 아바가이가 봉천성에 도착한 다음 날에 거행되었다. 이산과 마바스 등 제국의 중신(重臣)들이 일체가 되어 준비했기 때문에 절차에 따라 성대하게 진행되었다.

이로써 아바가이는 후금(後金)의 2대 황제로 등극했다.

그때 황제의 자리에 오른 아바가이가 용상에 앉아 앞에 도열한 수백 명의 중신, 장군들을 향해 선포했다.

황성의 청 안이다.

"나, 아바가이는 후금(後金)의 2대 황제로서 태조 누르하치 님의 유업을 받들어 제국을 통치하겠다."

그때 대원수 이산이 만세를 선창했다.

"홍타이지 폐하 만세!"

수백 명의 중신, 장군들이 따라서 만세를 외쳤다.

"홍타이지 황제 폐하 만세!"

아바가이의 이름은 홍타이지다.

홍타이지 폐하 만세를 부르는 이신의 눈에 눈물이 맺혔다.

마침내 아들이 대륙의 황제가 되었다.

이제 명(明)의 숨통을 끊어놓는 일만 남았다.


이곳은 조선.

능양이 도망쳤던 공주에서 한양성으로 돌아와 창덕궁에 앉아있다.

신시(오후 4시)쯤 되었다.

능양이 앞에 선 김자점에게 물었다.

"그렇다면 아바가이가 후금의 2대 황제가 된 것이오?"

"그렇습니다."

고개를 든 김자점이 능양을 보았다.

"이산은 섭정으로 황제의 자문역이 되었습니다."

"섭정이라면……."

"직책은 없으나 이인자인 셈이지요."

"이산이 황제의 친부인 것은 맞소?"

"예, 아바가이가 누르하치의 8번째 아들로 기록되어 있지만, 친부는 이산입니다. 어렸을 때 누르하치의 아들로 입양되었지요."

"……."

"그것을 여진인들은 모두 압니다."

"그렇다면 조선인이 후금의 황제가 된 셈인가?"

"그렇습니다."

김자점이 정색하고 능양을 보았다.

"아바가이의 정비(正妃)와 후비(後妃)까지 둘 다 조선인입니다."

"……."

"이번에 황제 즉위식을 하고 나서 바로 누르하치의 장례식을 치렀다고 합니다."

청 안이 조용해졌고 김자점이 능양에게 물었다.

"전하, 후금에 사신을 보내야 하지 않겠습니까? 황제의 장례와 즉위라는 대사(大事)가 함께 일어났으니 주변국으로서 예의를 갖춰야 할 것 같습니다만."

"우리가 상국(上國)으로 모셔야 한단 말인가?"

능양이 물었을 때 김자점은 외면했다.

그러자 능양이 대신들을 둘러보았지만, 시선을 마주치는 사람이 없다.


"주제에 자존심은 있어서."

김자점이 옆을 따르는 이조참판 임윤에게 말했다.

둘은 청을 나와 내궁 돌담을 끼고 궁 밖으로 나가는 중이다.

김자점이 말을 이었다.

"그러려면 왜 임금이 되었지? 후궁 거느리고 진수성찬 처먹으려고?"

"쉬잇."

임윤이 주의를 주더니 목소리를 낮췄다.

"그래도 임금이 되면 좋지. 이 모든 게 다 제 것 아닌가?"

임윤과 김자점은 어릴 적 친구다.

"하지만 이괄 때문에 고생을 하고 나서 임금 된 것을 후회할 거야."

"그나저나 사신으로 갈 놈도 없고 임금도 보낼 마음도 없는 것 같으니 후금(後金)은 벼르게 되겠군."

"자네가 가지 그러나."

"임금이 의심할 거야."

쓴웃음을 지은 김자점이 말을 이었다.

"지린 인간이 의심은 많거든."

"조선 백성이 임금 복이 없는 걸까?"

"광해를 폐위시킨 것이 잘못이었지."

걸음을 늦춘 김자점이 길게 숨을 뱉었다.

"우리가 살려면 어쩔 수 없었지만 말이지."

임윤은 대답하지 않았다.

광해군 주변의 대북파에게 밀려 서인들은 멸망 직전이었다.

그때 김자점이 혼잣소리처럼 말했다.

"이대로 두면 후금(後金)이 가만두지 않을 거네."

김자점이 힐끗 뒤쪽의 궁(宮)을 보았다.

"아바가이가 후금 황제가 되고 나서 조선을 곱게 보지는 않을 테니까."

임윤이 입을 다물었다.

아바가이가 누르하치하고는 다를 것이었다.

당시에 명(明)의 조정은 환관 위충현의 권세가 최고 수준에 달한 시기였다.

위충현은 황제의 위임을 받아 전권을 행사했다.

무능한 황제 주유교는 16살 때 목공 일을 하다가 황제로 등극한 후에 정부를 위충현에게 맡겨버린 것이다.

위충현은 그때부터 6년 동안 제국을 통치했는데 이것이 제국의 멸망 원인이 되었다.

"산해관만 넘어오지 않으면 돼."

아바가이가 후금(後金)의 2대 황제가 되었다는 보고를 듣고 위충현이 한 말이다.

위충현이 말을 이었다.

"그놈들도 머리가 있을 테니 이 아수라장 같은 대륙으로 들어오려고 하지 않을 것이다."

자금성의 후궁 청 안이다.

이곳이 위충현의 집무실인데, 황제의 청과 똑같이 만들어 놓았다.

금박을 입힌 기둥과 붉은색 양탄자가 깔린 바닥.

위충현이 앉은 의자는 용이 8마리 조각되어 있다.

그때 앞에 서 있던 태감 하선이 두 손을 모으며 웃었다.

"참으로 영민하신 생각이십니다. 여진 놈들이 대륙에 진입한다면 사방의 도적단들이 거머리처럼 달려들어 금세 뼈만 남겠지요."

"우리한테는 도적단이 많을수록 유리한 거야."

"도적단에게 상을 줘야겠습니다."

하선이 두 손을 비벼대면서 말을 이었다.

"황제 폐하께서는 운을 타고 나셨습니다."

"그런가 보다."

위충현이 이를 드러내고 웃었다.

위충현은 새 황제가 된 천계제 주유교가 무식하고 정사에 관심이 없는 것을 이용했다.

위충현은 태후궁의 집사로 일하면서 주유교의 유모와 정을 통하는 사이였다.

그래서 유모의 추천을 받은 주유교가 위충현에게 정사를 일임했다. 그것이 이제 6년이 되었고 명(明) 제국은 위충현 세상이 되어있다.

위충현이 말했다.

"그, 후금(後金)의 아바가이라는 애송이에게 축하사절을 보내라."


대란(大亂)이다.

지금 대륙이 그렇다.

요동은 명(明)의 관리가 배치되어 있으나 허울뿐이다.

실질적인 지배자는 여진이 세운 후금(後金)이다.

후금(後金)의 2대 황제 아바가이가 즉위하면서 요동 지역의 기반은 공고해졌다.

누르하치와 이산, 아바가이의 알력이 해소되어 1인 천하가 된 것이다.


후금 봉천 황성의 내궁(內宮) 접견실 안.

아바가이가 앞에 앉은 이전을 보았다.

이때 아바가이는 35세. 이미 장년이다.

접견실 안에는 아바가이 황제와 섭정 이산, 그리고 병부상서 마바스까지 셋이 둘러앉아 있다.

후금 제국의 최고위층이다.

아바가이가 입을 열었다.

"너, 한어(漢語)를 한다면서? 맞느냐?"

"예, 폐하."

고개를 든 이전이 아바가이를 보았다.

"아비를 따라 북방에 있으면서 한어와 여진어를 배웠습니다."

아바가이가 고개를 끄덕였을 때 마바스가 말했다.

"그대, 대륙에 가서 반란군을 이끌지 않겠는가? 우리한테는 유격군이지."

마바스가 말을 이었다.

"우리가 대륙을 석권하기 전까지 대륙 곳곳에 유격군을 조성할 계획이야. 알아듣겠나?"

"예, 이해합니다."

고개를 든 이전의 눈빛이 강해졌다.

"맡겨주셔서 감사합니다."

그때 이산이 말했다.

"네 아비의 부탁과도 맞을 것이다."


이전에게 부하 4명이 배당되었다.

장춘, 타가스, 유마노, 백돌이다.

모두 한어에 유창하고 무술에 뛰어난 10인장급으로 황궁 근위대에서 선발했다.

그중 장춘은 허난성 출신의 한인이며, 타가스, 유마노는 여진인, 백돌은 함경도 출신의 북방군이었으니 골고루 섞였다.

떠나기 전날.

이전이 다시 황제의 호출을 받았다.

특전이다.

후금에 온 후로 아바가이를 측근에서 모셨던 터라 정(情)도 들었다. 천애고아가 된 이전을 아바가이가 아꼈던 것이다.

이번에는 내실에서 둘이 만났다.

아바가이가 입을 열었다.

"네가 대륙 정벌의 선봉이다. 네가 만든 길로 우리 여진군이 진입해 갈 것이다. 알았느냐?"

"예, 폐하."

이전이 흐린 눈으로 아바가이를 보았다.

"폐하, 그동안 옥체 보중하소서."

"내가 왕자 신분이었다면 너하고 같이 대륙으로 갔을 텐데."

아바가이의 눈도 흐려졌다.

"이전, 네가 부럽다."

지금 둘은 조선말을 한다.

"폐하, 제가 기필코 기반을 만들어 놓겠습니다."

"대륙 각지에 파견한 유격군 지휘부와 서로 돕도록 해라."

"예, 폐하."

"수시로 네 소식을 듣겠다."

아바가이가 손을 뻗어 이전의 어깨를 움켜쥐었다.

이것도 특전이다.

"제가 능양군에게 서신을 보내도 되겠습니까?"

강홍립이 묻자 이산은 고개를 들었다.

섭정 이산의 저택 청 안.

오늘은 강홍립이 이산을 찾아온 것이다.

"능양에게?"

눈을 크게 떴던 이산이 곧 쓴웃음을 지었다.

"장군이 직접 능양에게 할 말이 있으시오?"

그동안 강홍립은 지인이나 가족에게 연락했지만, 광해가 폐위된 후로 조정과 단절된 상태다.

이산의 시선을 받은 강홍립이 정색했다.

"능양에게 조선의 대명(對明), 대후금(對後金) 외교 정책에 대해서 조언을 해 주려는데, 괜찮겠습니까?"

"허, 그렇군."

턱을 든 이산이 곧 허탈한 웃음을 띠더니 고개를 끄덕였다.

"역시 조선을 생각하고 계시는군."

"조선 땅의 백성을 염려하는 것입니다."

긴 숨을 뱉은 강홍립이 말을 이었다.

"제 눈앞만 생각하는 서인 놈들이나 유생 무리, 능양을 위해서 그러는 것이 아닙니다."

"알고 있소."

"이대로 가다가는 후금(後金)도 어쩔 수 없이 대군을 동원해서 조선을 눌러야 할 때가 옵니다. 저는 그것을 피해야겠다는 생각입니다."

"……."

"조선 땅에 명군(明軍)이 진주해 있는 데다 조선은 지금도 명에 사대하고 있습니다. 후금이 서진해서 대륙으로 가려면 뒤부터 눌러야 하지 않습니까?"

"그렇지."

마침내 이산도 외면한 채 말했다.

"그것은 황제 폐하도, 나도 말릴 수가 없는 일이오."

"부원수 김경서를 보내겠습니다."

강홍립이 상기된 얼굴로 이산을 보았다.

"부원수가 능양에게 절박한 현실을 말해줄 것입니다."

"가는 길에 왕 전하도 뵙고 오도록 하시오. 내가 전하께 드릴 물자도 준비해 놓겠소."

이산이 말했다.

이산에게 조선 왕 전하는 세상에 한 분뿐이다.

광해다.


산해관을 지나 허베이(河北)성으로 진입한 후에 자금성 아래쪽으로 내려간 이전 일행은 산시(山西)성에서 열흘을 쉬었다.

앞쪽이 반란군 때문에 막혔기 때문이다.

반란군이 아니라 폭도들이다.

닥치는 대로 행인을 죽이고 물건을 강탈하며 민가를 불태운다.

그래서 성한 민가가 없다.

"아무래도 돌아가야 할 것 같습니다."

장춘이 다가와 말했을 때는 유시(오후 6시) 무렵이다.

황무지를 훑고 온 마른 바람결에 탄내가 났다.

화재다.

하북성으로 들어오면서 이 냄새는 익숙해졌다.

도적단이 마을에 진입하면 불부터 지르는 것이다.

집뒤짐을 하지도 않고 불부터 지른다. 그러면 주민들이 귀중품부터 들고 뛰쳐나오기 때문이다.

그러면 죽이고 빼앗으면 되었다.

그때 주위를 둘러본 이전이 말했다.

"저쪽 강가에서 오늘 밤 쉴 곳을 찾아보기로 하지."

목적지는 산시성 시안(西安)이다.

산시성도 이미 도적단이 폭도로 변해 혼란 상태가 되었지만 예로부터 문화와 물산이 발달한 고도(古都)다.

이곳 산시성은 거쳐 가는 길인 것이다.

일행 다섯이 강가의 폐가로 들어섰을 때는 술시(오후 8시) 무렵이다. 주위는 어두웠지만, 노숙에 익숙해진 다섯은 제각기 식사 준비를 했다.

"대장, 일정의 8할은 온 셈입니다."

타가스가 말했다.

"여기서 시안까지는 1천 리(500킬로) 정도니 막히지만 않는다면 열흘이면 닿을 것 같습니다."

이곳까지 오는 데 한 달하고도 엿새가 걸렸다.

말도 타고 배를 탔어도 그렇다.

도중에 도적 떼를 만난 것도 네 번이나 되었다.

칼부림은 세 번.

이전도 도적 셋을 베어 죽였다.

그동안 이전은 부하 넷의 성품과 능력까지 파악할 수 있었다.

타가스는 여진족으로 부하 넷 중 선임이다.

성품이 치밀하고 신중한 반면 몸이 빠르다.

검술이 뛰어나서 지금까지 도적단 7, 8명을 죽였다.

유마노도 여진족인데 막내다. 22살.

그러나 체격이 크고 힘이 장사여서 말이 수렁에 빠졌을 때 말을 어깨에 메더니 수렁을 빠져나왔다.

장춘은 한인으로 35세.

허난(河南)성 군관 출신이다.

대륙의 지리에 밝고 눈치가 빨라서 항상 앞장서서 탐색병 노릇을 해왔다.

마지막으로 조선인 백돌은 북방군 출신으로 활을 잘 쏜다.

폐가의 방에 누워있던 이전이 밖의 소음에 눈을 떴다.

"도적이오."

어느새 옆으로 다가온 장춘이 낮게 말했다.

소음은 폐가 밖의 강변에서 들리고 있다.

장춘이 말을 이었다.

"해적 같습니다."

"해적이라니."

"강을 따라 배를 타고 해적질을 하는 도적단이 많습니다."

그때 여자의 비명이 울렸다.

사내들의 웃음소리도 함께 들렸다.


해적은 10여 명이다.

강가에 평저선 1척이 정박되어 있었는데 길이가 70, 80자(21~24미터)쯤 되는 꽤 큰 배다.

배에 등을 매달아 놓아서 주위가 다 드러났다.

강가에는 모닥불을 피웠고 고기를 굽는 냄새가 났다.

비명은 배 안의 선실에서 울린다.

선실 밖에는 7, 8명의 남녀가 묶여 있었는데 모두 농민 복색이다.

"선실 안에서 일을 벌이는 모양입니다."

옆에 엎드린 타가스가 말했다.

"해적은 모두 14, 15명. 그중 수부(水夫)가 다섯 명이니 무기를 쓸 놈은 9명쯤 되겠습니다. 선실에 2명쯤 있는 것 같고요."

이전도 그렇게 보았다.

지금 다섯은 폐가에서 나와 해적선 옆쪽 약 70보쯤 떨어진 갈대숲에 엎드려 있다.

"배가 묶여 있어서 쉽게 떠나지는 못하겠구나."

이전이 말하자 백돌이 고개를 끄덕였다.

"그렇습니다. 동아줄을 풀어도 배를 강 쪽으로 밀어야 나갑니다."

"그럼 우리가 활을 2개 갖고 있으니 먼저 활로 7, 8명을 잡기로 하자."

이전이 손에 쥔 활을 들어 보이며 말했다.

지금까지 이전은 각궁의 시위를 풀고 짐에 섞어 메고만 왔다.

그때 타가스가 말했다.

"대장께서도 활을 쏘시니 우리 몫이 없어도 되겠습니다."

타가스가 웃지도 않고 말했기 때문에 모두 긴장한 채 듣는다.

이전이 시위를 당겨 갑판에 선 해적 하나를 겨눴다.

갑판에서 이것저것 지시를 하는 것을 보면 두목급이다.

아마 두목은 선실 안에 들어가 있는 것 같다.

이전이 백돌에게 말했다.

"너는 검은 모자를 쓴 놈을 맞춰라."

"예, 대장."

백돌이 시위를 당기면서 말했다.

"저는 그놈부터 왼쪽으로 쏘겠습니다."

"나는 흰 두건을 두른 놈부터 오른쪽이다."

옆쪽에 엎드린 셋은 숨을 죽이고 있다.

"팽!"

시위를 튕기면서 살이 나가는 소리다.

"팽!"

백돌의 시위도 튕겨졌다.

"앗!"

옆에서 낮은 탄성이 울렸다.

장춘이다.

이전이 쏜 살이 흰 두건을 이마에 두른 사내의 가슴에 박힌 것이다.

"오!"

어둠 속에서 누군가 탄성을 뱉었다.

백돌이 쏜 살이 검은 모자를 쓴 사내의 목에 박힌 것이다.

이전이 다시 시위에 살을 먹이면서 백돌의 살이 빗나가 목에 박혔다고 생각했다.

목을 겨눴을 리는 없지만 탄성을 받을 만하다.

"와앗!"

네 명째 살을 맞고 쓰러졌을 때 해적들은 사방으로 흩어졌다.

그러나 이전과 백돌은 침착했다.

해적들은 아직 이쪽 위치를 모르는 것이다.

그때 선실 안에서 사내 둘이 뛰쳐나왔다.

그중 수염이 무성한 사내가 몸을 굽히면서 사방을 둘러봤다.

두목이다.

손에 칼까지 쥐고 있다.

그때 이전이 말했다.

"백돌, 저놈, 수염쟁이를 겨눠라."

막 시위를 당겼던 백돌이 자세를 고쳤다.

그때 이전이 시위에 살을 먹이면서 말했다.

"자, 나하고 함께 쏘자."

그러고는 시위를 만월처럼 당겼다.

"셋을 세겠다. 하나, 둘, 셋."

"팽!"

시위 튕기는 소리가 동시에 울리더니 어둠 속으로 2개의 살이 날아갔다.

70보 거리다.

"앗!"

옆에 선 타가스가 탄성을 뱉었다.

화살 하나가 털보의 심장에 깊숙하게 박힌 것이다.

살 하나는 빗나갔다.

털보가 몸을 비틀었기 때문이다.

화살로 7명을 쏘아 맞혔다.

모닥불이 환한 강가다.

표적이 70보 거리에 다 드러난 데다 이쪽은 갈대숲에 몸을 감춰서 7명을 쏘아 잡을 때까지 발각되지 않았다.

수부(水夫) 5명을 제외한 해적 9명 중 7명을 사냥한 것이다.

7명 중 두목, 부두목까지 포함되어 있다.

남은 2명이 지친 꿩처럼 배의 선실 안으로 머리만 박고 숨었을 때 타가스와 유마노, 장춘이 칼을 쥐고 달려갔다.

타가스가 숨은 무장 해적 2명과 말 안 듣는 수부(水夫) 둘까지 베어 죽이고 나서 포로로 잡힌 민간인들을 모았다.

모두 8명이다.

여자가 다섯, 남자가 셋.

여자는 모두 젊고 반반한 용모다.

"해룡파라고 합니다."

수부(水夫)한테서 해적단 이름을 알아낸 장춘이 말했다.

"오늘 우리가 죽인 놈은 해룡파 소두목 고대수라는군요."

이전이 고개를 끄덕였다.

"우리는 앞으로 이전파다."

대륙의 해적단이 이전이 누군지 알 리가 없다.

배에 실린 약탈품을 포로로 잡혀가던 민간인들에게 나눠준 다음 이전은 해적선을 살아남은 수부(水夫)들에게 넘겼다.

제각기 돌아간 그들은 '이전파'를 선전하게 될 것이다.

그로부터 석 달쯤 지났을 때, 후금 황제 홍타이지가 대륙에 퍼져있는 첩보원 하나의 보고를 받는다.

산시성에 파견된 첩보원이다.

"산시성 서쪽 타이바이(太白)산에 이전당(李田黨)이 세력을 떨치기 시작했습니다."

첩보원이 말을 이었다.

219

"이전당은 의적으로 다른 도적단을 습격해서 빼앗은 재물을 양민에게 나눠주고 관(官)과도 친하게 지내는 바람에 가담자가 급격히 늘어나고 있습니다."

홍타이지와 이산의 시선이 마주쳤다.

둘의 얼굴에 웃음이 떠올라 있다.

"이전당(李田黨)이라."

이산의 눈이 흐려졌다.

문득 이괄을 떠올리는 것 같다.

"왜 무릎을 꿇지 않는가?"

도승지 안찬이 묻자 김경서가 쓴웃음을 지었다.

"나는 후금(後金)의 대장군이야. 조선의 부원수가 아니다."

김경서의 목소리가 창덕궁의 청을 울렸다.

그 순간 왕좌에 앉아있던 능양이 숨을 들이켰다.

대신들은 웅성거렸지만 김경서에게는 아무 말도 하지 못했다.

이미 강홍립과 김경서는 조선의 역적이 된 상황이다.

능양이 반정을 일으켜 왕위를 찬탈한 후에 역적이 된 것이다.

광해 왕(王) 시절에는 조선을 위해 후금에 투항한 충신이었다.

그때 김경서가 말을 이었다.

"후금 황제의 섭정이신 이산 각하의 허락을 받아 강홍립 대장군의 편지를 가져왔소. 내가 읽어드릴 텐데, 들으시겠소?"

그러자 능양이 대신들을 보았고 다시 청 안이 웅성거렸다.

김류, 김자점, 이귀 등이 잠깐 머리를 맞대고 수군거리더니 김류가 능양 옆으로 다가갔다.

"전하, 들어보시는 것이 낫겠습니다."

능양이 눈만 껌벅였을 때, 김류가 김경서에게 말했다.

"읽어 보시오."

"조선 왕 능양은 들으시오."

김경서의 목소리가 청을 울렸을 때, 모두 숨을 들이켰다.

강홍립의 글이다.

김경서가 소리치듯 편지를 읽는다.

"현재 대륙은 후금과 명의 패권전쟁이 진행 중이나 대세는 후금으로 기울고 있다는 것은 삼척동자도 알고 있는 사실이오."

김경서가 힐끗 능양을 보았다.

"그러나 조선은 우물 안 개구리가 되어 전혀 바깥세상을 알지 못하고 망해 가는 명(明)에 사대하고 후금(後金)을 오랑캐라고 비하하는 작태를 보이고 있소."

"이런."

뒤쪽에서 누군가 외침을 뱉었다기 김경시의 시신이 돌려지자 머리가 쑥 들어갔다.

그때 김경서가 말을 이었다.

"현재 요동 전 지역은 후금의 영역이 되어있는바, 후금이 뒤를 굳히려고 조선에 출병해도 명은 손을 쓸 여유도 없다는 것을 조선 땅의 개구리들은 명심해야 할 것이오."

"무엇이!"

이번에는 능양이 소리쳤다.

능양의 얼굴은 붉게 상기되었다.

"우리가 개구리란 말이냐!"

그때 김경서가 능양을 보았다.

얼굴에 웃음이 떠올랐다.

"당신은 개구리 왕이오."

"무엇이! 무엄하다!"

능양이 소리치자 김경서가 이번에는 눈을 부릅떴다.

"그래, 개구리 왕이다! 이종, 내가 네 신하인 줄 아느냐!"

"여봐라! 저, 저놈을……."

능양이 김경서를 손으로 가리켰다.

"그래, 이종아. 네가 날 어쩔 셈이냐!"

김경서가 맞받아 소리쳤을 때, 김자점이 나섰다.

"이보시오, 대장군. 참으시오!"

"아니, 능양 저놈이 내 왕이란 말이오? 저놈이 웬 지랄이야?"

김경서가 고래고래 소리쳤다.

"그래, 날 죽여 봐라! 어떻게 되는지 두고 보자!"

이제는 대신들도 나서지 않는다.

능양도 선 채로 가쁜 숨만 쉬고 있을 뿐이다.

그때 뒤쪽에서 울음소리가 들렸다.

누군가 우는 것이다.

그것이 비참해진 조선 왕조가 서러워서 그런지, 제 신세가 부끄러워서인지, 아니면 광해 시절이 그리워서인지 알 수가 없다.

해시(오후 10시)가 되었을 때, 영빈관으로 사용하는 창경궁 별관으로 김자점이 찾아왔다.

갓에 도포만 걸치고 관복을 벗은 차림이다.

청에 둘이 마주 보고 앉자 김자점이 얼굴을 일그러뜨리며 웃었다.

"왕께선 대장군이 돌아가 여진군을 끌고 내려오실까 봐 걱정하고 계시오."

"대감, 꼭 이씨를 조선 왕으로 받들 필요가 있습니까? 참 답답한 분들이시오."

김경서가 대놓고 말을 이었다.

"그저 우물 속에서 개구리끼리 싸우면서 사는 것하고 똑같지 않습니까?"

"할 말 없습니다."

주위를 둘러본 김자점이 목소리를 낮췄다.

"이것이 조선의 한계요."

"이대로 간다면 곧 후금(後金)의 여진대군이 내려올 것이오."

"임금은 이 구조를 바꿀 수 없습니다. 유생들의 사대관은 고쳐지지 않습니다. 명(明)은 종주국이요, 아버지와 같은 나라입니다. 여진은 오랑캐요, 오랑캐인 야만인에게 어찌 굴복할 수 있습니까?"

"그 비겁자들이 백성들을 제물로 내세우고 잇속과 체면은 저희가 챙기고 있지 않소? 낮에 조정에서 나한테 제대로 항변도 못 하던 놈들이 바로 그놈들 아닙니까?"

"대장군, 강홍립 대장군께 고맙다는 말씀을 전해주시지요. 제가 백성들 대신으로 말씀드립니다."

"기가 막히군."

김경서가 헛웃음을 지었다.

"도무지 개선되지 않고 오히려 나라를 위기로 끌고 가지 않소?"

"제발 두 분이 이산 대원수께 부탁해서 여진군이 내려오지 않도록 해주시지요."

고개를 든 김자점이 김경서를 보았다.

"이 상황에서 왕을 다시 바꿀 수도 없지 않습니까?"

다시 기가 막힌 김경서가 숨을 골랐다.

다 똑같다.

김자점이 누구인가?

능양을 모시고 반정을 일으켜서 광해를 몰아낸 반정공신이다.

김경서가 광해를 찾았을 때는 이틀이 지난 저녁 술시(오후 8시) 무렵이다.

여진에서부터 가져온 갖가지 생필품을 마차에 싣고 왔기 때문에 처소 마당은 떠들썩했다.

김경서는 광해와 8년 만에 만난다.

밖은 시끌벅적하지만, 방 안 분위기는 침통하다.

김경서가 울음을 터뜨렸기 때문이다.

광해도 눈이 붉어져 있다.

이윽고 울음을 그친 김경서가 입을 열었다.

"전하, 강 도원수가 안부 말씀을 전하셨소이다."

"고맙소."

광해가 흐려진 눈으로 김경서를 보았다.

"군사들도 무고하오?"

"예, 전하. 모두 안전합니다."

고개를 든 김경서가 광해를 보았다.

"능양에게 강 도원수가 보낸 편지를 읽어 주고 왔습니다."

광해의 시선을 받은 김경서가 편지 내용을 말해주었다.

그리고 밤에 김자점과의 대화도 털어놓았다.

다 듣고 난 광해가 외면한 채 말했다.

"다 내 탓이오. 내가 단호하게 정리했어야 했소. 내 우유부단이 결국 백성들을 이 구렁텅이에서 헤어나지 못하게 만들었소."

"전하, 이제 누르하치도 죽은 마당에 여진은 대륙 진출을 눈앞에 두고 있습니다."

정색한 김경서가 광해를 보았다.

"섭정께서도 여진은 대륙 진출 전에 전략적으로 조선을 굴복시켜서 후환을 없앨 것이라고 하셨습니다."

"당연한 일이지."

"그런데도 능양과 명에 사대하는 서인 무리는 여진을 무시하고 있습니다."

김경서의 목소리가 떨렸다.

"조선 백성을 내란으로 고통받게 하지 않으려고 지난번에 이괄을 돕지 않고 오히려 진격을 방해했지만 잘못한 것 같습니다."

"아니, 그것은 잘되었어."

어깨를 늘어뜨린 광해가 말을 이었다.

"이괄이 지금도 살아있다면 조선 땅은 두 쪽으로 갈라져서 내란 중일 테니까."

광해가 길게 숨을 뱉었다.

"그때도 내가 말했지만 내가 다시 왕위에 오를 수도 없는 상황이오."

그렇다.

능양이 광해의 세력 기반이었던 북인(北人)들을 모조리 숙청해버린 것이다.

그때 잠자코 옆에 앉아있던 최보성이 입을 열었다.

"전하, 쉬시지요."

광해는 이제 폐비 유 씨와도 사별했기 때문이다.

유 씨는 폐세자 질과 세자빈 박 씨마저 자결해서 죽자 화병으로 결국 생을 마감했다.

가족들을 다 비참하게 잃고 광해는 혼자가 되었다.

이때 광해는 51세.

재위 15년째인 48세에 반정(反政)으로 폐위된 지 3년째다.

방에서 나온 김경서가 손등으로 눈물을 닦고는 뒤를 돌아보았다.

광해의 방은 이제 불이 꺼져 있다.

그때 최보성이 말했다.

"지난번 전하께 무례하게 굴던 별장 한 놈을 죽였습니다. 머리통을 장대 끝에 꽂아 세워놓았지요. 그랬더니 그 후로 처소 앞에 벼슬아치들이 어른대지 않습니다."

"곧 능양이 왕 노릇이 얼마나 힘든지를 절실하게 깨닫게 될 것이네."

김경서가 길게 숨을 뱉고 나서 말을 이었다.

"대륙의 격변기에 조선은 지금 뭘 하고 있단 말인가? 여진과 손을 잡고 저 대륙을 나눠 가질 생각도 못 한단 말인가?"

"능양이 그럴 위인입니까?"

최보성이 풀썩 웃고 나서 말을 이었다.

"서인 무리가 그 생각을 하겠습니까?"

그 시간에 대륙의 반대편에서 이전이 막 살육을 마치고 저택 마당으로 들어선 참이다.

이곳은 산시성 남쪽의 바이허(白河) 강가의 저택이다.

"대장, 두목은 방에 있습니다."

마당에서 기다리던 유마노가 소리쳐 말했다.

이곳은 방기옥파가 지배하는 구역이다.

방기옥은 옥사장 출신으로 처음에는 마을 친구들을 모아 화적단을 조직했다. 그러다 한당현을 습격하여 무기고를 탈취한 것이 군세를 확장하는 계기가 되었다.

가담한 농민들이 모두 무기를 쥐게 되었기 때문이다.

남쪽에서 가장 무장이 잘된 화적단이 된 것이다.

그런데 방기옥은 여자를 좋아했다.

오늘도 부하 10여 명을 데리고 강가의 마을로 여자 사냥을 왔다가 기회를 노리고 있던 이전에게 잡힌 것이다.

방기옥은 유마노에게 맞아서 이마가 피투성이인 채 방의 벽에 기대고 있었는데, 이전이 들어서자 고개를 들었다.

팔이 뒤로 묶였고 다리는 길게 뻗었다.

그때 이전을 따라 들어온 유마노가 말했다.

"겁탈하려던 여자는 옆방에 있습니다."

신시(오후 4시) 무렵이다.

이전은 방기옥이 이 마을에 온다는 정보를 받고 기다리다가 기습했다.

함께 온 부하들이 약탈하려고 흩어졌기 때문에 밖에서 모두 죽이고 온 길이다.


"소호산에 부하가 3백 명쯤 있습니다."

방기옥을 따라온 소두목 곽길이 말했다.

곽길은 방기옥의 참모로 이전에게 매수된 인물이다.

이곳에서 방기옥을 잡은 것도 곽길이 정보를 주었기 때문이다.

유마노가 힐끗 방기옥이 잡혀있는 방에 시선을 주고 나서 물었다.

"소호산에 두목급이 몇 명 남아 있느냐?"

"부두목 전윤하고 소두목 셋이 남았소."

"전윤까지 죽이면 나머지 부하들은 투항할까?"

"약속만 지켜주신다면 제가 전윤까지 유인해오지요. 그러면 나머지는 제가 설득할 수 있습니다."

"좋아."

고개를 끄덕인 유마노가 발을 떼었다.

"그럼 가자."

"방기옥은 어떻게 하실 겁니까?"

"대장께서 처리할 거다."

이전은 곽길에게 방기옥파를 맡겨주겠다고 약속한 것이다.

이전파(李田派)는 현재 무리라고 부르는 군사가 2천2백 명. 장군 4명에 대장군은 이전이다.

이전과 함께 온 수하 넷이 모두 장군이 된 것이다.

산시성 남부지역의 화적단 중에서 이제는 중급(中級) 수준에 이르렀다.

그동안 10여 개의 군소 화적단을 부수고, 분산시키고, 함정에 빠뜨리고, 암살까지 하면서 규합한 것이다.

이전은 이것으로 온갖 경험을 축적했다.

반년 동안 대소(大小) 30여 번의 접전을 치렀으며 제 손으로 살인을 한 숫자가 1백 명 가깝게 되었다.

전쟁을 수십 번 치른 것과 같다.

아바가이와 이산은 이전을 이렇게 단련시킨 셈이다.

"네 소두목 곽길이 너를 배신한 걸 아느냐?"

이전이 묻자 방기옥이 고개를 들었다.

눈이 번들거렸지만 놀란 것 같지는 않다.

이전이 쓴웃음을 지었다.

"널 이곳에서 죽이고 네 소굴을 차지하려고 했지만, 생각이 조금 바뀌었다."

이전이 칼끝으로 방기옥의 턱을 치켜올렸다.

"네가 눈먼 어미를 네 소굴에서 돌보고 있다는 말을 우연히 들었기 때문이다."

방기옥의 눈이 금세 흐려졌고 이전의 말이 이어졌다.

"난 내 어머니를 구하러 가다가 시기를 놓쳤다. 그래서 처형을 당했지. 어머니, 여동생 둘까지. 난 그것에 한이 맺힌 사람이야."

"……."

"그래서 널 죽이지 않기로 했다."

그때 방기옥이 눈의 초점을 잡았다.

해시(오후 10시) 무렵이 되었을 때, 곽길이 신재의 청으로 들어섰나.

청에는 부두목 전윤이 소두목 둘과 함께 술을 마시고 있었는데 곽길을 보더니 물었다.

"오늘 자고 온다고 하지 않았어?"

"예, 두목 심부름을 왔소."

곽길이 앉지도 않고 말했다.

"마을로 모시고 오랍니다."

"누구를? 나를?"

"예, 밤이 늦더라도 기다리고 있겠답니다. 여자 셋을 구해놓으셨소."

"이런."

전윤이 쓴웃음을 짓고 곽길을 보았다.

"두목이 선심을 쓰시는구나. 좀처럼 안 하던 짓을 하시네."

"그럴 때도 있지요."

따라 웃은 곽길이 앉지도 않고 말했다.

"가십시다. 말을 타면 반 시진이면 닿습니다. 두목이 기다리고 계시오."

"뭐, 갈 것도 없지."

그때 뒤쪽 문으로 두목 방기옥이 들어섰다.

웃음 띤 얼굴이다.

소호산의 방기옥파는 이전의 지대(支隊)가 되었다.

방기옥은 지대장이 된 것이다.

이런 식으로 이전의 세력이 확장되고 있다.

이제 2천5백이 넘는 이전파(李田派)는 사방 50여 리의 구역에 6개 지대를 갖춘 세력이 된 것이다.

이 구역이 바로 영토다.


"동우현에서 도사가 왔습니다."

장춘이 다가와 말했다.

유시(오후 6시) 무렵.

이곳은 이전의 본거지인 강무산성의 마루방 안이다.

이전이 고개를 끄덕이자 곧 장춘이 사내 하나를 데리고 왔다.

40대의 도사 심주는 현령 안택의 심복이다.

비대한 몸을 흔들며 들어선 심주가 두 손을 모으고 이전에게 절을 했다.

"장군을 뵙습니다."

심주와는 여러 번 만난 사이였기 때문에 이전은 고개만 끄덕였다.

자리에 앉은 심주가 이전을 보았다.

"장군, 징세관이 아래쪽 보령현 우측을 지나 북상한다는 연락이 왔습니다."

심주가 말을 이었다.

"따라서 징세관을 호위하는 남방군도 이곳을 통과하지 않을 것입니다."

"그런가?"

이전의 얼굴에 쓴웃음이 번졌다.

"남방군과 일전을 벌여 우리 세력을 과시해볼까 하던 참인데, 안됐군."

"그런 말씀 하지 마십시오."

심주가 손까지 흔들었다.

"우리 현 근처에서 분란을 일으키지 마시라고 이렇게 진로를 말씀드리고 있지 않습니까?"

"그 대가로 우리가 동우현을 처갓집처럼 보호해주고 있지 않은가?"

"어쨌든 현령께서는 징세관 일행을 우리 현 근처에서 건드리지 않기를 바라셨습니다."

"보령현 우측을 지난다고 했는가?"

"그렇습니다."

심주가 눈썹을 모으고 이전을 보았다.

동우현령 안택과 이전은 서로 상부상조하는 사이다.

그래서 동우현은 도적단의 피해를 입지 않는 대신 관(官)의 정보를 다 전해주고 있다.

이전파는 동우현을 내 집처럼 활보했고 주민에게 해를 끼치지 않았다.

관(官)과 도적단이 현을 함께 지배하는 형국이다.

이전은 이렇게 기반을 굳히고 있다.


"도련님!"

뒤에서 부르는 소리에 이전은 깜짝 놀랐다.

조선말이었기 때문이다.

강무산성 앞.

산성 앞은 원래 황무지였는데 불과 석 달 만에 민가가 5백여 호의 마을로 변했다.

지금도 하루에도 수십 가구씩 움집이 늘어난다.

이전파 영역에서 살려고 몰려드는 것이다.

오늘도 이전은 성문 앞마을을 둘러보러 왔다가 외침을 들은 것이다.

몸을 돌린 이전이 다가오는 사내를 보더니 눈을 치켜떴다.

그러고는 입도 딱 벌렸다.

"아니!"

말은 그렇게밖에 안 나왔다.

그때 다가선 사내가 울음 섞인 목소리로 소리쳤다.

"저, 장석이올시다! 집사였던 장석이입니다."

"아, 장 집사."

그제야 이전의 입이 터졌다.

이전이 장석의 손을 쥐었다.

거친 손이다.

그때 장석이 울음을 터뜨렸다.

40대 후반의 장석은 이괄 집안의 청지기다.

집안일을 돌보는 청지기여서 도성 안 이괄 본가에서 일했다.

그러다가 도성 안 본가가 순식간에 멸문된 것이다.

이전의 시선이 장석의 행색으로 옮겨졌다.

거지다.

겨울이 되어가고 있는데도 더러운 누더기의 소매가 떨어졌고 맨발에 짚신이다.

"여기까지 어떻게 왔느냐?"

이전이 겨우 물었지만 장석은 한동안 말을 잇지 못했다.

장석은 조선에서 이곳까지 1만여 리를 온 것이다.

조선에서 도망쳐 나와 여진 땅에 온 것이 넉 달 전.

그곳에서 이전의 소문을 듣고는 이전파를 찾아 이곳까지 온 것이다.

이곳은 성문 안쪽 수문장 처소다.

우선 장석을 이곳으로 데려온 것이다.

일단 씻게 하고 새 옷을 입혀 사람 행색을 갖춘 장석에게 이전이 물었다.

"어떻게 되었는가?"

"다 돌아가셨소."

대뜸 대답한 장석이 흐려진 눈으로 이전을 보았다.

"포도군사가 몰려오더니 하인까지 모두 잡았습니다. 그러고는 모두 묶어서 안채와 바깥채에 가둬두더니 그날 밤에……."

장석이 숨을 고르고는 말을 이었다.

"무슨 지시를 받았는지 군사들이 들이닥치더니 살육을 하기 시작했습니다."

"……."

"저는 등에 칼을 맞고 시체 사이에 엎어져 있다가 새벽에 군사들이 방심한 사이에 도망쳐 나왔습니다."

그때 장석이 갑자기 저고리를 벗더니 이전에게 등을 보였다.

이전이 숨을 들이켰다.

왼쪽 어깨에서 허리까지 2자(60센티) 가까운 칼자국이 있다.

끔찍한 상처 자국이다.

장석이 얼굴을 일그러뜨리며 웃었다.

"푸줏간 고기처럼 잘렸으나 다행히 장기가 온전했고 남문 밖의 아는 의원에게 찾아가 구더기를 파내고 봉합했습니다."

"천운이다."

"마님과 숙부, 그리고 장군 가족분들께서는 그날 몰사하셨습니다."

"……."

"시신은 모두 마당에 늘어놓았는데 모두 가셨습니다."

"……."

"남자는 모두 목을 베어서 머리를 섬돌 위에 올려놓았습니다."

"……."

"왕명(王命)을 받았다고 했습니다."

이전이 이제는 눈을 감았다.

현장에 있었던 장석의 말이다.

그때 장석이 말을 이었다.

"도련님, 복금이를 데려왔습니다."

"누구?"

되물었던 이전이 숨부터 들이켰다.

눈을 치켜떴다가 곧 초점이 흐려졌다.

"복금이라니? 어머님 몸종 말이냐?"

"예, 복금이는 마님 심부름을 갔다가 살았습니다."

장석이 말을 이었다.

"어물전 박가한테서 복금이가 내 이야기를 듣고는 찾아왔습니다. 그러고는 도련님을 찾아가자고 했습니다."

"……."

"그때는 대감께서도 돌아가시고 도련님만 여진으로 도피하셨다는 소문이 돌고 있을 때입니다."

"복금이가 이곳까지 왔어?"

혼잣소리처럼 이전이 묻자 장석이 고개를 끄덕였다.

"예, 복금이가 도련님께 알려드려야 한다고 했습니다. 복금이는 도련님께……."

그때 이전이 고개를 들었다.

"이리 데려오너라."

복금이는 이전 본가의 씨종이다.

몇 대인지도 모르게 이어 내려온 종으로 부모가 일찍 죽어서 안방마님의 몸종으로 잔심부름을 했다.

이전보다 서너 살 어렸지만 영리하고 예뻤다.

그리고 이전이 복금의 첫 남자다.

여종은 주인의 성 노리개인 세상이다.

이전이 복금의 첫 남자가 되자 다른 종들은 치근대지 못했다.

복금이 16살 때부터다.

그 복금이 이전을 찾아온 것이다.

마루방으로 들어선 복금도 거지 행색이다.

그러나 얼굴은 말끔하게 닦았다.

"복금, 네가 여기까지 오다니."

이전이 말했을 때, 복금이 두 손으로 얼굴을 가리면서 울었다.

그때 이전이 소리쳐 백돌을 불렀다.

"옷을 준비해. 내 가족이야."

이전이 복금에게 말했다.

"복금, 씻고 옷 갈아입어. 숙소도 내가 준비해줄 테다. 그리고."

이전이 복금을 보았다.

"잘 왔어, 복금."

아바가이가 조선에서 돌아온 김경서를 만나고 있다.

황성인 봉천성의 청 안이다.

황제 주변에는 섭정 이산, 병부상서 마바스, 이제는 후금(後金)의 대장군 대우를 받는 강홍립까지 둘러앉아 있다.

그때 김경서가 말했다.

"편지를 읽어주었지만 조선 왕은 명(明)에 사대(事大)를 버릴 것 같지 않습니다."

김경서가 말을 이었다.

"왕뿐만이 아닙니다. 대신들 대부분이 후금에 대해서 반감을 품고 있는 것 같습니다."

그때 마바스가 물었다.

"우리가 대륙으로 서진(西進)할 때 조선이 명(明)의 요청으로 뒤를 칠 가능성은 없소?"

"있지요."

김경서가 바로 대답했다.

"조선은 10만 군사까지 동원할 수 있습니다. 후금으로서는 엄청난 압박을 받게 될 것입니다."

그때 이산이 쓴웃음을 짓고 김경서를 보았다.

"장군, 그러면 어떻게 하는 것이 낫겠소? 이 기회에 조선을 병합하는 것이 어떻겠소?"

"그러면 지난 왜란(倭亂)처럼 의병들이 일어나지 않을 것입니다."

김경서가 생기 띤 눈으로 이산과 아바가이를 둘러보았다.

"아바가이 황제 폐하께서 조선인이라는 것을 다 알고 있고, 오히려 대국(大國)의 주인이 될 것이니 환영할 것입니다."

"이씨 왕조는 멸망하겠군."

"왜란 때 멸망했어야 합니다."

이산이 고개를 돌려 아바가이를 보았다.

"폐하께서 결정하시지요."


청에서 나온 김경서와 강홍립이 말을 타고 숙소로 돌아가고 있다.

강홍립이 옆에서 걷는 김경서를 보았다.

"이보게, 장군."

"예, 대감."

둘은 아직도 도원수, 부원수 사이로 지내고 있다.

그래서 김경서는 강홍립을 대감으로 부른다.

강홍립이 물었다.

"조선은 임금 때문에 전화(戰火)를 피할 수 없겠지?"

"그렇습니다."

말 머리를 나란히 붙인 김경서가 말을 이었다.

"능양의 대명(對明) 사대(事大)는 병적입니다. 대가리에는 백성이 없고 오직 사대뿐입니다."

"하긴 반정의 이유가 명(明)에 사대하지 않는다는 것이었으니까."

"미친놈이지요."

"큰일 났다."

강홍립이 길게 숨을 뱉었다.

"아바가이 님이 황제가 되지 않으셨다면 조선은 왜란(倭亂)보다 몇 배나 큰 참화를 입었을 것이네."

"그것이 복(福)입니까?"

비웃듯이 말한 김경서가 말을 이었다.

"대륙의 농민들처럼 반란을 일으켜 수시로 무능하고 부패한 왕조를 뒤집어엎지 못한다면 그 대가를 치러야 합니다."

김경서가 번들거리는 눈으로 강홍립을 보았다.

"스스로의 힘으로 권리를 찾아야 합니다. 지금 대륙이 그렇게 되려고 하지 않습니까?"

아바가이와 이산 둘이 황제의 침전에서 마주 앉아 있다.

함께 있던 마바스까지 돌아가 이제 둘이 남았다.

"아버님, 아무래도 조선 출병(出兵)을 해야 될 것 같습니다."

아바가이가 말하자 이산이 길게 숨부터 뱉었다.

"김경서한테까지 대명사대(對明事大)를 버리지 못한 것을 보이는 왕조이니 어쩔 수 없을 것 같습니다."

이산은 아바가이에게 사석에서도 경어를 쓴다.

고개를 든 이산이 아바가이를 보았다.

"광해 왕이 한사코 복위를 사양하시는데 설득하여 복위토록 하는 것이 가장 좋은 방법이오."

"이번에 김경서가 만났는데도 그럴 생각이 없다고 했다지 않습니까?"

"가족을 다 잃고 기력을 잃으신 것 같소. 더구나 주변의 신하들까지 모조리 숙청당했으니까요."

"저도 조선인이지만 조선인은 그렇게 모질고 악착같습니까?"

아바가이가 말을 잇는다.

"그것이 나라를, 백성을 위한 일이라는 생각은 하지 않는 겁니까?"

"이순신이나 이름도 알리지 않은 수많은 지사, 의병장들이 있지요."

그러나 이산은 외면한 채 말을 잇는다.

"그들이 그 땅의 백성들을 지켜준 것이지요. 같은 말을 쓰고, 풍습을 지켜 수천 년을 이어오도록 한 것도 그들 때문입니다."

아바가이도 외면했다.

이전이 방으로 들어서자 복금이 서둘러 일어섰다.

얼굴이 금세 새빨갛게 달아올랐다.

강무산성의 치소 안이다.

이제 복금은 단정한 바지저고리 차림이다.

날씬한 몸매가 드러났고 얼굴은 다소 여위었으나 윤기가 살아났다.

이전이 자리에 앉으면서 말했다.

"거기 앉아라."

복금이 잠자코 앞쪽에 모로 앉았다.

옆모습을 보이고 앉은 것이다.

복금이 이곳에 온 지 오늘로 사흘째다.

그동안 이전은 매일 한 번씩 복금을 만났지만, 장석과 함께였기 때문에 둘만의 시간은 갖지 못했다.

이전이 입을 열었다.

"날 찾아서 여기까지 온 이유는 뭐냐?"

"알려드리려고요."

바로 대답했던 복금이 고개를 들었다.

시선이 마주쳤고 검은 눈동자는 흔들리지 않는다.

다시 복금이 말을 이었다.

"혼자 남으셨으니까요."

"네가 장석에게 가자고 했다면서?"

"예, 칼을 맞은 상처가 다 아물지도 않았는데 도련님을 찾아가자고 하셨습니다."

"……."

"주인이시니까요."

그때 이전이 고개를 들었다.

"난 조선녀를 맞아 내 자식을 낳으려고 했어. 그러기로 황제 폐하고도 약속했다."

이전의 눈이 번들거렸다.

"복금, 넌 이제 내 부인이다. 오늘부터 넌 내 종이 아니야."

이전의 목소리가 열기를 띠었다.

"이곳에선 종이 없어. 넌 내 부인이야."

# 5장
# 조선침공

마침내 아바가이는 조선 침공을 결정했다.

대신들이 대륙 진출 전에 뒤를 단단히 눌러둬야 한다고 강력하게 건의했기 때문이다.

섭정 이산도 동의했다.

"군사는 기마군 3만이면 될 것 같습니다. 속전속결로 처리하는 것이 좋습니다."

이산이 이비기이에게 말했다.

"보군까지 데려가면 시간이 길어지고 그만큼 폐해가 많아질 것이오."

아바가이가 고개를 끄덕였다.

조선 백성의 피해를 줄이려는 것이다.

조선 기습군 총사령은 아민으로 정했다.

누르하치의 조카로 신중한 성격.

아바가이와 이산에게 심복하는 인물이다.

"아민, 조선 백성에게 민폐를 끼치면 안 된다."

아민을 따로 부른 아바가이가 정색하고 말했다.

청 안에는 이산까지 셋이 둘러앉아 있다.

아민이 고개를 숙였다가 들면서 웃었다.

이때 아민은 42세.

아바가이보다 6살 연상이다.

"명심하겠습니다. 말을 2만 필쯤 더 끌고 가지요. 그 말에 군량을 싣고 가겠습니다."

"옳지, 몽골군이 서역을 정복할 때 그렇게 했지."

아바가이가 고개를 끄덕였다.

그때 이산이 입을 열었다.

"아민, 조선군은 지연 작전을 펼 것이지만 무시해라. 곧장 도성인 한양성으로 직진해서 왕을 생포하도록."

"예, 왕 전하."

"왕은 틀림없이 도성을 버리고 도망칠 테니 조선에 주둔하고 있는 최보성의 도움을 받아서 정보를 받아라."

"예. 왕 전하."

"왕을 잡아도 죽이지 말고 문서로 조약을 체결해라."

이산이 길게 숨을 뱉었다.

"최보성이 도와줄 것이다."


이전에게 도성의 연락관이 왔을 때는 유시(오후 6시) 무렵이다.

강무산성의 처소에 있던 이전에게 먼저 복금이 다가와 말했다.

"도련님, 폐하께서 보내신 손님이 오셨어요."

"뭐?"

놀란 이전이 자리에서 일어섰다가 복금을 노려보았다.

"도련님이라고 부르지 말라고 했지?"

복금의 얼굴이 빨개졌다.

그러나 행복한 표정이다.

방을 나가면서 이전이 말을 이었다.

"서방님이라고 부르지 않으면 앞으로 대답도 하지 않을 테다."

아바가이가 보낸 밀사는 낯익은 1백인장인 한인 변중이다.

인사를 마친 변중이 이전을 보았다.

"장군, 섭정께서 부르십니다."

"나를?"

놀란 이전이 되물었다.

성의 청 안에는 마침 타가스와 장춘까지 셋이 둘러앉아 있다.

그때 변중이 말했다.

"이번에 아민 대장군께서 3개 기군(旗軍)을 인솔하고 조선에 가십니다. 그래서 장군을 대장군의 보좌역으로 임명하셨습니다."

순간 이전이 숨을 들이켰다.

눈도 흐려졌는데 한동안 입도 열지 않았다.

만감(萬感)이 교차했기 때문이다.

여진군이 되어 조선에 내려가는 것이다.

잠시 후에 청에 4명의 장군이 모였다.

장춘, 타가스, 유마노, 백돌이다.

이전이 넷을 둘러보았다.

"돌아올 때까지 강무산성을 부탁하네."

"염려하지 마십시오."

이전 대신 이전파(李田派) 지휘를 맡은 타가스가 말했다.

"돌아오실 때까지 이전파의 전력을 두 배로 늘려놓겠습니다."

"대장께서 조선에 가셨다는 말은 하지 않겠습니다."

이번에는 장춘이 말했다.

"부디 대공(大功)을 세우시기 바랍니다."


"조선에 다녀온다."

이전이 말하자 복금이 고개를 들었다.

산성의 내실 안.

이곳이 이전과 복금의 거처다.

복금은 이전의 부인이 되어 하인들을 부리면서 살고 있다.

"언제 오세요?"

어느새 복금의 얼굴은 상기되었고 눈이 흐려졌다.

"군사와 함께 내려가는 것이니 기약할 수는 없어. 하지만 조선에 머물지는 않을 거야."

"조선군과 싸웁니까?"

"대항하면."

다가선 이전이 복금의 허리를 당겨 안았다.

복금이 허물어지듯 이전의 가슴에 몸을 기댄다.

이전이 말을 이었다.

"기다려. 꼭 너한테 돌아올 테니까."

그러고는 덧붙였다.

"나한테는 너 하나만 남았어."


아바가이가 즉위한 다음 해인 1627년 1월.

아민이 지휘하는 3만 기마군이 압록강을 건넜다.

얼어붙은 압록강을 단숨에 건넌 기마군은 순식간에 의주를 점령하고 남진했다.

주력부대는 용천, 선천을 거쳐 곧장 남하했고, 하간이 지휘하는 5천 군사는 가도에 주둔하고 있는 명(明)의 모문룡 부대를 공격했다.

"조선군과의 접전은 피하고 곧장 한양성으로 남진하도록."

아민이 다시 장수들에게 지시했다.

"하지만 가도의 명군(明軍)은 격멸시켜라."

고개를 든 아민이 전령을 보았다.

"하간에게 전해라. 모문룡을 잡아 죽일 때까지 그곳에 머물도록 하라."

지금 대군은 안주성을 향해 달려가는 중이다.


후금군(軍)이 의주를 함락시켰을 때, 전령이 뛰었다.

그래서 용천, 선천을 함락시켰을 때쯤 전령은 능양군에게 보고했다.

유시(오후 6시)쯤 되었다.

청덕궁의 청 안이다.

"기마군 5만 정도입니다."

전령으로 온 의주부 도사 박철이 소리쳤다.

의주부에서는 후금군을 5만으로 측정했다.

"지금쯤 평양성을 향해가고 있을 것입니다!"

박철은 후금군이 조선군과의 접전을 피하고 있다는 것을 모른다.


청에서 나온 능양이 침전으로 김자점, 김류를 불렀다.

이귀는 병이 나서 나오지 않았다.

"모두 기마군이라니. 금세 이곳까지 오지 않겠소?"

능양이 둘을 번갈아 보았다.

"그냥 이곳에 있다가 그놈들한테 잡히지 않겠소? 그럼 큰일 아니오?"

"예, 전하."

김류가 조심스러운 시선으로 능양을 보았다.

"하지만 지난번 이괄의 반란 때 전하께서 공주로 피란 가셨을 때 민심이 뒤숭숭했습니다."

"……."

"그러니 도성에서 가까운 곳으로 피란하시는 것이 낫지 않겠습니까?"

"가까운 곳?"

"예, 강화도가 낫겠습니다."

"위험하지 않겠소?"

그때 김자점이 입을 열었다.

"무조건 멀리 가신다고 유리한 것이 아닙니다. 강화도는 가깝지만 섬이어서 배를 타야만 들어갈 수 있는 곳입니다."

"글쎄, 내가 그걸 모르나?"

능양이 이맛살을 찌푸렸다.

"그놈들은 배를 못 탄단 말이오?"


"이게 무슨 난리란 말인가?"

호조참판 이응서가 옆에 선 대사간 오택에게 말했다.

창덕궁의 청 안이다.

임금은 내궁으로 들어갔지만, 대신들은 삼삼오오 모여서 후금군(軍)의 침입을 막는 회의를 하고 있다.

"지난번 김경서가 왔을 때 달래 보냈다면 이런 일이 일어나지 않았을 것 아닌가?"

"글쎄."

오택이 외면했기 때문에 이응서가 숨을 들이켰다.

얼굴을 일그러뜨렸는데 낭패한 표정이다.

그날 밤 해시(오후 10시)가 되었을 때, 호조참판 이응서는 집으로 들이닥친 금부도사 일행에게 체포되어 의금부로 압송되었다.

'김경서 일당'이라는 고변이 있었기 때문이다.

포승에 묶여 끌려가면서 이응서가 어두운 하늘을 향해 웃었다.

대사간 오택이 서인 일당에게 고자질한 것이다.

국난(國亂)이 일어난 상황인데도 당파 싸움은 계속되고 있다.

이응서는 북인(北人)에 속했다.

서인이었다면 고변도 하지 않았다.

평양성이 하루 거리로 다가왔을 때, 아민이 이전에게 말했다.

술시(오후 8시) 무렵.

기마군 2만 5천은 대동강 중류에서 야영 중이다.

"이전, 넌 이곳 지리에 훤할 것이다. 도성으로 가기에 어느 길이 적당하겠는가?"

"순안 우측으로 빠져나가 내륙을 통과하면 됩니다. 제 부친도 관군과의 접전을 피하고 곧장 한성으로 진군했습니다."

"그렇군."

아민의 얼굴에 쓴웃음이 번졌다.

"그대는 이번에 두 번째 한성을 향해 내닫게 되었구나."

"이번은 실수하지 않을 것입니다."

정색한 이전이 말을 이었다.

"지난번에는 인정에도 끌렸고 관군 장수들의 사정도 봐주었지만, 지금은 후금군(軍)으로 남진하는 것이니까요."

아민이 고개를 끄덕였다.

이산이 이전을 이번 전쟁에 참여시킨 이유 중의 하나가 이것이다.

이괄의 북방군이 내려온 통로를 이전만큼 아는 장수가 없다.

이전이 이괄과 함께 남진했기 때문이다.

능양은 강화도로 피신하기 전에 이번에도 장만을 도체찰사로 삼아 후금군을 막도록 했다.

정충신은 부원수가 되었는데 지난번과는 상황이 다르다.

"후금군(軍)이 평양을 지났소!"

전령의 보고를 받자 장만과 정충신이 얼굴을 마주 보았다.

이곳은 황주성.

후금군이 평양을 지났다면 곧 황주성이다.

장만이 말했다.

"지구전을 펴는 수밖에 없소. 후금군은 기마군이어서 군량을 여유 있게 준비하지 못했을 테니 양곡과 건초를 불태워서 시간을 끕시다."

정충신이 외면했지만 장만이 말을 잇는다.

"강화도에는 반년분 양곡이 쌓여 있으니 전하께선 견디실 수 있을 것이오."

"도체찰사가 초토화 작전으로 후금군(軍)을 굶겨 죽이겠다는군."

정충신이 말하자 병마사 최헌이 어금니를 물더니 외면했다.

최헌은 지난번 이괄의 반란 때 정충신을 따라 관군과 합류했다.

그러나 최헌은 이괄도, 지금 왕이 된 능양도 좋아하지 않는다.

최헌은 광해의 추종자다. 그런 장수들이 많다.

정충신은 알고 있었어도 내색하지 않았다.

그때 최헌이 정충신을 보았다.

"후금군이 굶어 죽기 전에 백성들이 먼저 죽을 겁니다."

최헌의 눈이 번들거리고 있다.

"임금이 반년간 처먹고 사는 동안 조선 백성들은 굶어 죽고 찔려죽고 타 죽습니다."

"이것 봐, 진정해."

"여자들은 후금군의 노리개가 되었다가 살육당할 것입니다."

고개를 든 정충신이 최헌을 보았다.

"그렇게 만들지 않을 거네."


후금 기마군의 진격은 질풍노도와 같았다.

장만의 초토화 작전이 시작되기도 전에 기마군 선봉대가 황주성 앞으로 진입했다.

황주성은 좁다.

장만은 4천여 군사와 함께 황주성에 주둔하고 있었는데, 성루에서 앞쪽을 내려다보면서 말했다.

유시(오후 6시) 무렵이다.

"오늘 밤에 철수다."

정충신 등 장수들의 시선을 받은 장만이 말을 이었다.

"밤에 야음을 이용해서 평산까지 철수한다."

"장군, 말씀드릴 것이 있소."
정충신을 부른 최헌이 서둘러 다가왔다.
황주성 안.
성안의 군사들은 모두 철군 준비로 분주하다.
후금군은 20리(10킬로) 위쪽 산기슭에 진을 치고 있기 때문에 오늘 밤은 움직이지 않을 것 같다.
이 기회에 철군하려는 것이다.
다가선 최헌이 가쁜 숨을 몰아쉬며 말했다.
"종사관 김익선의 기마군 3백 기가 불을 지를 기름과 폭약까지 모으고 있습니다."
정충신의 시선을 받은 최헌이 말을 이었다.
"도체찰사의 명으로 이곳에서 평산까지의 모든 마을에 불을 지른다고 합니다. 이를 어찌하면 좋습니까?"
"이런."
정충신이 눈을 부릅떴다.
어둠 속에서 눈이 번들거리고 있다.

종사관 김익선은 백정 출신으로 정5품 무반(武班)이 되었으니 어지간한 무공(武功)으로는 어림없는 일이다.
장비를 점검하던 김익선은 다가오는 정충신을 보자 놀라 물었다.
"장군, 무슨 일이십니까?"
해시(오후 10시)도 지난 시간이다.

황주성 서문 안이다.

그때 정충신이 주위를 둘러보면서 말했다.

"이것 보게, 이괄의 난을 진압한 지 몇 년이 되었다고 이게 무슨 꼴인가?"

"그러게 말씀이오."

김익선이 길게 숨을 뱉었다.

"백성들만 불쌍하지요."

그때 정충신이 목소리를 낮췄다.

"자네나 나나 둘 다 천민 출신으로 입신했지만 이게 사람이 할 짓인가?"

김익선이 눈만 껌벅였고 정충신이 말을 이었다.

"양반으로 태어난 놈들은 백성들의 고통을 알지 못하네. 그저 천민과 백성들을 부리면서 살아왔기 때문이지."

"……."

"철수하면서 마을을 초토화한다면 백성이 먼저 죽을 것이 아닌가?"

"……."

"이보게, 종사관."

바짝 다가선 정충신이 김익선을 보았다.

"불 지르지 말고 그냥 평산까지 가게. 내가 뒷수습을 하겠네."

"그러지요."

김익선이 길게 숨을 뱉었다.

"후금군의 기습을 받았다고 하겠습니다. 장군께서 거들어주시지 않아도 됩니다."

그러더니 번들거리는 눈으로 정충신을 보았다.

"장군께는 말씀드립니다만 저는 이런 왕조를 위해서 싸우기 싫습니다."

아민의 본대는 다음 날 황주성에 무혈입성했다.

그러나 성안의 양곡은 모두 불에 태웠고 우물에는 독약을 풀어서 물도 마시지 못하게 되었다.

"이놈들이 화(禍)를 자초하는군."

평소에 온건한 아민의 눈썹이 치켜 올라갔다.

"명군(明軍)도 하지 않는 짓을 하는구나. 초토화한다면 우리가 더 극악하게 나온다는 것을 모른단 말인가?"

그때 이전이 다가가 말했다.

"장군, 조선군이 평산성에 들어갔다고 합니다. 제가 평산까지의 지름길을 압니다."

이전이 말을 이었다.

"지난번 제가 아버님을 따라 한양성까지 급진한 적이 있습니다."

"그렇지. 알고 있어."

아민이 고개를 끄덕였다.

"그대에게 선봉을 맡길 테니 당장 남하하게."

이전은 기마군 5백을 떼어 받았다.

선봉군 중에서도 최선두의 정예대다.

부장(副將)은 1천인장 아율부였으니, 이전의 위상도 살아났다.

황제의 특명을 받고 아민의 보좌관으로 참전한 이전이다.

"초토화 작전을 벌일 줄 알았는데 민가와 우물이 온전합니다."

50여 리를 단숨에 남하했을 때, 주위를 둘러본 아율부가 말했다.

"집을 태우지 않아서 양식도 남아있습니다."

"그렇군."

이전이 고개를 끄덕였다.

신시(오후 4시) 무렵.

선봉대는 잠깐 쉬는 중이다.

그때 이쪽으로 기마군 2기가 달려왔다.

뒤에 말에 태운 조선인 하나를 데리고 기마군이 따른다.

조선인 포로다.

이전 앞에 꿇어앉은 농부는 40대쯤으로 사색(死色)이 되었다.

"집에 숨어 있는 것을 잡았습니다."

병사가 소리쳐 보고했다.

"집에 둘이 남아있었습니다."

여진어여서 조선인은 알아듣지 못할 것이다.

고개를 끄덕인 이전이 농부를 보았다.

"넌 왜 집에 남아있었느냐?"

그때 농부가 번쩍 고개를 들었다.

이전이 조선말을 했기 때문이다.

농부가 간절한 표정으로 이전을 보았다.

"어머님이 병환이어서 업고 갈 수도 없었지요. 그래서 남아있었습니다."

"이자에게 약을 주어라."

노모가 고열에 시달린다는 말을 듣고 이전이 옆에 선 1백인장에게 지시했다.

금세 약 주머니를 가져온 군사가 농부에게 건네주었다.

"그것은 우리가 지니고 다니는 비상약이다. 고열쯤은 그 약을 먹으면 나을 게다."

이전이 말했을 때, 농부가 숨을 고르면서 이전에게 물었다.

"조선말을 잘하십니다."

"나는 북방군 부원수 이괄의 아들, 이전이다."

이전의 목소리가 떨렸다.

이름 모를 농부에게 처음으로 자신의 본색을 밝힌 것이다.

치밀어 오르는 분노가 이렇게 표현되었다.

놀란 농부가 입만 딱 벌렸을 때, 이전이 말했다.

"약 갖고 빨리 네 노모께 돌아가라."

이 전쟁은 능양 때문이다.

서둘러 일어선 농부가 절을 했을 때, 이전이 군사들에게 말했다.

"집까지 데려다줘라."

노모가 기다릴 것이다.


"아니, 벌써?"

평산성 안.

놀란 장만이 버럭 소리쳤다.

앞에 선 척후장을 노려본 장만이 물었다.

"적이 어디까지 왔단 말이냐?"

"이곳에서 120리(60킬로) 떨어진 새정골에서 목격했으니 지금은 더 가까워져 있을 것입니다."

"어허."

그때 황해병마사 강윤이 나섰다.

"대감, 개성으로 철군하시지요. 개성에서 도성을 막는 것이 가장 유리합니다."

"개성에서?"

"지난번 이괄이 내려왔을 때도 겪으셨지 않습니까?"

"그렇지."

장만이 고개를 끄덕였다.

개성은 도성으로 가는 요지다.

통로는 아니지만 사방을 둘러보고 진퇴를 빨리 결정할 수 있는 곳이다.

장만이 시선을 돌려 정충신을 보았다.

"부원수가 이곳에서 적을 막도록. 나는 개성에서 도성을 보호하겠소."

"그러시지요."

예상했다는 듯이 정충신이 선선히 대답했다.

그러나 생각난 듯이 말을 잇는다.

"우리가 개성으로 내려갈 수도 있으니 초토화 전술을 쓰지 말아 주시기 바라오."


자시(밤 12시)가 넘었다.

평산성 안은 조용하다.

장만이 이끈 1만 5천가량의 군사가 빠져나갔기 때문이다.

서둘러 나가는 바람에 장비도 많이 버려서 성안은 어수선했다.

장수가 흔들리면 그 분위기만 보고도 군사들은 짐작하는 것이다.

장만이 허둥지둥하는 것이 다 드러났다.

숙소에 있던 정충신이 밖의 인기척에 고개를 들었다.

정충신은 갑옷 차림에 아직 눕지도 않았다.

"장군, 주무십니까?"

밖에서 낮게 부르는 소리에 정충신이 귀를 기울였다.

그때 다시 목소리가 이어졌다.

"종사관 김익선입니다."

"무슨 일인가?"

"드릴 말씀이 있습니다."

"들라."

그러자 방문이 열리면서 김익선이 들어섰다.

장만한테서 초토화 작전을 지시받았지만, 후금군의 기습을 받았다면서 불을 지르지 않고 후퇴했기 때문에 표면상으로는 실패했다.

그래서 장만의 질책을 받고 평산에 남게 된 것이다.

방에 들어선 김익선이 고개를 들고 정충신을 보았다.

"장군, 후금군에서 사신이 왔소이다."

"사신?"

정충신이 눈을 가늘게 떴다.

기름 등잔불의 불꽃이 외풍을 받아 흔들렸다.

그때 김익선이 말했다.

"예, 지금 성문 밖에서 기다리고 있습니다. 밖에서 주장(主將)을 만나 이야기를 하겠다는군요."

"이 늦은 밤에?"

"예, 기마군 10여 기만 이끌고 있습니다."

"이 시간에 웬일인고?"

"함정 같지는 않습니다."

정충신이 몸을 일으켰다.

"가세."


이때 정충신은 52세.

천민으로 태어나 어릴 적에는 관비였던 어머니와 함께 관노로 자란 경험이 있다.

선조가 권율의 추천을 받아 면천시켰다.

그리고 이항복이 재주를 아껴 공부하게 한 후에 무과급제를 한 것이다.

그러나 끊임없이, 천민 출신이니 고위직에 임명하면 안 된다는 상소를 받아왔다.

성문 밖으로 나간 정충신이 앞쪽 벌판에 벌려 선 후금군(軍)을 보았다.

기마군이다.

어둠 속이었지만 11기가 벌려 서 있는 것이 선명하게 드러났다.

뒤쪽은 드넓은 황무지다.

정충신은 김익선과 함께 그들에게 다가갔다.

이쪽 기마군도 비슷한 숫자로 맞췄다.

모두 12기.

다가간 정충신이 10보쯤의 간격을 두고 멈춰 섰다.

자시(밤 12시)가 넘은 시간이어서 사방은 벌레 소리노 나지 않는다. 가끔 긴장한 말이 말굽으로 땅을 긁는 소리만 들렸다.

앞쪽 후금군은 모두 갑옷에 투구를 썼고 허리에는 장검을 찼다.

활과 전통을 매단 군사도 넷이나 된다.

그때 김익선이 여진어로 말했다.

"장군을 모시고 왔다. 말하라."

그때 횡대로 선 기마군 대열 중심에서 하나가 앞으로 나섰다.

"장군, 오랜만에 뵙습니다."

조선말이다.

그래서 김익선은 물론이고 정충신도 숨을 들이켤 정도로 놀랐다.

옆쪽 군사들도 마찬가지다.

그때 사내가 다시 말을 두 걸음쯤 앞으로 걸렸다.

"장군, 저를 모르시겠소?"

"아앗!"

외침은 김익선한테서 먼저 터졌다.

"아니."

입을 딱 벌린 정충신은 사내를 노려보았다.

이전이다.

이괄의 아들 이전.

"이게 웬일이오?"

김익선도 이전을 안다.

북방군 소속 장수는 물론이고 군사들도 이전을 아는 것이다.

김익선이 소리쳐 물었을 때 정충신이 말을 몰아 바짝 다가섰다.

"살았구나."

정충신은 그렇게 말했다.

잠시 후에 셋은 옆쪽으로 떨어진 바위에 둘러앉았다.

끌고 온 기마군과는 30보쯤 떨어진 곳이다.

정충신이 앞에 앉은 이전을 보았다.

"자네가 여진 땅으로 건너갔다는 말을 들었는데 이렇게 만날 줄 몰랐구나."

눈이 번들거리고 있다.

정충신과 이괄은 막역한 사이다.

오히려 한명련보다 더 가까웠다.

그런데 이괄의 반란에는 정충신이 가담하지 않았다.

그때 이전이 말했다.

"황제 폐하의 특명을 받고 이번에 사령관의 자문관이 되어서 온 것입니다."
"그렇구나."
고개를 든 이전이 정충신과 김익선을 번갈아 보았다.
"제가 도성까지의 통로를 잘 알기 때문에 선발된 것이 아닙니다."
둘은 시선만 주었고 이전의 말이 이어졌다.
"조선 백성들에게 피해를 주면 안 된다는 폐하, 섭정 전하의 의도입니다."
"그런가?"
정충신이 천천히 고개를 끄덕였다.
"그분들이 조선 왕보다 더 조선 백성을 위하시는구나."
정충신의 눈이 번들거렸고 김익선은 외면했다.

강화도의 행궁 안.
임금이 젓가락을 내려놓고 앞쪽에 선 감선(監膳) 고정을 보았다.
내시 중 국왕에게 음식을 올리는 것을 감독하는 감선(監膳)은 고위직이다. 종2품 당상관이다.
140여 명의 내시 중 최고위급이다.
"후추가 들어가지 않았는가?"
"예, 급하게 궁을 떠나오다 보니까 사용원 무수리들이 싣지 못했다고 합니다."
그때 임금이 상에서 물러나 앉았다.
"상 치워라. 그리고 사용원 무수리를 옥에 가둬라."

미시(오후 2시) 무렵.
승지 하종한테서 그 말을 들은 이조판서 강기진이 고개를 끄덕였다.

"후추가 들어가면 입맛이 나지."

옆에 선 경기감사 장선이 하종에게 물었다.

"그래서 무수리는 옥에 갇혔소?"

"셋이 갇혔습니다."

"전하는 식사를 안 하셨소?"

"입맛이 없다고 안 하셨습니다."

"큰일이군."

몸을 돌린 장선이 강기진을 보았다.

"후금군(軍)이 오기 전에 전하께서 굶어 돌아가시지 않겠습니까?"

"무수리한테 사약을 내려야지."

정색한 강기진이 하종과 장선을 번갈아보았다.

"후금군이 아니라 후추가 전하를 시해한 원흉이 되겠군."


"아니, 평산성을 내주고 왔단 말이오?"

장만이 꾸짖듯 물었지만 정충신은 태연했다.

신시(오후 4시) 무렵.

정충신이 이끈 1만여 병력이 개성으로 철군해 온 것이다.

한성에는 임금이 임명한 김상용이 유도대장으로 주둔하고 있지만, 이곳이 마지막 방어선인 셈이다.

이곳이 무너지면 5천여 명의 잡군을 거느리고 있는 김상용은 뒤도 안 보고 도망칠 것이다.

정충신이 장만 앞에 섰다.

"내일 오후에 아민이 이끄는 3만 기마군이 이곳에 옵니다."

"무엇이?"

놀란 장만이 외마디 소리로 외쳤고 청 안이 술렁거렸다.

그때 정충신이 말을 이었다.

"가도에 주둔했던 명(明)의 모문룡은 병사 절반을 잃고 신미도로 철군했습니다. 이제 명군(明軍)은 제 목숨 건지기에도 벅찬 상황입니다."

"그렇다면 큰일 아닌가?"

"모문룡이 보유했던 전선(戰船) 50여 척도 나포했다니 그 배로 강화도에 상륙할 수도 있을 것이오."

"바로 전령을 보내야겠군."

그때 정충신이 지그시 장만을 보았다.

"대감, 이미 늦었을지도 모릅니다."

"무슨 말이오?"

"전선을 나포함과 동시에 하간이 이끈 5천 군사가 강화도로 떠났다는 소문을 들었소."

"아이고."

벌떡 일어선 장만이 정충신을 노려보았다.

"그렇다면 우리가 강화도로 가야 할 것 아닌가?"

"후금군(軍)이 이곳과 강화도 사이에 들어와 있는지도 모릅니다."

순간 청 안에서 숨소리도 나지 않는다.

잠시 후에 내실의 마루방에 장만과 정충신, 그리고 최헌과 김익선, 또 한 명의 부원수 정시명까지 다섯이 둘러앉았다.

정충신이 은밀하게 보고할 말씀이 있다면서 최헌과 김익선을 동행시켰더니 장만은 정시명을 데려왔다.

"무슨 말인가?"

아직 경계를 풀지 않은 표정으로 장만이 묻자 정충신이 길게 숨부터 내쉬었다.

"나포한 전선(戰船)을 타고 강화도로 간다는 것을 내가 보류시켰습니다."

장만이 눈을 치켜떴지만 눈동자가 흔들렸다.

"보류시켰다니? 그게 말이 되오?"

"내가 평산에서 아민의 보좌역을 만났습니다."

이제는 장만이 숨을 들이켰고 정충신이 말을 이었다.

"그래서 이곳에서 후금군 사령관 아민과 협상을 할 수 있을 것 같습니다."

"후금군이 도성으로 내려가지 않는단 말이오?"

"강화도에 가는 것도 만류했다고 말하지 않았습니까? 후금군은 협상하겠답니다."

"협상을?"

장만이 거친 숨을 골랐다.

"더 이상 싸우지 않겠단 말이오?"

"지금까지 제대로 싸우기는 했습니까?"

정충신이 되물었다.

"가도의 명군(明軍)만 박살을 내었지요."

이때 소현세자는 전주로 피신한 상태였고 왕실은 사방으로 흩어졌다.

관군은 분산되어 있는 데다 왕명이 전해지지도 않는 상황이다.

장만이 보낸 전령이 강화도로 들어갔을 때 능양군은 사색(死色)이 되었다.

후금군(軍)이 지척까지 와 있는 상황이기 때문이다.

전령은 종사관 유현이다.

능양 앞에 선 유현이 입을 열었다.

"후금의 사령관 아민이 전갈을 보냈습니다."

긴장한 청에서는 숨소리도 들리지 않았고 유현의 목소리가 울렸다.

"화의교섭에 응하지 않으면 조선 국토를 점령할 것이며 새 왕조를 세우겠다는 것입니다."

순간 청 안이 소란스러워졌다.

"그게 무슨 소리냐!"

뒤에서 그렇게 소리 지르는 신하도 있었다.

"안 됩니다! 결사항전을 해야 합니다!"

누군가는 그렇게 소리쳤다.

청에 모인 수십 명의 대신, 장군들이 이제는 저마다 소리쳤기 때문에 귀가 아플 지경이다.

입을 다물고 있는 사람은 몇 명 안 된다.

그들이 바로 주화론자, 화친을 주장하는 자들이다.

능양은 쳐다보고만 있다.


최명길은 이때 42세.

반정(反政) 때 김류, 이귀와 함께 참여하여 일등 공신이 된 인물로 원성군에 봉해져 있다.

권모술수에 능하고 자신의 재주에 자부심이 대단한 인물로 불과 16세인 선조 35년에 성균관 유생이 되었을 만큼 학문이 뛰어났다.

그러나 광해 시절에 파직을 당하고 나서 앙앙불락하다가 반정에 가담해 일등 공신이 된 것이다.

최명길은 주화(主和)론자다.

그리고 지금 도체찰사로 조선군의 총사령관인 장만의 사위다.

"전하, 우선 저놈들의 비위를 맞춰주고 나서 후일을 도모하시지요."

그날 밤.

능양의 침소로 찾아간 최명길이 말했다.

침소에는 능양과 최명길 둘뿐이다.

그만큼 능양이 최명길을 신임한다기보다 화의(和意)의 뜻이 있었기 때문일 것이다.

최명길이 말을 이었다.

"저놈들이 강화교섭을 하자는 것은 장기전을 할 여유가 없기 때문일 것입니다. 그러니 소신이 사신으로 가서 협상하겠습니다."

"오. 그래 주겠는가?"

그제야 능양의 입이 열렸다.

"모두들 싸우자고만 하는데 정작 이 섬에서 나갈 놈들은 없어. 모두 입으로만 떠드는 놈들이야."

능양이 말을 이었다.

"그대에게 교섭을 맡기겠네."

한숨 돌린 표정이다.

아민의 본진은 평산 아래쪽의 벌판이었는데 기마군 2만 5천과 전마(戰馬) 7만여 필이 가득 덮여 있다.

미시(오후 2시) 무렵.

아민의 본진으로 30여 기의 기마대가 도착했다.

그런데 기마대의 호위를 받고 있는 장수가 바로 강홍립이다.

명의 지원군으로 광해가 파견했던 도원수 강홍립이 9년 만에 조선 땅에 나타났다.

이때 강홍립은 68세.

노장(老將)이다.

강홍립은 명문(名門)에서 태어났다.

조부가 우의정을 지낸 강사상이며 부친은 참판을 지낸 강신이다.

강홍립 본인은 정3품 한성부부윤을 지냈고 광해 11년인 1618년, 명의 요청으로 오도도원수가 되어 파병되었다.

1만 3천 병력을 지휘하고 북상한 강홍립은 명 장군 유정군(軍)과 합류했다.

그리고 그다음 해 부차 싸움에서 명은 패배했고 강홍립이 후금에 투항한 것이다.

"어서 오시오."

아민이 정중하게 노장(老將) 강홍립을 맞았다.

"오시느라 힘들지 않았습니까?"

"아니, 이곳이 내 고향 아니오?"

강홍립이 쓴웃음을 짓고 대답했다.

"눈 감고도 찾아올 수가 있소."

"오늘은 푹 쉬시지요."

"괜찮습니다. 조선 왕은 지금 강화도에 있는가요?"

"예, 조금 전에 화의 사절을 보내겠다고 전령이 왔습니다."

"마침 잘되었군."

고개를 끄덕인 강홍립이 아민을 보았다.

"폐하께서 교섭에는 제가 나을 것 같다면서 서둘러 저를 보내셨소."

그때 진막 안으로 이전이 들어섰기 때문에 강홍립이 웃었다.

"그렇지. 자문관과 함께 저들을 만나는 것이 좋겠군."

이틀 후.

개성에 주둔한 장만의 조선군 본진으로 최명길과 우상준이 들어섰다.

조선의 화의 사절이다.

최명길은 사신에 임명되면서 정2품 이조판서 직함을 받았고 우상준은 형조참관이다.

"평산 앞 후금군(軍) 본진이 회담장이 되었네."

장만이 사위 최명길에게 말했다.

둘 다 반정의 일등 공신이다.

"내일 오시(낮 12시)까지 가기로 했는데 후금에서는 나도 같이 오라는군."

장만이 쓴웃음을 지었다.

"후금군 사령관이 참석하는데 조선군도 총사령이 참관해야 한다는 것이지."

"후금은 정사(正使)가 누구입니까?"

"그건 모르겠네."

장만이 고개를 저었다.

알려달라고 할 수도 없다.

아민이 웃음 띤 얼굴로 강홍립을 보았다.

이곳은 아민의 진막 안.

진막은 넓어서 수십 명이 둘러앉아도 여유가 있다.

"장군, 조선 땅에서 후금의 협상 대표가 되시다니 만감이 교차하시겠소."

아민이 말했을 때 강홍립의 얼굴에도 쓴웃음이 떠올랐다.

"나는 이미 조선 왕으로부터 역신으로 몰려 있소이다."

"저런."

알면서도 아민이 혀를 찼다.

"노장(老將)께서 역신이 될 이유가 뭡니까? 지금 조선 왕이 된 자가 역적이지요."

"성즉군왕이요 패즉역적이라고 하지 않습니까? 지금 유폐된 전왕(前王)께서 그런 입장이지요."

"만일 전왕(前王)을 해코지한다면 이씨(李氏) 왕조를 멸망시키겠다는 섭정 전하의 경고가 없었다면 전왕(前王)이 지금까지 살아계시지 못했겠지요."

아민의 말에 강홍립이 고개만 끄덕였다.

주름진 눈꺼풀 안의 눈이 흐려져 있다.


진막을 나온 강홍립의 뒤를 이전이 따라 나왔다.

이전은 강홍립을 조부처럼 따른다.

강홍립이 발을 떼면서 말했다.

"잘 들어라."

"예, 장군."

이전이 바짝 다가섰고 강홍립이 말을 이었다.

"너는 꼭 오래 살아서 전왕(前王) 전하와 백성을 보살피도록 해라."

"예, 장군."

"난 교섭을 마치고 이곳에 머물겠다."

이전이 고개를 들고 강홍립을 보았지만 묻지는 못했다.


다음 날.

오시(낮 12시)가 되었을 때, 조선 측 회담 대표단이 진막 안으로 들어섰다.

최명길과 우상준, 그리고 참관인 자격의 장만이다.

안으로 들어선 셋은 앞쪽에 앉아있는 셋을 보았다.

그 순간이다.

먼저 장만이 걸음을 딱 멈추더니 입도 쩍 벌렸다.

"아니."

장만의 입에서 터진 외침이다.

이제는 눈을 치켜뜬 장만이 왼쪽에 앉은 사내를 노려보았다.

"당, 당신은."

그때 장만의 시선을 받은 강홍립이 쓴웃음을 지었다.

"10년 가깝게 지났어도 알아보긴 하는군."

강홍립의 시선이 최명길에게 옮겨졌다.

"병조좌장이란 5품 말직에 있다가 파직을 당하더니 반정 일등 공신이 되었지? 이제 정2품 대감 신분으로 회담 대표로 출세했나?"

이제는 강홍립이 장만과 최명길 둘을 번갈아 보았다.

"역사는 자네들 둘을 근사하게 기록해놓겠지. 사관이란 놈들도 어차피 정권을 쥔 놈들 쪽의 역사를 쓸 테니까. 자, 자리에 앉으시지."

그러자 셋이 주춤거리며 앞쪽 자리에 앉는다.

그동안 강홍립의 옆쪽에 나란히 앉은 아민과 이전은 입을 다물고 있다.


아연실색했다는 표현이 맞을 것이다.

조선 측 대표단은 후금의 대표단에 강홍립이 정사(正使)로 앉아있으리라고는 꿈에도 상상하지 못했다.

강홍립은 노장(老將)이며 장만보다도 6살이나 연상이다.

둘 다 문과에 급제한 문신이나 무반(武班)으로 출신했는데, 가문으로 보나 경륜으로 보나 강홍립이 월등했다.

강홍립이 앞에 앉은 셋에게 옆쪽의 젊은이를 소개했다.

"이번 회담의 부사(副使)를 소개하겠소. 후금국 친위대의 1천인장이며 황제의 보좌역인 이전이란 분이오."

강홍립이 말을 이었다.

"잘 아시겠지만, 이 젊은이는 조선 북방군 부원수였던 이괄의 장남이오."

그 순간 셋이 일제히 숨을 들이켰다.

'이전'이라고 해서 좀 찜찜했던 터에 물벼락을 뒤집어쓴 느낌이었을 것이다.

아민이 여진어로 말했다.

"감개무량하시겠소."

강홍립에게 하는 말이다.

조선어를 알아듣지 못했지만 분위기로 짐작한 것이다.

아민이 앞에 앉은 조선 대표들을 훑어보더니 웃음 띤 얼굴로 말을 잇는다.

"장군께서 주도하시고 결과만 알려주시기 바랍니다."

그러고는 옆쪽에 앉은 역관에게 말했다.

"강 장군께 맡기고 나는 빠지겠다고 말하라."

역관이 조선 대표단에게 말하는 동안 아민은 몸을 돌렸다.

강홍립이 정사(正使)인 최명길에게 말했다.

"조선 왕이 강화도에서 나와 후금군 사령관께 사과하고 후금과 군신(君臣)의 관계를 맺는다는 서약을 해야겠소."

최명길은 듣기만 했고 강홍립이 말을 이었다.

"압록강 이남의 여진족이 들어와 있는 구역을 후금의 영토로 해야겠소. 그 구역에 거주하는 조선인들도 바라고 있으니만큼 백성들의 뜻을 따라줘야 할 것이오."

"……."

"명군(明軍) 토벌에 조선인 군사 3만이 필요하오. 조선인 군사는 후금군(軍)

이 되어서 잘 먹일 것이고 그 군사들의 가족은 후금 땅에 와서 살아도 되오. 조선보다 훨씬 풍족하게 살 수 있을 것이오."

고개를 든 강홍립이 최명길과 우상준, 장만까지를 훑어보았다.

"이 세 가지 조건을 받아들이지 않는다면 조선인들을 모두 여진으로 이주시킬 것이오. 그러면 조선 왕은 강화도에서 손수 농사를 지을 수밖에 없겠지."

개성으로 돌아가는 길이다.

최명길과 장만이 각각 경마 잡힌 말을 타고 걷는다.

2월 초순이어서 아직 추운 날씨다.

장만이 최명길에게 말했다.

"영토는 떼어줄 수 있겠지만 군신 관계를 맺는다거나 군사를 보내는 것은 어려울 것 같다."

뒤에 우상준이 따르고 있었지만 둘만의 대화다.

장인이 사위에게 탁 터놓고 말하는 중이다.

"가장 어려운 일은 전하가 나와서 사과하는 일이야."

"그건 못 할 것 같습니다."

최명길이 길게 숨을 뱉었다.

"강홍립이 이괄의 장자 이전을 데리고 후금의 회담 대표로 나올 줄은 상상도 하지 못했습니다."

"이전이 살아있다니. 이괄 가계가 끊어지진 않았군."

"황제 친위군의 장수라고 했습니다."

"황제 보좌역이라고도 했어."

"강홍립, 이전이 후금 회담 대표라니 최악의 상황입니다."

"그 두 놈이 무슨 흉계를 꾸밀지 모르겠다."

장만이 정색하고 최명길을 보았다.

눈이 흐려져 있다.

그 시간에 광해가 최보성의 절을 받고 있다.

능양이 강화로 오기 전에 광해는 금부도사 일행의 안내로 충청도 서산으로 옮겨졌다.

그래서 최보성이 서산으로 내려온 것이다.

이곳은 10여 칸의 기와집으로 서산군수가 마련한 유배지다.

자리에 앉았을 때 최보성이 말했다.

"전하, 후금군의 화의 협상 대표로 강홍립 도원수가 오셨습니다."

"무엇이?"

놀란 광해가 숨을 들이켰다.

"후금의 협상 대표로 왔단 말인가?"

"그렇습니다."

최보성이 번들거리는 눈으로 광해를 보았다.

"협상의 첫째 조건은 조선 왕의 사과와 후금에 대한 군신 관계를 맺는 것입니다. 조선 왕이 후금군 사령관에게 신하의 예를 보여야 할 것입니다."

"……"

"사령관이 황제 대신으로 온 것이니까요."

최보성의 목소리가 떨렸다.

"능양이 아민에게 절을 하는 것을 상상해보십시오, 전하."

광해는 대답하지 않았다.

시선을 든 능양이 최명길을 보았다.

"군신 관계를 확정 짓자는 것인가?"

"예, 전하."

"어떻게 말인가?"

"조약을 맺고 전하께서 아민 사령관께 군신의 예를 보이셔야 합니다."

그 순간 능양이 외면했다.

청 안이 조용해졌고 갑자기 갈매기 울음소리가 났다.

청 밖 마당 위로 갈매기 한 마리가 지나면서 우는 것이다.

강화도에 온 지 한 달이 되어가고 있다.

"역시 전하는 움직이지 않으실 작정이군."

최명길이 말했을 때 우상준이 말했다.

"대감, 강홍립은 첫 번째 조약이 우선이라고 했습니다. 그것이 안 되면 화의 회담은 결렬됩니다."

둘은 청 건너편의 별당에서 마주 보고 서 있다.

청에서 나와 이곳으로 온 것이다.

"강홍립의 목적은 전하가 아민 앞에 무릎을 꿇고 절을 하도록 해서 수모를 주는 것입니다."

우상준이 말을 이었다.

"아민의 옆에 강홍립이 서 있겠지요. 이괄의 아들 이전도 전하를 내려다보고 서 있을 것입니다."

강홍립이 아민에게 말했다.

"최명길은 시간을 끌려고 결정이 나지 않은 것처럼 미룰 것이오."

"예상하고 있습니다."

아민이 고개를 끄덕였다.

"군량 준비를 안 해온 우리가 애를 먹는 줄로 알겠지요."

"초토화 작전을 쓰다가 내부 반발이 있었기 때문에 무위로 돌아갔지만, 다시 시작할 것 같습니다."

강홍립이 주름진 눈을 치켜떴다.

"최명길은 수단과 방법을 가리지 않을 것입니다."

아민의 시선을 받은 강홍립이 쓴웃음을 지었다.


대사헌 허만섭과 홍문관 직제학 박준은 척화파의 중심이다.

둘 다 정3품으로 성격이 곧고 능양군과 함께 반정에 참가한 일등 공신이다.

허만섭은 47세.

반정 전에는 문과에 급제했지만 미관말직으로 수십 년을 보냈는데 종5품 판관이었다.

박준은 문과에 급제하고 종5품 현령직에 있다가 무고한 백성을 고문해서 죽였다는 탄핵을 받고 10여 년간 이귀의 식객을 지냈다.

둘 다 반정에 죽기 살기로 참여한 이유가 이것이다.

출신하기 위해서다.

박준과 허만섭이 오늘도 방에서 머리를 맞대고 앉아있다.

술시(오후 8시) 무렵.

이곳은 박준의 강화도 저택 안이다.

앞에 술상을 놓은 둘의 얼굴은 상기되어 있다.

박준이 입을 열었다.

"최명길에게 양보하면 안 돼. 그놈은 비겁자야. 전하가 어떤 수모를 당하시든 제 출세만 바라는 놈이야."

"쉬잇."

손가락을 입에 붙여 보인 허만섭이 목소리를 낮췄다.

"그놈이 곧 올 테니까 우선 이야기나 들어보자고."

최명길과 이곳에서 만나기로 한 것이다.

잠시 후에 방으로 들어선 최명길이 둘과 인사를 나누고는 술상 앞에 앉았다. 강화도 피난 살림이지만 술상에는 해산물에 닭까지 삶아 놓아서 푸짐하다. 그때 박준이 최명길을 보았다.

"대감, 전라감사 김윤이 곧 양곡 6천 석을 배에 싣고 올 것이오. 그러면 강화도의 양곡은 3만 석이 넘습니다."

박준의 목소리가 열기를 띠었다.

"후금군(軍)은 전라도, 경상도까지 내려가지 못합니다. 기껏 3만 기마군으로 조선을 정복할 수는 없소."

그때 허만섭이 거들었다.

"내일 전하께 말씀 올려서 화의 회담을 중지하고 전국에 격문을 보내 의병을 일으키는 것을 상소할 예정이오. 그러니 대감께서도 이해해주시기 바라오."

박준이 말을 받는다.

"전하께서 아민 앞에 꿇어앉다니. 그것은 신하로서 받아들이지 못하겠소. 전하께서도 승낙하시리라고 믿습니다."

최명길이 고개를 끄덕였다.

능양이 그 말을 들으면 충신이라고 할 것이다.

아민 앞에 꿇어앉도록 만드는 주화론자들은 불충한 역신이나 같다.

최명길은 대안을 내놓지도 못하고 돌아갔다.

시간을 끄는 것이 이제는 주화론자들의 유일한 방법이 되었다.

능양이 강화도를 나와 아민에게 사과할 생각은 꿈에도 없기 때문이다.

능양에게 강화도를 나가 아민에게 사죄하라고 하는 자는 주화파, 척화파를 가리지 않고 역적이다.

최명길을 보낸 박준과 허만섭은 다시 술을 마셨다.

"최명길이 하늘을 나는 재주가 있어도 이번 회담을 성사시킬 수는 없어."

허만섭이 술잔을 들고 말했다.

최명길도 그들과 같은 서인이지만 주화파다.

척화파인 그들과 입장이 다르니 서인이 주화파, 척화파로 쪼개졌다. 이제는 적이나 같다.

"곧 직이 떨어지겠군."

박준이 쓴웃음을 짓고 말했다.

"후금의 정사(正使)가 강홍립이니 최명길의 수단에 넘어가지 않을 테니까."

그때 방문이 열렸기 때문에 둘은 고개를 들었다.

다음 순간 둘은 숨을 들이켰다.

두 사내가 들어섰기 때문이다.

그런데 손에 장검을 들고 있다.

"어엇!"

박준이 외마디 외침을 뱉었다.

허만섭은 들고 있던 술잔을 떨어뜨렸다.

입을 딱 벌렸지만 말이 뱉어지지는 못했다.

한걸음에 다가온 둘이 칼을 내려쳤기 때문이다.

"악!"

"헉!"

둘의 신음이 방 안에 한 번씩 울렸을 뿐 더 이상 소리도, 움직임도 일어나지 않았다.

다음 날 아침.

능양이 도승지 양현의 보고를 받는다.

다급한 일이었기 때문에 양현이 내시 상선 윤광과 함께 침전으로 달려와 있다.

"전하, 어젯밤 살인사건이 다수 일어났사옵니다."

양현이 숨을 고르며 말하자 능양이 이맛살을 찌푸렸다.

"민가에서 백성들이 싸웠나?"

"척화파 대신 여섯 명이 자객에게 살해되었습니다."

능양이 숨을 들이켰고 양현은 이마의 땀을 손등으로 닦더니 말을 잇는다.

"대사헌 허만섭과 홍문관 직제학 박준이 사택 사랑방에서 무참히 살해되었습니다. 그리고 예조참판 한선기가 자다가 피습을 당해 죽었고 훈련도감의 중군 양정균, 순영중군 조희성, 경기병사 박균서가 각각 병영에서 칼을 맞아 죽었습니다."

"이, 이런."

양현의 말이 길어지는 동안에 능양의 얼굴빛이 점점 사색(死色)이 되더니 마침내 낮게 외침을 뱉었다.

모두 척화파다.

척화파의 거물들이 하룻밤 사이에 몰살당하다시피 한 것이다.

능양이 흐려진 눈으로 양현과 윤광을 번갈아 보았다.

"도, 도대체 누가……."

"한두 놈이 아닙니다."

윤광이 말했다.

"섬 안으로 잠입한 후금(後金)의 자객단 소행입니다."

그렇다.

강화도 내부에서 이런 일을 일으킬 만한 조직은 없는 것이다.

그때 양현이 고개를 들고 능양을 보았다.

"대신들이 모두 청에 모여 있습니다, 전하."

숨을 고른 양현이 말을 이었다.

"그들도 같은 의견입니다."

후금(後金)의 자객단이 강화도를 제집 안방처럼 들어와 살육한 것이다.

그것도 척화파 대신들을 족집게처럼 집어내어 죽였다.

청 안.

임금이 나오기 전이어서 삼삼오오 모인 대신들은 어젯밤의 사건으로 흉흉한 분위기다.

죽은 대신들의 숫자는 10여 명으로 늘어났다.

미처 알리지 못한 사람들도 있었기 때문이다.

"강홍립이 강화도 지리를 잘 알 것이오."

어영대장 정진이 말했다.

"그래서 후금군(軍) 암살대를 보낸 것이지. 모문룡의 배까지 나포했으니 얼마든지 실어 올 수 있었을 것이오."

최명길은 듣기만 했고 그때 우찬성 김산희가 말했다.

"그렇다면 그놈들이 지금도 섬 안에 남아있을 것 아닌가?"

"당연하지요."

정진이 흐려진 눈으로 둘을 번갈아 보았다.

"어젯밤 일을 저지르고 당장 도망칠 이유도 없습니다."

그때 옆에서 듣기만 하던 의금부 판사 박희주가 입을 열었다.

"군사를 풀어 섬을 수색하느니 내륙으로 피신하는 것이 낫겠소."

모두 입을 다물었고 박희주가 말을 이었다.

"그놈들이 10, 20명이 아닌 데다 얼마나 또 들어올지 알 수 없지 않소?"

"……."

"이러다가 밤마다 대신들이 죽어 나간다면 전하까지 위험해지지 않겠소?"

능양이 청에 들어왔을 때 갑론을박하던 대신들의 의견이 조율되었다.

박희주는 종1품 원로대신이다. 66세.

박희주가 대표로 나와 능양에게 말했다.

"전하, 후금이 화의를 제의한 이상 받아들여야 한다는 것이 중론입니다. 그러나 전하께서 직접 출륙할 필요는 없고 후금(後金)과 형제의 의를 맺는다는 서약서를 보내는 것으로 하시지요."

능양이 시선만 주었고 박희주가 말을 이었다.

"전하, 한시가 급합니다. 윤허하여 주옵소서."

능양이 고개를 끄덕였다.

바라던 바다.

최명길이 다시 협상 대표로 선발되었다.

부사는 우상준이다.

그날 오후에 협상 대표단은 서둘러 강화도를 떠났다.

"임금은 없어도 되어!"

고병수가 소리쳐 말하자 모두 조용해졌다.

이곳은 한양성 혜화문 근처의 객주 안.

도성의 한복판이다.

객주에는 10여 명의 주민이 모여 있었는데, 이곳도 불안한 분위기다.

미시(오후 2시) 무렵.

고병수가 말을 이었다.

"이번 임금은 지난번 왜란 때 임금보다 더하다! 그때는 나름대로 세자와 함께 왜군을 막으려고 했지만 지금 임금은 도망질만 하고 있지 않은가?"

"옳다!"

고병수와 친구인 양석이 소리쳤다.

둘 다 60 객이어서 주민들의 어른 대접을 받는다.

"왜란 때는 이곳저곳에서 의병이 일어났지만, 지금은 다르지 않은가? 그것은 임금이 제 잇속만 차리려고 전(前)왕을 몰아냈기 때문이야! 새 임금은 애당초 백성 생각은 머릿속에 없었던 위인이야!"

그때 다시 고병수가 나섰다.

"임금 주변의 서인 놈들이 권세를 잡으려고 반란을 일으킨 거다! 이 나라는 망해야 돼! 이씨 왕조를 없애고 새 나라가 되든지 전왕(前王)을 불러와야 된다!"

"그렇지!"

누군가 소리쳤고 이곳저곳에서 외침이 일어났다.

"후금군(軍)이 백성을 죽이고 아녀자를 납치한다는 소문을 내지만, 모두 다 거짓말이다! 내가 직접 가 보았어!"

그런 외침도 일어났다.

주막을 나온 최보성의 옆으로 이전이 다가섰다.

"민심은 알았지만 이끌어줄 조직이 없지 않소?"

"그렇습니다."

최보성이 쓴웃음을 지었다.

"조선 백성은 예부터 민란을 일으켜 왕조를 뒤엎은 적이 없습니다."

발을 떼면서 최보성이 말을 이었다.

"전왕(前王)께서 백성을 생각하셨지만 모두 잊고 있다가 이런 난리가 나니까 떠올릴 뿐이지요."

이전이 길게 숨을 뱉었다.

이전은 아민의 지시로 민심을 들으려고 밀행해온 것이다.

최보성이 안내를 맡았다.

그때 최보성이 말했다.

"시간이 지날수록 우리에게 이로울 것입니다. 지금 도성은 비어있는 데다 수성을 맡은 유도대장 김상용은 어디서 함성이라도 울린다면 도망칠 테니까요."

이전의 숙소는 진천동 근처의 20칸쯤 되는 저택으로 전(前)에 이괄의 청지기를 지낸 유가의 집이다.

유가는 그동안 북도 물품을 가져와 파는 거간으로 재산을 모았는데 의리가 깊었다.

이전을 보자 눈물바람을 하더니 이전의 일행 10여 명을 받아들였다.

"나리, 1백 명이면 도성을 점령할 수 있습니다. 지금 성안에는 이곳저곳에서 모인 군사 2천여 명뿐인데 막상 접전이 되면 다 도망칠 것이오."

밖에서 돌아온 이전에게 유가가 말했다.

"백성들도 난리에는 진저리를 칩니다. 지난번 부원수께서 도성을 점령하셨을 때 왕은 공주로 도망갔지 않습니까? 지금은 후금군이 내려온다는 말을 듣자 곧장 강화도로 숨어 들어갔단 말입니다."

유가의 목소리가 커졌다.

"백성은 안중에도 없습니다. 그런 놈들은 다 없애야 합니다."

"이보게."

이전이 웃음 띤 얼굴로 유가를 보았다.

"나도 조금 전 객주에서 모인 동네 사람들한테서 그런 말을 들었네."

유가의 시선을 받은 이전이 말을 이었다.

"그런데 그 신하라는 관리들도 다 썩어서 그 왕에 그 관리들이란 말이네. 왕만 없애면 되는 일이 아니야."

"전왕(前王)을 모셔오면 되지 않습니까?"

"그 신하들은 다 죽었어."

"……"

"이 나라는 수백 년 동안 당파 싸움만 하다가 제대로 된 관리들을 양성하지 못했네. 그저 왕만 받들고 나라를 유지해 왔어."

"……"

"나라 방위는 명(明)이나 그 전(前)의 당(唐)에 맡기는 바람에 할 일이 없어진 관리들은 당파를 만들어 서로 싸움질하는 기술만 발달했어."

"성군(聖君)도 있었지요."

유가가 한숨과 함께 말하고는 흐려진 눈으로 이전을 보았다.

"그러면 어떻게 해야 됩니까? 하늘이 돕기를 기다려야 할까요?"

"자, 어떻게 되었소?"

두 번째 회담이 시작되었을 때, 강홍립이 최명길에게 물었다.

이곳은 후금군(軍)의 본진 안.

진막 안에는 양국의 대표단들이 마주 보고 앉아있다.

오늘은 후금군의 부사(副使) 이전이 보이지 않았고 여진인 장수가 앉아있다.

그때 최명길이 말했다.

"형제의 의(義)를 맺는 것에는 동의합니다. 그리고 조선 왕이 사과도 하지요. 그러나 그 사과는 서면으로 합시다."

강홍립이 시선만 주었고 최명길의 말이 이어졌다.

"영토 문제도 동의하겠습니다. 그러나 군사 3만과 그 가족까지 보내라는 것은 시간이 걸릴 테니 기간을 주시지요."

"……."

"약 1년 반에서 2년 정도의 기간이 걸릴 것입니다."

그때 강홍립이 말했다.

"우리는 능양의 머리를 오늘 밤 안에 떼어올 수 있어."

"무엇이?"

조선말이었기 때문에 지금 옆쪽에 앉은 후금군(軍) 장수는 알아듣지 못하고 있다.

최명길이 외마디 소리로 되묻는다.

"그럼 엊그제 밤에 강화도에서 대신들을 살육한 것은 당신들이 보낸 암살대로군."

"그렇다."

어깨를 부풀린 강홍립이 최명길을 보았다.

"애송이. 너를 베어 죽일 수도 있었지만 내가 명단에서 빼내었다. 그 이유를 아는가?"

"뻔하지. 화의를 서두르기 때문 아닌가?"

"네 이놈. 어른 대접을 안 하면 이 자리에서 목을 베어주마."

강홍립이 웃음 띤 얼굴로 말을 잇는다.

"조선말에는 존댓말, 낮춤말이 있다. 넌 나에게 네 애비를 대하듯이 말해야 한다."

그러고는 고개를 돌려 뒤에 선 위사부장에게 지시했다.

조선말이다.

"내가 손을 들면 저놈을 채찍으로 후려쳐라."

"예잇."

부장이 허리춤에 꽂은 채찍을 빼들더니 최명길의 옆으로 다가가 섰다.

그때 강홍립이 눈으로 부장을 가리켰다.

"저 위사는 조선인으로 내 휘하의 군관이었으나 여진군에 투항한 후에 지금은 위사부장으로 1천인장급 장수다. 조선에서 빛을 못 본 군사들이 대륙에서 꿈을 이루고 있다."

그러고는 정색하고 최명길을 보았다.

"능양이 나오지 않는다면 내가 약속을 하지. 사흘 후에 능양의 머리통을 떼어 가져오겠다. 그것을 돌아가서 능양에게 말해주도록."

"그것은……."

최명길이 주춤하더니 숨을 골랐다.

다시 최명길이 말을 잇는다.

"말씀은 드리겠으나 어렵소."

"어쨌든 가부(可否)를 사흘 안에 통보해주도록."

강홍립이 이를 드러내고 소리 없이 웃었다.

"참고로 말해줄 것이 있어."

"……."

"전라감사 김윤이 양곡을 싣고 오던 평저선 2백 척이 어떻게 되었는지 알겠나? 우리 전선(戰船) 30척이 내려가서 모조리 나포했다."

"……."

"양곡을 보령에서 마차에 실어 북상하는 중이야."

고개를 든 강홍립이 최명길을 보았다.

"능양이나 너나 다 구더기 같은 놈들이다. 백성들에게 더 이상 고통을 주지 않겠다면 능양이 섬을 나오도록 해라."

그때 최명길이 입을 열었다.

"임금의 안전을 보장해주시오."

"보장한다."

"조선 조정의 대신 몇 명만 알도록 해주시오."

그때 강홍립이 이를 드러내며 소리 없이 웃었다.

"역사에 남기지 않으려는 수작인가? 하긴 너희들은 사관들을 서인(西人)으로 임명하고 나서 강홍립이가 능양 앞에서 무릎을 꿇었다고 기록하게 할 수도 있겠지."

최명길이 시선만 주었기 때문에 강홍립이 고개를 끄덕였다.

"비밀로 해줄 테니까 데려와라."

광해는 서산의 임시 유배처로 옮겨온 후에 강화도에서 지내던 때와는 달리 자유롭게 행동했다.

서산군수 양병현이 구속을 풀어준 것이다.

오늘도 광해는 하인 한 명을 데리고 바닷가에 나가서 거니는 중이다.

하인은 등에 술과 안주가 담긴 짐을 지고 있었기 때문에 멈추는 장소가 술자리가 되었다.

혼자서 술을 마시는 것이다. 유배 생활 4년 만에 처음으로 겪는 자유다.

오후 신시(4시) 무렵.

바닷가 바위 위에 거적을 깔고 앉아 술잔을 들고 있던 광해는 다가오는 일단의 기마군을 보았다.

30, 40기다.

고개를 들었던 광해는 그 뒤쪽으로 수백 기의 기마군이 멈춰 서 있는 것을 보았다.

후금군(軍)이다.

후금군이 서산까지 내려왔다.

놀란 하인이 몸을 굳힌 채 움직이지 않는다.

기마군이 바위 밑 모래사장에서 멈추더니 서너 명이 말에서 내려 이쪽으로 다가왔다.

그들을 보던 광해가 눈을 크게 떴다.

앞장서서 다가오는 젊은 장수.

바로 이전이다.

"네가 웬일이냐?"

놀란 광해가 물었더니 이전이 허리를 굽혀 절을 했다.

"전하, 아민 사령관을 모시고 왔습니다."

"아민을?"

광해가 자리에서 일어서자 이전의 뒤로 40대의 사내가 다가왔다.

아민이다.

인사를 마친 광해와 아민이 바위 위에 마주 보고 앉았다.

이전과 부장급 장수가 아민의 옆에 앉아 통역을 돕는다.

그때 아민이 입을 열었다.

"지금 강 장군은 조선 대표와 회담 중이지만 나는 황제 폐하의 밀명을 받고 전하를 뵈러 온 것이오."

아민의 말을 장수가 한마디씩 통역했다.

후금(後金) 황제 아바가이의 밀명을 받고 온 것이다.

긴장한 광해를 향해 아민이 말을 이었다.

"전하, 황제 폐하께서는 전하께서 다시 조선 왕으로 복귀하실 의향이 있는가를 물으셨소."

광해가 숨을 들이켰고 아민이 정색했다.

"폐하께선 전하가 다시 왕으로 복귀하시기를 바라고 계시오. 원하신다면 나에게 도와드리라고 하셨습니다."

그때 광해가 고개를 저었다.

"내가 여러 번 말했지만 나는 복귀할 생각이 없습니다."

"조선 백성들을 위해서는 전하가 나서야 되지 않겠습니까?"

"나를 따르던 신하는 모두 숙청당했소. 현실적으로 불가능한 일입니다."

광해가 흐려진 눈으로 아민을 보았다.

"내가 복위한다면 지금 집권한 서인 세력을 다시 숙청해야 할 테니 조선의 국정은 마비될 것이오."

"다 죽이고 새 인물들을 등용하면 되지 않습니까?"

그때 광해가 고개를 저었다.

얼굴에 일그러진 웃음이 떠올라 있다.

"장군, 나는 이제 지쳤습니다. 처자식을 다 잃고 의욕도 함께 잃었소. 내가 이렇게 사는 것만으로도 벅찹니다."

"우리가 도와드릴 일이 있습니까?"

"여진과 우리 민족은 옛 고구려 시절부터 형제였소. 함께 대륙으로 뻗어 나가도록 도와주시오."

"그래서 조선인들을 이주시키려고 합니다."

그때 광해가 고개를 들고 아민을 보았다.

"또 한 가지 부탁이 있소."


"비밀리에 진행할 것입니다."

최명길이 보고를 끝내면서 다시 한 번 강조했다.

"후금군(軍) 본진의 진막 안에서 후금 사령관 아민과 측근 장수들이 10명 정도만 참석할 것입니다."

최명길이 숨을 골랐다.

이곳은 강화도의 왕궁으로 사용되는 별궁의 내실 안.

내실 안에는 최명길과 우상준, 그리고 능양이 신임하는 대신 몇 명만 불려와 있다.

내실 안에 흰동인 정적이 덮였다.

모두 함께 들었고 능양의 반응을 기다리는 것이다.

그때 능양이 고개를 들었다.

"어제도 대신 7명이 암살당했어."

능양의 눈이 흐려졌다.

"이러다간 살아남는 신하가 없겠다."

최명길이 소리 죽여 숨을 뱉었다.

그렇다.

최명길이 협상차 강화도를 떠난 후에도 암살단이 척화파 대신들을 살해한 것이다.

내부 정보에 환한 암살단은 척화파 중에서도 강경한 부류만 골라서 살해했다.

능양이 입을 열었을 때는 잠시 후다.

"여기 있는 사람들만 알고 있기로 하지. 그리고……."

고개를 든 능양이 대신들을 둘러보았다.

"내가 후금군(軍) 본진에 화의 교섭차 사령관을 만나러 간다는 것으로만 알려주도록."

"그렇게 하겠습니다."

최명길이 먼저 대답했을 때 영의정 김류가 말했다.

"성군(聖君)으로 후세에 알려질 것입니다."

김류, 이귀, 김자점은 능양의 가장 측근인 대신이다.

내실에서 나온 셋이 최명길을 부른 곳은 별관의 청 안이다.

최명길은 주화파의 주역으로 능양과 자주 만나는 사이다.

그러나 이 셋과 비교하면 경량급이다.

그때 먼저 김류가 입을 열었다.

"강홍립이 적대적일 텐데 괜찮겠는가?"

"약속했습니다. 전하의 안전은 보장했습니다."

"역적의 말을 믿을 수 있을까?"

이귀가 묻자 최명길이 고개를 저었다.

"저들도 화의가 급합니다. 그리고……."

숨을 고른 최명길이 셋을 둘러보았다.

"조선을 점령하고 머물 여유도 없습니다. 더구나 점령지로 삼고 통치할 병력도 없습니다."

최명길이 말을 이었다.

"여진족이 후금(後金)을 세웠지만 부족원은 70여만 남짓 아닙니까? 그래서 여진족 군사는 15만 명 정도지요. 조선족은 그 다섯 배도 넘습니다."

김자점이 고개를 끄덕였다.

"그래서 8기군(八旗軍)을 만들어 한족 8기군, 몽골족 8기군까지 조직했지. 지휘관은 모두 여진족이고 말이네."

"그렇습니다. 그래서 조선인들을 대거 끌고 가 여진족에 흡수시키려고 하지 않습니까?"

최명길이 말을 맺는다.

"후금은 조선을 식량 창고나 군사 조달 영지로 생각합니다. 형제의 의(義)를 맺으려는 것도 그 때문이지요."

"좋아."

김류가 고개를 끄덕였다.

"우리가 같이 전하를 모시고 가세."

충신들이다.


"나 좀 보세."

뒤에서 부르는 소리에 최명길이 몸을 돌렸다.

김자점이다.

다가온 김자점이 주위를 둘러보더니 턱으로 앞쪽을 가리켰다.

"저기로 가세."

어영청이 사용하고 있는 별관이다.

잠시 후에 둘은 별관의 내실에서 마주 보고 앉아있다.

이때 김자점은 강화도에 온 후로 좌의정을 맡고 있었으니 의정부 3인 중 1인이다.

김자점이 눈을 가늘게 뜨고 최명길을 보았다.

"이번 후금군의 남침도 우리 조정이 명(明)의 군사들을 받아들여 후방에 신경을 쓰게 만들었기 때문 아닌가?"

"그렇지요."

"아민군(軍)이 모문룡의 군사를 격파시켜 버렸으니 이제 조선 땅에는 명군(明軍)이 발을 붙이지 못할 거네."

"그렇게 될 것 같습니다."

명(明)은 이제 그럴 여력이 없는 것이다.

후금의 서진(西進)을 막기에도 급급한 실정인 것이다.

그때 김자점이 물었다.

"강홍립이 광해군을 다시 복귀시키려는 눈치를 보이지 않던가?"

"그런 눈치 없었습니다."

"강홍립이 조선까지 내려왔으면 광해군을 만났겠지."

"그럴지도 모르지요."

김자점이 고개를 끄덕였다.

다음 날 오전.

강화도를 출륙하여 후금군(軍)의 본진으로 갈 능양의 수행단이 발표되었다.

능양군과 영의정 김류, 우의정 성훈, 회담의 정사인 최명길, 부사 우상준, 그리고 대신 5명이다.

김자점은 갑자기 새벽에 복통이 일어나 수행하지 못했다.

"군사 3천을 이끌고 옵니다만 기마군 5백 기로 짓밟아버릴 수 있습니다."

백기장(白旗將) 아라탁이 말했다.

"도체찰사 장만이 1만 5천 군사를 이끌고 10리 후방에 따르고 있습니다."

아민은 고개만 끄덕였다.

이미 조선군의 동향은 속속들이 파악하고 있는 상태다.

장만의 주력군 외에 남쪽에 서너 개의 군대가 모여 있지만 상대가 되지 않는다.

장만의 주력군도 성(城)에서 나온 이상 한 시진이면 격파할 수 있는 것이다.

그때 옆에 서 있던 부장(副將) 호르쿠스가 입을 열었다.

"임금의 경호대 역할로 나온 것입니다."

그리고 임금의 안전은 후금(後金) 측이 이미 보장해준 상황이다.

진막 안으로 안내된 능양과 김류, 최명길, 이귀 등은 배치된 자리에 앉았다.

벌판에 세워진 진막은 거대했다.

사방이 각각 2백 자(60미터) 규모의 사각형 진막이었고 바닥에 양털이 깔렸고 양측 대표단이 앉을 자리를 만들어 놓았다.

아직 추운 2월의 날씨였지만 진막 안은 훈훈했다.

미시(오후 2시) 무렵이다.

아직 후금 측 대표단은 입장하지 않았기 때문에 앞쪽 자리는 비어있다.

진막 벽 쪽에 위사대가 정연하게 늘어서 있었으나 위압적으로 보이지는 않는다.

조선군은 본진에서 1리(500미터)쯤 떨어진 좌측 벌판에서 정지한 채 대기했고 그 뒤로 3리(1.5킬로)쯤 떨어진 강가에 장만이 이끈 1만 5천이 임금을 기다리고 있다.

조선 대표단이 입장한 지 얼마 되지 않았을 때 후금 장수 하나가 들어서더니 말했다.

"지금 오십니다. 모두 일어서시오."

능양을 중심으로 둘러앉았던 10여 명의 대신들이 모두 일어섰다.

능양도 마찬가지다.

능양이 사죄하러 온 주역이다.

진막 안으로 후금(後金) 측 대표단이 들어섰다.

조선 측의 시선을 받으면서 맨 처음에 입장한 대표는 이전이다.

그다음에 강홍립이 들어섰다.

예상은 하고 있었지만 조선 측에서 잠깐 동요가 일어났다.

이괄의 아들 이전.

그리고 지금 조선에서 역신이 되어있는 강홍립이다.

그다음에 후금군 사령관 아민이 들어섰다.

조선 측은 숨을 죽이고 있다.

그때 마지막으로 조선인 복색의 사내 하나가 들어섰다.

그냥 양반 차림이다.

그 순간 능양이 입을 딱 벌렸다.

옆쪽의 김류, 이귀, 최명길까지 아연실색했다.

대신 하나는 놀라 비명 같은 외침을 뱉는다.

이게 누구인가?

폐왕 광해다. 광해가 나타났다.

모두 일어선 채 몸을 굳히고 있는 상황에서 앞쪽 후금군의 좌석에 대표단들이 착석했다.

미리 정해진 모양으로 오른쪽에서부터 자리에 앉는다.

이전, 아민, 광해 그리고 강홍립이다.

아민과 광해가 중심을 차지했다.

대표단의 중심이다.

"앉으시오."

광해의 목소리가 진막을 울렸다.

조선말이다.

양쪽 대표단 중에서 여진인은 아민 하나뿐이다.

조선 왕 능양을 중심으로 대신들이 꿈에서 깬 표정으로 자리에 앉는다.

진막 안의 분위기는 무겁게 가라앉아 있다.

그때 광해의 시선이 능양에게 옮겨졌다.

"종아."

순간 능양이 숨 들이켜는 소리를 내면서 고개를 들었다.

능양의 이름이 이종이다.

대신들도 모두 숨을 죽이고 있다.

능양이 입을 벌렸지만 말은 나오지 않는다.

그때 광해가 다시 불렀다.

광해는 53세.

"종아!"

이번에는 꾸짖듯이 부른다.

"예."

능양의 입에서 엉겁결에 대답이 나왔다.

능양군 이종은 14대 선조의 아들 정원군 원종의 아들이다.

선조의 손자다.

능양은 33세.

광해는 선조의 아들이니 능양의 숙부뻘이다.

광해와 정원군의 어머니가 달랐기 때문에 친 숙부는 아니다.

그러니 숙부 광해를 조카가 몰아낸 셈이다.

그때 광해가 시선을 준 채 물었다.

"임금 노릇은 할 만하냐?"

다시 능양이 대답을 못 하자 광해가 쓴웃음을 지었다.

"개 같은 놈이 벌써 임금 행세에 길이 들었군."

그때 강홍립이 말했다.

"저놈, 이종의 머리통을 떼어놓는 것이 조선 백성을 위해서도 낫습니다."

"이것 보십시오."

그때 말석에 앉아있던 우찬성 한준이 입을 열었다.

"말씀을 조금……."

그때다.

강홍립이 손을 들어 한준을 가리켰다.

그 순간 뒤쪽에 서 있던 위사 하나가 성큼 다가서더니 허리에 찬 칼을 후려치듯 빼내면서 한준의 목을 쳤다.

"악!"

비명은 옆에 앉아있던 예조판서 윤홍의 입에서 터졌다.

한준의 머리가 자신의 무릎 위로 떨어졌기 때문이다.

바로 지척에서 한준의 머리통이 떨어졌고 피가 솟아올라 핏방울이 능양의 소매에도 떨어졌다.

김류와 이귀도 담이 큰 성격이고 직접 창덕궁에 쳐들어간 전력도 있지만, 지금은 다르다.

적진에 사로잡힌 꼴이다.

그때다.

아민이 소리치듯 말했다.

"조선 왕은 일어서라!"

이번에는 여진 말이었고 역관이 소리쳐 통역했다.

아민의 명령이다.

능양이 엉겁결에 일어섰고 대신들도 따라 일어섰다.

그때까지 머리 없는 몸으로 앉아있던 한준이 앞으로 쓰러졌다.

그러자 위사들이 다가와 한준의 몸통과 머리를 들고 나갔다.

그때 아민이 말했다.

"네 선왕(先王)께 용서를 빌어라. 용서를 받고 나서 정식 회담을 하겠다."

그러고는 아민이 자리에서 일어섰다.

"잠시 후에 들어올 테니 그때까지 준비해놓아야 할 것이다."

그러자 광해와 강홍립, 이전도 따라 일어서 진막을 나갔다.

밖에 군사 3천이 있지만, 전의(戰意)는 땅에 떨어졌고 병력도 후금군(軍)에 비하면 절대적 열세다.

장만의 1만 5천 군사도 마찬가지다.

"함정에 빠졌다."

김류가 탄식했지만 방법을 찾지 못하고 망연자실한 표정이다.

"나 좀 봅시다."

이귀가 최명길을 불러 진막 구석으로 데려갔다.

대신들은 모두 서 있었는데 능양은 안쪽 자리에 앉아 벽만 쳐다보았다.

눈이 흐려져서 넋을 잃은 표정이다.

조선 측의 연락을 받은 후금의 대표단이 다시 진막 안으로 들어섰다.

양측 대표단이 마주 보고 앉았을 때다.

능양이 자리에서 일어서더니 광해 앞으로 다가가 섰다.

모두 숨을 죽였다.

광해와의 거리는 3보 정도.

서로 손을 뻗으면 닿을 수도 있는 거리다.

아민도 몸을 굳힌 채 능양을 주시하고 있다.

그때 능양이 입을 열었다.

"숙부님."

아민의 옆에 바짝 붙어 앉아있던 역관이 낮게 통역했다.

광해가 시선만 주었을 때 능양이 무릎을 꿇고 앉았다.

"저는 동생 능창이 죽자 저도 생명의 위협을 느껴 결국 반정을 일으켰습니다. 국가를 어떻게 경영해야 할지는 생각해 본 적이 없습니다."

능양의 눈이 흐려졌다.

"나라 밖이 어떻게 되는지 알지 못했고 관심도 없었습니다. 오직 정권을 탈취하겠다는 생각뿐이었습니다."

능양의 눈에서 눈물이 흘러내렸다.

"모두 제 잘못입니다. 그리고 저는 군왕의 자질이 없다는 것을 뼈저리게 느끼고 있습니다. 그래서 숙부님."

고개를 든 능양이 광해를 보았다.

"다시 복위하시지요. 저는 용서해주신다면 시골에 들어가 여생을 보내도록 하겠습니다."

능양이 말을 마쳤을 때 역관의 목소리만 진막을 울리고 있다.

이윽고 역관도 입을 다물었을 때 진막 안은 무거운 정적에 덮였다.

그 정적을 깬 사람이 아민이다.

아민이 고개를 돌려 광해를 보았다.

"전하, 복위하시지요."

여진 말이다.

아민의 말이 이어졌다.

"제가 돕겠습니다."

광해의 옆에 앉은 강홍립이 낮게 통역을 했지만 조선 측 대표들도 다 들었다.

그때 아민이 강홍립에게 귓속말을 하더니 자리에서 또 일어섰다.

"잠시 후에 다시 봅시다."

강홍립의 눈짓을 받은 광해도 따라 일어섰다.

"어떻게 생각하십니까?"

아민이 광해와 강홍립을 번갈아 보면서 물었다.

본진 진막 옆의 별관에 후금 측 대표단이 둘러앉아 있다.

주위에는 회의에 참석 안 한 대장군들도 모였다.

아민이 광해에게 말을 이었다.

"전하, 조선 왕이 위기를 넘기려는 수작인지 알 수 없지만 이미 독 안에 든 쥐올시다. 이 기회에 조선 왕을 잡고 왕위에 오르시지요."

그때 옆에 선 대장군 아비타로가 말했다.

아비타로는 1만인장이다.

"명령만 내리시면 기마군으로 장만의 본군까지 몰살할 수 있습니다, 그놈들도 함정에 빠진 꼴이니까요."

그렇다.

지금 아민의 기마군은 출동준비를 갖추고 있다.

조선 왕을 사로잡은 상태에서 공격을 받으면 조선군은 대항도 제대로 못 할 것이다.

이제 모두의 시선이 광해에게로 옮겨졌다.


진막 안.

능양은 앞쪽 벽만 보았고 대신들이 둘러선 형국이다.

그런데 어수선하다.

둘씩 셋씩 모여서 수군대고 있으면서 선뜻 능양에게 다가가지 않는다.

그때 영의정 김류가 능양에게 다가가 섰다.

"일단 함정에서 벗어나고 봐야 합니다. 저놈들이 전하를 인질로 잡게 되면 끝장입니다. 그러니 복위 준비를 해주겠다면서 이곳을 빠져나가야 합니다."

김류의 이마에 땀방울이 맺혀 있다.

"이곳에 온 것이 실책이었습니다."

이곳에 광해가 나타나리라고는 아무도 예상하지 못했다.

그걸 알았다면 왔을 리 없다.


한 식경이 지나 두 식경 가깝게 흐르자 조선 측 대표단의 분위기가 더 급박해졌다.

"아무래도 전하를 저들이 잡아둘 것 같소."

마침내 김류가 이귀에게 말했다.

둘은 진막 구석에서 마주 보고 서 있다.

힐끗 최명길 쪽을 본 김류가 말을 이었다.

"광해를 다시 받아들여야 할 것 같소."

"미리 계획을 세워놓은 것 같소이다."

이귀가 목소리를 낮췄다.

"우리는 이미 덫에 걸린 짐승 꼴이오, 광해가 결코 우리를 살려 보내지는 않을 테니까."

"광해가 이곳에 나타나다니."

김류가 얼굴을 일그러뜨리며 웃었다.

"내가 왜 그 생각을 못 했을까?"

"그건 나도 마찬가지요, 대감."

이귀가 눈을 가늘게 뜨고 최명길을 보았다.

최명길은 그때 능양에게 다가가는 중이다.

이귀가 낮게 물었다.

"다 저놈이 광해하고 공모하지 않았을까요?"

"할 수 없지."

김류가 자포자기한 표정이 되었다.

"나도 공모를 해서 광해를 몰아내었으니 그 되갚음을 당한 것이지."

능양에게 다가간 최명길이 낮게 말했다.

"전하, 전왕(前王)께 후금(後金)에 인질로 가겠다고 먼저 청하시지요. 그리고 전왕(前王)이 복위하시라고 권하시는 겁니다."

"내가 후금으로?"

번쩍 정신이 든 능양이 눈을 치켜떴다.

"인질로 잡혀가라고?"

"여기서 당하시는 것보다는 낫습니다. 그리고 그것이 진정성이 있게 보일 테니까요."

최명길이 말을 이었다.

"전왕(前王)은 이미 의욕을 잃고 오직 한(恨)만 품고 산다는 소문을 들었습니다. 전하께서 자진해서 인질로 간다고 하신다면 마음이 약해질 것입니다."

"……."

"전왕(前王)이 마음이 약하다는 건 전하께서도 아시지 않습니까?"

"……."

"그래서 북인(北人)들이 그렇게 인목대비 마마를 죽이자고 했는데도 놔두었지 않습니까? 전왕(前王)의 약점을 파고들어야 합니다."

능양이 숨을 골랐다.

인목대비는 죽은 영창의 생모로 선조의 정실 왕비이기도 하다.

그 인목대비는 광해의 집권 시에 끊임없이 분란을 일으켰다.

선조가 광해에게 독살당했다고 믿었기 때문에 대놓고 떠들어대었다.

그러나 광해는 대신들의 주장에도 겨우 폐위만 시켰을 뿐이다.

그때 능양이 고개를 들었다.

"해보지."

수십 년간 광해 치하에서 견디어 온 능양이다.

간단한 성품이 아니다.


잠시 후에 후금 대표단이 진막 안으로 들어섰다.

순식간에 긴장한 조선 대표단이 자리에 앉았다.

고개를 든 능양은 후금 측 대표단에서 광해가 보이지 않는 것을 깨닫고는 심장이 내려앉는 느낌을 받는다.

저것은 무슨 의미인가?

최명길도 눈앞이 아득해지는 현상이 일어났다.

광해가 등장하지 않았다.

이것은 불길한 징조다.

타협할 대상이 사라진 것이다.

옆에 앉은 김류의 어깨가 늘어지는 것도 드러났다.

그때 아민이 입을 열었다.

"조선 왕은 이제 후금의 사령관인 나에게 사죄하라."

역관이 소리치듯 통역했다.

아민이 말을 잇는다.

"명군(明軍)을 배후에 두고 후금을 위협한 것에 대한 사죄가 첫 번째다."

진막 안에 아민의 목소리가 이어졌다.

사죄 내역이 4개.

능양이 대신들과 함께 일어나서 역관이 4개 항목을 소리쳐 말하면 절을 3번씩 하면서 '사죄합니다.'라고 외치는 '사죄식'이다.

그래서 능양은 대신들과 함께 절을 12번 했다.

아민과 강홍립, 이전, 대장군 아비타로까지 앉아서 그 절을 받는다.

'사죄식'이 끝났을 때 강홍립과 이전이 진막을 나갔고 대장군 들이 더 들어섰다.

그래서 이번에는 후금의 여진족 장수들이 벌려 앉았다.

그때 아비타로가 말했다.

목소리가 커서 진막 밖까지 울렸다.

"국경은 이번에 조약서를 써서 조선 왕이 수결을 하도록. 압록강 이남 1백 리까지가 후금의 영토다."

"조선 군사 3만 명과 그 가족까지 10만 명을 석 달 안에 후금으로 보낼 것. 이것도 조선 왕이 직접 조약서에 써라."

"명나라 연호는 오늘부터 쓰지 않는다. 그리고 명(明)과는 국교를 단절하고 후금과 조선은 형제의 의를 맺는다."

"돌아가십니까?"

강홍립이 묻자 광해가 고개를 끄덕였다.

"처자가 묻혀있는 강화도로 가야겠소."

"전하."

강홍립이 옆으로 한 걸음 다가섰다.

뒤쪽에 서 있던 이전이 다가와 옆쪽에 섰다.

이곳은 진막이 내려다보이는 작은 언덕 위다.

후금군의 주둔지여서 주위는 기마군으로 혼잡했다.

"전하께서 초야로 돌아가시겠다니 소신도 곧 따라가 뵙지요."

"장군은 아직 하실 일이 남았소."

광해가 정색하고 강홍립을 보았다.

"부디 후금에 남아서 조선 백성을 보호해주시오."

"황제 폐하가 조선인입니다. 오히려 능양보다 더 조선인을 걱정하시는 분입니다."

강홍립이 일그러진 얼굴로 광해를 보았다.

"전하, 괴로우시겠지만 장수하셔서 조선을 보살펴 주시지요."

"천명(天命)대로는 살겠소."

광해가 흐려진 눈으로 앞쪽 진막을 보았다.

그곳에서는 아직 능양이 아민에게 조약서를 쓰고 있을 터였다.

"내 목숨이 등잔불 기름이 떨어져 꺼지는 것처럼 스러질 때까지 살 것이오."

"전하, 저는 곧 갑니다."

강홍립의 눈에서 눈물이 흘러내렸다.

그때 광해가 강홍립의 손을 잡았다.

그러나 목이 멘 광해는 입을 열지 못했다.

광해와 이전이 나란히 말을 타고 걷는다.

뒤를 1백 기 정도의 기마군이 따르고 있다.

이전이 광해를 모셔다드리는 것이다.

신시(오후 4시) 무렵.

싸늘한 날씨다.

햇살은 남았지만 바람이 강해서 옷자락이 펄럭였다.

그때 광해가 고개를 돌려 이전을 보았다.

"너는 후금으로 돌아갈 테지?"

"예, 전하. 대륙 깊숙이 들어갑니다."

이전이 열기 띤 눈으로 광해를 보았다.

"산시성 남쪽에 제가 이끄는 이전파가 있습니다."

이전이 자신의 무리는 도적단이 아니라고 열심히 설명하는 동안 말은 산기슭을 돌아가고 있다.

광해가 고개만 끄덕이며 이전의 말을 듣는다.

어느덧 산 위에 석양이 걸려 있다.

# 6장
# 영웅이며 충신이다

"들으시오!"

이전이 버럭 소리쳤다.

미시(오후 2시) 무렵.

종로의 저잣거리다.

오가던 사람들이 모이기 시작했다.

"여러분! 나는 북방군 부원수 이괄의 아들, 이전이올시다!"

이전이 소리치자 가던 사람들도 돌아섰다.

들은 사람들이 소리쳐 지나가는 사람에게 말했고 붙들고 전해주기도 했다.

"내가 역적으로 몰려 죽은 이괄의 아들 이전이올시다!"

이전이 다시 한 번 소리쳤다.

이괄의 아들, 이전이 백주 대낮에 도성 한복판에 나타났다!

이전은 거리 한복판에 장작더미를 쌓아놓고 그 위에 서 있었는데, 주위에 후금군(軍) 군사 20여 명이 둘러서 있다.

군사들 옆쪽 골목에 말 떼가 매여 있었는데 위압적인 분위기는 아니다.

조선과 후금은 화의조약을 체결하여 전쟁은 끝난 상태다.

그래서 남쪽까지 내려갔던 일부 후금군이 도성을 통과하여 지나가기도 한다.

그러나 아직 후금군의 본대는 평산 아래쪽에 주둔하고 있다.

"저자가 이괄의 아들, 이전이란 말이오?"

성 밖 김 승지 댁 하인 양가가 놀라 옆에 선 사내에게 물었다.

이제 이전의 앞에는 구경꾼이 구름처럼 모여 있다.

수백 명이다.

옆쪽 사내가 다 들으라는 듯이 말했다.

"이괄의 아들, 이전이 후금군 장수가 되었다더니 정말이군."

그때 이전이 소리쳤다.

"이제 후금과 조선은 형제의 의를 맺었으니 조선 백성들은 요동의 넓은 땅에 들어와 마음 놓고 농사를 지을 수가 있소. 그곳은 땅이 기름져서 이곳보다 소출이 2배요!"

이전이 열기 띤 눈으로 군중들을 둘러보았다.

"그리고 후금은 5년 동안 경작지의 조세를 받지 않습니다! 내가 보장하겠소! 5년 후에는 소출의 1할만 조세를 받습니다! 이것은 황제의 약속이오!"

"지 말을 믿으란 말인가?"

사내 하나가 어이없다는 표정을 짓고 옆쪽 사내에게 물었다.

"소출은 2배, 그리고 조세를 5년간 받지 않는다니? 그리고 땅은 어디 있고?"

그때 이전의 목소리가 다시 울렸다.

"빈 땅이 얼마든지 있소! 조선 땅보다 몇 배나 큰 대륙에 빈 땅이 얼마든지 있단 말이오! 여러분은 그곳에 가서 내 땅이라고 말뚝만 박으면 됩니다!"


"오늘 하루에만 2천3백 명의 신청자를 받았습니다."

이전이 말했다.

"이대로 가면 이주 신청자가 10만 명을 훨씬 넘을 것입니다."

이곳은 홍인문 근처의 저택 안이다.

술시(오후 8시) 무렵.

방 안에는 이전과 최보성이 앉아있다.

그때 최보성이 입을 열었다.

"능양이 제대로 된 왕이라면 조선 백성들을 내보내야지요. 땅이 없어서 농사를 못 짓는 농민이 수만 명이오."

"장군께서도 요동에 계셨지만 그곳은 빈 땅이 많습니다."

"그곳도 조세 때문에 땅을 놀리는 곳이 많으니 후금(後金)이 바로 잡겠지요."

새 세상이 다가오고 있다.

그 새 세상의 주역이 조선인이 되고 있지 않은가?

이번에 아민의 진막에서 조선과 화의 맹약을 맺은 사연을 최보성도 들은 것이다.

최보성이나 이전에게 후금과 조선은 일체(一體)다.

그것은 후금의 지도자가 조선인이기 때문일 것이다.

조선인이 조선과 함께 대륙을 지배하려는 것이다.


밤.

최보성과 둘이 술을 마시던 이전이 부르는 소리에 문을 열었다.

마당에 서 있던 위사가 말했다.

"나리, 손님이 찾아오셨습니다."

"누구냐?"

"광주에 사는 박균이라는 사람입니다."

"박균?"

고개를 기울였던 이전이 벌떡 일어섰다.

"지금 어디 있느냐?"

"저기 문밖에."

놀란 위사가 손으로 밖을 가리켰을 때 이전이 어둠에 덮인 마당으로 벌써 뛰어내렸다.

잠시 후에 이전은 30대쯤의 사내와 방에서 손을 마주 잡고 있다.

사내는 박균.

이전의 이모부 아들이니 외가 쪽 친척이다.

박균은 무과(武科)에 급제한 무반으로 종5품 도사를 지냈다.

지난번 이괄의 난 때 친척으로 연루되어 그쪽 집안도 풍비박산되었는데 피신해서 살아남았다.

"자네가 도성 한복판에서 이민자 모집을 한다는 소문을 듣고 숨어 있다가 나왔네."

눈물을 닦은 박균이 말했다.

박균은 30세.

역적의 일가로 몰려 남자는 어린아이까지 다 죽었고 여자는 자결했거나 관비로 흩어졌다고 했다.

"형님 혼자만 남았소?"

"남자는 다 죽었네. 하지만 내 누이 둘 중 하나는 수원 감영의 관노가 되었고 하나는 형조참판 이우현의 가노로 갔다네."

"이런."

이전이 핏발 선 눈으로 옆에 앉은 최보성을 보았다.

시선을 받은 최보성이 쓴웃음을 짓고 말했다.

"형조참판 이우현은 도성 안에 살 테니 오늘 데려올 수 있겠군."

최보성의 집안은 진즉 여진 땅으로 이주했다.

이번 화의로 조선은 후금(後金)의 형제국이 되었으니 우방이다.

그래서 후금군(軍)은 서둘러 철군하지 않았다.

일부 후금군은 도성으로 들어와 시장에서 물건을 사거나 궁궐 구경도 했다.

그런 그들이 또 조선 백성들의 구경거리가 되었다.

후금군이 도성 거리를 활보하고 주막에서 술을 사 먹는 상황이 된 것이다.

형제국이다.

자시(밤 12시) 무렵이 되었을 때, 안채에서 소실을 끼고 자던 형조참판 이우현이 문밖에서 부르는 소리에 잠을 깨었다.

"누구냐?"

잠이 깬 이우현이 소리쳐 물었을 때 청지기의 목소리가 울렸다.

"후금군의 이전 장군이라고 합니다."

"무엇이!"

벌떡 일어선 이우현이 외마디 외침을 뱉었다.

이전이 누구인가?

이괄의 아들 아닌가?

이전이 화의 회담의 후금군 대표가 되어 임금을 쥐 잡듯이 몰아세웠다는 소문은 이미 조선 팔도에 다 퍼졌다.

소문이 번지면서 살이 붙는 것은 고금을 통해 증명된 사실이다.

이전이 임금의 뺨을 쳤다는 소문도 있다.

임금은 뺨을 감싸 쥐고 울었다나?

그 이전이 왜?

그때 청지기가 다시 물었다.

"나리, 어떻게 합지요?"

잠시 후에 이전과 이우현은 사랑방에서 마주 보고 앉았다.

이전은 안쪽 상석에 앉아있다.

이우현은 42세.

정5품 홍문관 교리직에 있다가 이귀의 뒤를 따라 반정에 참여, 이등 공신 책록을 받은 후에 지금은 종2품 참판이 되어있다.

그때 고개를 든 이전이 이우현을 보았다.

"이 집에 종이 몇이오?"

"그, 그것은……."

간이 작은 이우현이 말문과 함께 숨구멍이 막혀 헐떡였다.

이전이 지그시 이우현을 보았다.

"이 참판."

"예, 장군."

"조선과 후금은 형제국이오. 아시오?"

"예, 압니다."

"누가 형님이오?"

"당연히 후금이지요."

"그럼 내가 누구요?"

"후금의 장군이십니다."

"그대가 반정의 이등 공신이오?"

"예?"

바짝 긴장하고 있던 이우현의 눈이 흐려졌다.

그때 이전이 다시 물었다.

"그래서 지난번 이괄의 가문이 폐문되었을 때 그 집안 여자를 종으로 배분 받았소?"

이우현이 이제는 숨도 멈췄다.

시선을 주었지만 눈이 흐려져서 초점이 멀다.

"내 외가의 여동생이 당신의 종으로 와 있어."

이전이 말을 이었다.

"본명이 박상지. 19살. 여기서는 다른 이름으로 불리는지도 모르지."

"장, 장군, 종이 40여 명이어서 소, 소인이……."

그때 이전이 손을 들어 이우현의 뺨을 후려갈겼다.

"아이고!"

비명과 함께 엎어졌던 이우현이 벌떡 일어섰다.

"살, 살려주십시오, 장군."

"지금 당장 찾아와라."

이전이 가라앉은 목소리로 말했다.

"못 찾으면 네 머리통이 떨어진다."


마당에는 10여 명의 여진군이 서성대고 있다.

깊은 밤이었지만 형조참판 이우현의 저택은 휘황하게 불이 밝혀졌다.

이제는 마루에 나와 서 있던 이전이 마당으로 들어서는 이우현과 청지기, 그리고 여종 하나를 보았다.

그때다.

마당의 후금군 사이에서 사내 하나가 나오더니 여종을 껴안았다.

"상지야!"

이전과 함께 온 박균이다.


그렇다고 이우현을 베어 죽일 수는 없다.

후금군(軍)은 점령군처럼 행세했지만 민폐를 끼치지는 않았다.

이전이 친척 박상지를 데려온 것은 특별한 경우에 속한다.

다음 날 오전.

이번에는 박균이 후금군과 함께 수원 감영에 내려가 누이 박소이를 찾아 왔다.

이번에도 수원부사 양석정이 벌벌 떨면서 내놓았지만 박균은 잠자코 박소이를 데리고만 왔다.

이렇게 이전은 살아남은 외가 쪽 친척을 구해낼 수 있었다.


"내일 출발입니다."

아민이 말했을 때 강홍립이 고개를 들었다.

사령관의 진막 안이다.

신시(오후 4시) 무렵.

조선 측으로부터 사죄와 화의 조약까지 다 받아냈기 때문에 이민은 오래 미물 처지가 아니다.

이제 출발준비를 다 마쳤고 선발대는 이미 출발했다.

"장군, 나는 이곳에 남습니다."

강홍립이 말을 이었다.

"폐하께도 하직 인사를 하고 왔습니다."

놀란 아민이 강홍립을 보았다.

"그럼 여기서 뭘 하시려고? 선왕(先王)께 가시겠소?"

선왕(先王)이란 광해를 말한다.

그때 강홍립이 쓴웃음을 지었다.

"예, 뵈러 간다고 말씀드렸소."

"그러셨군요."

고개를 끄덕인 아민이 흐려진 눈으로 강홍립을 보았다.

"장군, 이번에 작별이구려."

"다음에는 저승에서나 뵙지요."

강홍립이 허리를 굽혀 아민에게 인사를 했다.

"사령관께서는 아직 젊으시니 조선을 잘 부탁드립니다."

"조선 백성을 말씀하시는 것이지요?"

맞절을 한 아민이 강홍립의 손을 잡았다.

아민의 눈도 흐려져 있다.

"노장(老將), 뵙게 되어서 영광이었소."


"장군께서 남으신다고요?"

밤에 진막으로 찾아온 이전이 물었다.

해시(오후 10시)도 넘은 시간이다.

이전도 이주자 모집을 끝내고 후금군과 함께 귀환하려는 것이다.

이전파가 기다리는 산시성으로 가야만 한다.

강홍립이 고개를 끄덕이며 이전을 보았다.

"전아, 너는 네 부친의 기상을 받았으니 대륙에서 용명을 떨칠 것이다."

"장군."

이전이 숨을 들이켰다.

"저도 나이 먹으면 다시 조선으로 돌아오겠습니다."

"대륙을 네 땅으로 만들어라."

손을 뻗은 강홍립이 이전의 어깨를 움켜쥐었다.

"폐하와 섭정 각하를 잘 모셔라."

"장군, 부디 건녕하소서."

"오냐, 너도 이름을 빛내거라."

강홍립이 얼굴을 일그러뜨리며 웃었다.


"이주민이 떠나고 있소?"

능양이 묻자 김자점이 한 걸음 나섰다.

창덕궁의 청 안.

사시(오전 10시) 무렵.

오늘은 능양이 일찍 청에 나왔다.

"예, 아민의 치중대를 따라가고 있습니다. 대략 2만여 명 가깝게 됩니다."

"2만 명이나……."

"예, 엿새간 모은 이주민이니 앞으로 수십만이 떠날 것 같습니다."

"수십만이라니."

놀란 능양의 목소리가 높아졌다.

"조약서에는 주민 10만 명이라고 적혀 있지 않소? 조약 위반 아니오?"

"하지만 저지할 방법이 없습니다."

고개를 든 능양이 김자점을 보았다.

"국경에서 인원을 세어 자르든지 각 고을마다 떠나는 주민을 세어서 저지하면 되지 않소?"

그때 김류가 입을 열었다.

"그렇게 되면 또 후금의 심기를 건드리게 됩니다. 이주를 방해하는 것처럼 보일 것입니다."

"하지만……."

"전하."

이번에는 이귀가 나섰다.

"작년은 재작년에 이어서 2년째 흉년이 들었소이다. 지금까지 아사자가 수천이고 특히 곡창인 전라도, 경상도에서도 아사자가 생기는 형편이올시다."

고개를 든 이귀가 번들거리는 눈으로 능양을 보았다.

"후금군은 이주민에게 양곡을 대어주면서 데려가고 있습니다. 이것마저 막는다면 민란이 일어날까 두렵습니다."

능양이 숨만 쉬었고 김류가 말을 맺는다.

"전하, 굶어 죽기 전에 후금군을 따라가려는 것입니다. 그래서 각 지방 수령들도 막지 못하고 있습니다."

청 안이 조용해졌다.

대신들이 모두 능양을 외면하고 있는 것은 가슴이 미어졌기 때문일 것이다.

능양에 대한 연민 때문이겠는가?

대신쯤 되었으니 제 자신에 대한 회의도 일어났을 것이다.

"전하, 제가 왔습니다."

신시(오후 4시) 무렵.

강홍립이 떠들썩한 목소리로 말하면서 들어섰다.

이곳은 강화도의 유배처.

광해의 유배 처소다.

인사를 마친 강홍립이 광해와 마주 보고 앉았다.

방 안이 어둑해서 벽 쪽에 등잔불을 하나 켜놓았다.

강홍립이 흐려진 눈으로 광해를 보았다.

"전하, 작별 인사를 드리려고 왔습니다."

광해가 고개를 끄덕였다.

"장군, 이제 한(恨)을 푸셨소?"

"저한테는 한(恨)이라고 하기보다는 분(憤)이지요."

쓴웃음을 지은 강홍립이 말을 이었다.

"전하께서 아직 한을 품고 계실까 봐 안타깝습니다."

"나는 이번에 다 털어내었소."

광해가 가라앉은 표정으로 강홍립을 보았다.

이때 광해는 53세.

강홍립은 68세다.

광해 11년인 59세 때 오도도원수로 임명되어 명(明)의 지원군으로 파견되었던 강홍립이다.

다음 해에 광해의 지시를 받고 후금(後金)에 투항, 9년째 후금군에 머물고 있다가 이번에 조선으로 온 것이다.

파란만장한 무인(武人)의 일생이다.

그때 강홍립이 입을 열었다.

"전하께서 다 털어내셨다니 신하로서 기쁩니다."

"그대와 함께 이번에 능양을 만났으니 더 잘된 일이오."

"역적 누명을 썼던 저도 분(憤)이 풀렸습니다."

"이제 이곳에서 욕심부리지 않고 미련도 다 씻고 여생을 마칠 것이오."

"전하."

두 손을 방바닥에 짚은 강홍립이 광해를 보았다.

"저는 이제 68세. 무인(武人)으로 파란만장한 생을 마치려고 합니다."

"장군."

광해가 불렀으나 말을 잇지 못한다.

이미 예상하고 있었던 것 같다.

"장군은 길이 조선의 후세에 알려질 것이오."

"소신은 이 순간이 귀중할 뿐입니다. 저승에서 전하를 다시 모시겠습니다."

강홍립이 이마를 방바닥에 붙이고는 한동안 떼지 않았다.

강홍립은 무장(武將)으로 명성을 떨쳤지만 알성문과에 급제한 문반(文班)이다.

명문가 출신.

조부는 우의정을 지낸 강사상이며 부친은 참판을 지낸 강신이다.

강홍립은 광해의 유배처가 내려다보이는 산 위에서 칼로 목을 쳐 자결했다.

강홍립의 시신은 강화부사가 서둘러 수습하여 유배처 근처에 매장했다.

정중하게 매장하고 봉분도 잘 다듬었지만, 조정에서는 강홍립이 병사한 것으로 기록했다.

요동으로 귀환하는 도중에 이전은 강홍립의 자결 소식을 들었다.

이전도 예상하고는 있었지만 눈에 눈물이 고였다.

조부처럼 의지했던 강홍립이다.

이전이 말했다.

"영웅이시다."

옆에 있던 박균이 입을 열었다.

"충신이네."

이전이 고개를 끄덕였다.

어느덧 눈물이 흐르고 있다.

시신을 찾지 못해서 봉분도 없는 부친 이괄을 떠올렸기 때문이다.

봉천성 안.

황제 아바가이가 이산과 마주 보고 앉아있다.

유시(오후 6시) 무렵.

이곳은 내궁의 밀실이다.

이산이 말을 이었다.

"이제 뒷걱정은 줄었으니 대륙 공략에 집중할 때야."

이산이 말을 이었다.

"요동은 이미 우리가 장악했다. 그러니 내륙의 분란을 더 키워야 돼."

후금의 전략은 내륙의 반란을 더욱 확대시켜서 명(明)을 통제 불능 상태로 만드는 것이다.

지금은 수백 개의 도적단, 농민군, 지방 유지들까지 군벌을 형성하는 상황이다.

그것을 더 부추기면 강한 놈이 약한 놈을 잡아먹는 시기가 온다.

그때를 두고 보는 것이다.

이윽고 강한 놈 서너 개 정도가 되었을 때 후금(後金)군이 강한 놈을 치면 대업(大業)이 완성된다.

내실로 돌아온 아바가이에게 오정이 다가와 옷을 벗겨주면서 물었.

"폐하, 조선 원정군이 귀국하고 있지요?"

"그래, 조선 이주민과 함께 오고 있다."

아바가이가 말을 이었다.

"전국에서 모여들고 있어서 국경을 넘을 때는 30만 가깝게 될 거야."

"30만이나."

놀란 오정이 숨을 들이켰다.

아바가이가 얼굴을 펴고 웃었다.

"우리 여진인은 80만 정도다. 그 여진인에 조선인이 포함되어 지배 민족이 되는 것이야."

조선인이 지배 민족으로 변신하는 것이다.

그때 아바가이가 고개를 돌려 오정을 보았다.

"오정, 너는 3대 황제를 낳아야 한다."

산시성 우창산에 자리 잡은 안덕진파는 중부지역에서 가장 세력이 강한 반군(反軍) 측에 든다.

병력 1만 5천, 기마군이 3천 가깝게 되는 터라 어지간한 소국(小國) 군대나 같다.

그래서 안덕진은 스스로를 정서장군(征西將軍)으로 칭하고 휘하에 5호대장군을 임명했으며 군사(軍師)는 병법에 통달한 차명을 영입했다.

안덕진파는 산시성 중부의 5개 현을 장악해서 현령들은 안덕진의 수하나 같다.

미시(오후 2시) 무렵.

장이현령 유창은 도사의 보고를 받는다.

"나리, 정서대장군이 보낸 대장군 방혁이 왔습니다."

"들라고 해라."

유창이 불편한 기색으로 말했다.

방혁은 5호대장군 중 하나로 장이현을 제집처럼 출입하는 놈이다.

오늘은 창고에 있는 수레 10대를 가져가려고 온 것이다.

말은 빌려달라고 했지만 강탈해가는 것이나 같다.

"정서대장군께서는 안녕하십니까?"

청에서 마주 앉은 유창이 묻자 방혁이 거드름을 피우며 대답했다.

"곧 진서현 마공산에 있는 독고종파가 우리에게 흡수될 것 같소. 그러면 독고종의 병력 3천여 명이 늘어나게 되겠지."

"아이고, 축하드립니다."

"우리가 곧 산시성을 장악하게 될 것이오."

"그렇게 되겠지요."

그때 관기(官妓)가 다가와 둘 앞에 찻잔을 내려놓았다.

방혁이 수염을 손으로 쓸어내리면서 관기를 훑어보았다.

30대 후반의 방혁은 비대한 체격으로 푸줏간에서 소를 잡는 일을 하다가 도적단이 되었다.

힘이 장사인 방혁은 소를 집어 던질 정도의 괴력이 있다.

처음에는 수하 1백여 명을 거느리고 도적단을 이끌다가 안덕진의 수하가 되고 나서 승승장구, 5호대장군 중 하나가 된 것이다.

"수레는 마당에 내놨습니다."

현령 유창이 말했을 때 방혁이 고개를 들었다.

"조금 전에 찻잔을 놓고 간 관기(官妓) 말이오. 이쁘장하던데."

"아, 예."

당황한 유창이 방혁을 보았다.

"그런데 그 관기는 병이 있습니다."

"무슨 병이오?"

"간질병이라 매일 한 번씩 발작을 일으킵니다."

"괜찮소."

어깨를 편 방혁이 유창을 보았다.

"그 관기를 수레에 싣고 가도록 해주시오."

유시(오후 6시) 무렵.

수레 10대가 어둠이 덮여가는 개울가 도로 위를 덜그럭거리면서 지나고 있다.

방혁이 지휘하는 수송대다.

장이현에서 빼앗은 수레에 각 마을에서 징발한 양곡과 돼지, 닭 등 짐승까지 싣고 가는 것이다.

수레와 함께 말도 빼앗았기 때문에 말이 끄는 수레다.

호송 병력은 1백여 명.

맨 앞에 방혁과 부장(副將) 천길도가 말을 타고 나가고 있다.

나머지는 보군이다.

"대장, 저 관기는 미색이오."

천길도가 뒤쪽 수레를 눈으로 가리키며 웃었다.

"오랜만에 미색을 찾으셨소."

"글쎄, 현령 놈이 저 관기를 내놓지 않으려고 간질병이 있다고 하더구만."

방혁이 이를 드러내고 웃었다.

"멍청한 놈이야. 피부병이나 성병이 있다고 거짓말을 할 것이지."

"앗핫하. 과연 그렇습니다."

천길도가 턱을 치켜들고 있다가 돌연히 말에서 떨어졌다.

"이봐, 미끄러졌나?"

따라 웃던 방혁이 몸을 기울여 천길도를 내려다보았다.

얼굴에 웃음이 떠올라 있다.

웃다가 말 등에서 미끄러진 것으로 본 것이다.

다음 순간 방혁이 눈을 치켜떴다.

천길도의 목에 화살이 박혀 있었기 때문이다.

"앗!"

놀란 방혁이 말고삐를 채어 몸을 돌렸을 때다.

화살이 날아와 등판에 박혔다.

"억!"

상반신을 비튼 방혁이 다시 말 머리를 돌렸을 때 이번에는 빗발 같은 화살이 쏟아졌다.

몸에 서너 대의 화살을 맞은 방혁이 비명도 지르지 못하고 말에서 떨어졌다.

"와앗!"

함성이 울린 것은 그다음이다.

강가의 갈대숲에서 뛰어나온 군사들은 도적단이다.

2백여 명의 도적단이 쏟아져 나왔기 때문에 방혁이 이끈 수송대는 대항 한 번 제대로 하지 못하고 도륙당했다.

안덕진파를 기습해서 수레와 물자를 탈취한 것은 이전파의 타가스였다. 타가스가 부하들을 이끌고 기습한 것이다.

다음 날 오후.

본거지로 돌아온 타가스가 장춘 등을 둘러보면서 말했다.

"안덕진파를 앞으로 우리들의 군량 창고로 이용하자고."

타가스가 강무산성 앞마당에 늘어놓은 수레를 가리켰다.

수레에는 몰사시킨 안덕진파의 무기까지 실려 있다.

"여자까지 하나 실려 있었네."

장이현에서 빼내온 관기를 말한다.

그러나 기습당한 수송대가 다 몰사한 것이 아니다.

죽기 살기로 강가의 갈대숲으로 도망친 두 명이 우창산의 본거지로 돌아간 것은 타가스가 거드름을 피우는 시간이었다.

"어느 놈이냐?"

대로한 안덕진이 소리쳐 물었을 때 부장(副將) 위정이 대답했다.

"살아온 방혁의 부하가 인근 마을에서 들었다는데 이전파 무리가 근처에 있었다고 합니다."

"이전파?"

"예, 이전파라고 했습니다."

"그놈들이 장이현까지 출몰했단 말인가?"

눈을 치켜뜬 안덕진의 기세는 흉흉했다.

안덕진은 52세.

명군(明軍)의 중랑장 출신으로 산시성 북쪽 몽골군 접경지역에서 근무하다가 죄를 짓고 탈영했다.

군의 고위직에 있었기 때문에 조직력, 지휘력이 다른 도적단 두령과는 차이가 난다.

안덕진이 소리쳤다.

"이대로 두면 우리 정서군(征西軍)의 명예가 손상된다. 토벌군을 구성해라!"

"얼마나 보낼까요?"

"1천이면 되겠지. 기마군 3백, 보군 7백으로."

"이전파(李田派)는 3천 가깝게 됩니다. 거기에다 산성(山城)에 주둔하고 있어서."

"그놈들은 잡군이야. 오합지졸이다!"

안덕진이 버럭 소리쳤다.

그러나 곧 마음을 고쳐먹었다.

"그러면 2천으로 하지. 기마군 5백, 보군 1천5백이다."

고개를 든 안덕진이 부장(副將) 위정을 보았다.

"위정, 네가 가라."

"예, 가지요."

"가서 몰살해라. 그래서 내 명예를 지켜라."


안덕진파의 본거지 우창산에서 이전파의 강무산성까지는 150리(75킬로) 거리다.

2개의 현을 거쳐야 한다.

그러나 안덕진파가 전쟁 준비를 한다는 소문이 금세 강무산성으로 전해졌다.

서로 첩자들을 운용하고 있기 때문이다.

"수천 명 규모라는군."

실제 병력은 정확하지 않지만, 규모는 알 수 있기 때문에 이전파(李田派)의 지휘를 맡은 장춘이 말했다.

이곳은 산성의 청 안.

장군으로 부르는 넷이 모두 모여 있다.

장춘이 턱수염을 쓸면서 셋을 둘러보았다.

급한 표정은 아니다.

"어떻게 하는 것이 낫겠나?"

"잠시 몸을 피하는 것이 낫겠는데. 대장군이 돌아오실 때까지 말이야."

백돌이 의견을 내놓았다.

신중하게 처신하자는 말이다.

이번 사건의 계기를 만들었던 타가스가 말했다.

"싸워야 돼. 그리고 우리가 승산이 있어. 이곳 산성에서 얼마든지 버틸 수 있단 말이네."

타가스가 셋을 둘러보았다.

"내가 선봉으로 나가 싸우겠네. 자네들은 성을 지키면 되네."

"동감이야."

같은 여진족인 유마노가 어깨를 부풀리며 말했다.

"싸우지도 않고 피신한다는 건 우리 이전파(李田派)의 명예를 손상시키는 거야."

그때 장춘이 나섰다.

"나는 이번 싸움은 피하는 것이 낫겠어. 안덕진파는 1만 명이 넘는 대군이야. 우리한테 불리해."

의견이 반반씩 나뉘었다.

관기의 이름은 종성, 조선인이었다.

함경도 종성에서 살다가 여진군에게 납치되어 한인 상인에게 팔려온 여자다.

10살 때 납치되어 이곳저곳을 떠돌다가 이곳, 대륙의 한복판인 산시성까지 온 것이다.

기방에 팔렸던 종성이 관기가 된 것은 기방 주인이 세금을 떼어먹었기 때문이다.

관(官)에서는 세금 대신 주인 소유인 기녀들을 압류, 일부는 관기로 삼고 일부는 팔았다.

종성은 미모여서 관기로 남은 것이다.

"제 이름은 막내였는데 조선의 고향을 잊어먹지 않으려고 종성으로 바꿨지요."

종성이 백돌에게 말했다.

종성을 산채로 데려온 후에 조선인인 것이 밝혀지자 백돌이 빼돌린 것이다.

물론 이번에 새 주인이 된 타가스한테 금 3냥을 주고 사는 거래를 했다.

그때 종성이 말을 이었다.

"나리는 언제 조선에서 나오셨습니까? 조선 이야기 좀 해주세요."

그 순간 백돌은 종성을 아내로 맞을 결심을 했다.

이야기할 것이 많은 것이다.


강무산성의 이전파(李田派)는 결국 소나비는 피하기로 결정했다.

이전이 떠나면서 대장 대리 역할을 맡긴 장춘의 의견을 따르기로 한 것이다.

3천 명이 넘는 군사와 장비, 군량까지 함께 이동하기 어려웠기 때문에 넷은 각각 흩어지기로 했다.

강무산성을 비우고 병력을 4개 부대로 나누기로 한 것이다.


"대장님이 오시면 다시 모이면 돼."

백돌에게 장춘이 말했다.

"부인을 잘 모시고 꼭꼭 숨어있도록 해, 백돌."

백돌은 군사 8백과 함께 서쪽으로 1백여 리(50킬로) 떨어진 치암산으로 옮겨가는 중이다.

장춘이 말을 이었다.

"이것이 우리한테 좋은 경험이 될 거야."

"장 선생, 당신도 몸조심해."

백돌이 장춘의 손을 두 손으로 감싸 쥐었다.

둘은 넷 중에서 뜻이 맞는 사이다.

여진족인 타가스와 유마노는 거친 성품인 데다 이전이 부재중인 사이에 함부로 행동했다.

이번에 타가스가 안덕진파의 수송대를 기습한 것도 대장 대리인 장춘과 상의도 하지 않았다.

인사를 마친 장춘이 서둘러 떠났다.

장춘은 백돌과는 30리(15킬로) 거리에 위치한 부령사로 떠난다.

그곳은 산골짜기에 박힌 폐사다.

장춘이 이끄는 병력은 약 1천 명이다.


백돌이 독립부대로 떨어져 나간 것을 가장 반긴 것이 종성이다.

종성은 이제 백돌의 부인 행세를 하고 있었는데 부하들도 종성을 따랐다.

종성은 23세.

10살 때 조선에서 납치된 후로 13년이 지났지만, 아직도 조선어에 유창했다.


"무엇이?"

안덕진이 버럭 소리쳤다.

"강무산성이 비었어?"

"예, 텅 비었습니다. 모두 도망친 것 같습니다."

위정이 고개를 들고 안덕진을 보았다.

"제가 직접 산성을 둘러보았습니다."

"어디로 도망친 거야?"

"사방으로 흩어졌다는 소문이 났습니다."

"이런."

어깨를 치켰다가 내린 안덕진이 쓴웃음을 지었다.

"졸지에 이전파(李田派)가 와해된 거냐?"

"몇백 명씩 나눠서 은신했겠지요."

"교활한 놈들."

그때 옆에 앉아있던 군사(軍師) 차명이 입을 열었다.

"그놈들의 흔적은 곧 발견됩니다. 사방에 풀어놓은 정탐병, 정보원이 곧 소식을 가져올 것입니다."

수천 명의 무리가 이동한 것이다.

차명은 정보대까지 운용하고 있다.


"마님, 시사하셨어요?"

안으로 들어선 종성이 묻자 복금이 고개를 들었다.

이곳은 복금의 거처로 사용되는 안채의 내실이다.

술시(오후 8시) 무렵.

하루에도 서너 번씩 만나는 터라 둘은 금세 정이 들었다.

같은 조선녀인 데다 이전과 백돌의 부인인 것이다.

종성은 나이가 위지만 복금에게 깍듯하게 상전의 부인 대접을 한다.

백돌이 시켰기 때문이기도 하지만 관기 생활을 해서 윗사람에 대한 법도를 익혔다.

"아니, 그대는?"

"그러실 줄 알고 제가 저녁 드실 걸 준비해왔어요."

종성이 웃으면서 들고 온 보따리를 풀었다.

이곳은 새 본거지인 치암산 중턱의 사택이다.

군사들은 이곳저곳에서 통나무집이나 나무 사이에 거적을 덮고 숙소로 사용하고 있다.

그러나 산에 민가가 3채 있던 것을 징발하여 한 채는 복금에게 내준 것이다.

종성이 풀어놓은 것은 화덕에다 구운 밀가루 빵과 감자, 그리고 말린 쇠고기다.

음식을 벌려 놓으면서 종성이 웃었다.

"이것만 해도 진수성찬이죠. 저는 이놈 저놈한테 종으로 팔려 다닐 때 하루에 썩은 떡 한 덩이로 몇 달을 보낸 적도 있다구요."

순간 복금의 눈에 눈물이 핑 돌았다.

조선에서 이곳까지 찾아올 때의 고생이 떠올랐기 때문이다.

그때는 거지도 그런 상거지가 없었다.

이전의 부인 복금을 맡겠다고 자청한 것이 백돌이다.

같은 조선인에다 더구나 자신의 부인이 된 종성하고 같이 지내도록 하겠다는 백돌의 말을 모두 당연하게 받아들였다.


조심성이 많은 백돌, 장춘과는 다르게 여진족 대장인 유마노는 경계가 소홀했다.

서북쪽 광만현의 산골짜기에 만든 본거지가 탐지된 것이다.

우창산과 150리(75킬로) 정도나 떨어진 곳이었는데도 그렇다.

시장에 나왔던 부하들이 술을 먹고 행패를 부리다가 관(官)도 아닌 안덕진파 밀정에게 정체가 밝혀졌기 때문이다.

안덕진파의 기습 공격을 받은 유마노파 7백여 명은 전멸했다.

3천여 명이 사방을 포위해서 독 안에 든 쥐처럼 때려잡은 것이다.

힘이 장사였던 유마노가 분전했지만 수십 명에 둘러싸여 난전을 벌이다가 전사했다.

유마노파 소식을 전해 들은 백돌이 긴급하게 장춘과 회동했다.

"그놈들을 섣불리 건드린 것이 실책이야."

장춘이 탄식했다.

"본거지가 탄로 났으니 가만둘 리가 없지. 당신도 조심해. 이번에 그놈들이 유마노 부하들을 잡았을 테니까."

서로 왕래를 해왔기 때문에 다른 부대의 위치를 알고 있다.

장춘이 한숨을 쉬었다.

"대장은 언제 오시는가?"

이전이 떠난 지 석 달이 되어가고 있다.

장춘이 말을 이었다.

"조선과 화의를 맺었다는데 말이야."

그 소문도 며칠 전에 들었다.

화의를 맺은 날짜가 2월 중순이었다니 20일 전이다.

유마노 부대의 전멸 소식을 들은 타가스는 즉각 반응했다.

본거지가 유마노 부대하고 50리(25킬로) 정도 떨어져 있었지만 안심할 수가 없었기 때문이다.

유마노 부대와 부대원끼리 수시로 왕래한 터라 불안했다.

"피해야 되지 않을까요?"

부장(副將) 진황이 조심스럽게 물었다.

안덕진파와의 전쟁은 타가스가 수송대를 기습했기 때문에 시작이 된 것이다.

그때 타가스가 어깨를 늘어뜨리며 말했다.

"나 때문에 유마노가 당했어. 대장께 면목이 없다."

"장춘, 백돌 님께 연락해서 공동 대책을 만들어야 합니다."

"그래야지."

타가스가 흐려진 눈으로 진황을 보았다.

"그다음에 산채를 옮기기로 하자."

장이현령 유창은 안덕진파 세력권의 중심부에 있는 터라 도적단의 안마당 관리인이나 같다.

오늘도 유창은 안덕진의 사신을 맞았는데 5호대장군 중 하나인 함준이 왔다.

함준은 안덕진의 최측근 장수로 외가 쪽 친척이다.

유시(오후 6시) 무렵.

둘은 현의 청에서 대좌했다.

"축하드립니다. 이번에 이전파를 괴멸시켰다는 소문을 들었습니다."

유창이 웃음 띤 얼굴로 말을 잇는다.

"정서장군(征西將軍)의 명성이 중원(中原)을 진동시키고 있습니다."

"그런가?"

유창을 눈 아래로 보면서 함준의 얼굴에도 쓴웃음이 떠올랐다.

"하지만 현령, 그놈들은 네 조각으로 흩어져서 숨었소. 우리는 그중 한 무리를 소탕한 거요."

"나머지도 곧 소탕하시겠지요."

"당연히."

고개를 끄덕인 함준이 유창을 보았다.

"그런데 현령께 부탁이 있소."

"말씀하시지요."

"20일 후가 정서장군의 생신이오."

"아, 그렇습니까?"

"그 생일잔치를 이곳 현청에서 했으면 해서 상의하려고 온 것이오."

"아, 그러시군요."

유창이 커다랗게 고개를 끄덕였다.

어느새 얼굴에 웃음이 떠올라 있다.

"정서장군의 생일잔치를 이곳에서 하다니, 광영입니다."


"이제 나는 도적단의 일원이 되었다."

내실로 돌아온 유창이 길게 숨을 뱉었다.

앞에는 아내와 딸이 앉아있다.

"안덕진이 현청에서 생일잔치를 한다는구나. 내가 도적단의 비위를 맞추면서 겨우 버텨왔지만 이제 한계가 왔다."

유창은 53세.

명(明)의 관리로 30년을 지냈다.

안덕진파와 협력 관계를 유지하면서 수시로 관찰사와 조정에 정보를 보내 양쪽의 비위를 맞췄다.

이것이 도적단이 들끓는 지방 수령의 생존 전략이다.

그런데 버젓이 도적단 수령이 현청에서 생일잔치를 하다니, 용납이 안 되는 행위다.

유창의 딸 하린은 25세.

20세 때 결혼했다가 남편이 죽자 아버지에게 돌아와 산 지 4년째다.

결혼 1년 만에 남편이 죽은 것이다.

하린은 영리했고 권력욕이 강했다.

비록 안덕진파의 영역에 포함되어 있었지만 하린은 현의 행정을 장악하고 있다.

내실에 유창과 하린 둘이 남았다.

하린이 아버지 유창과 독대한 것이다.

"아버지, 이제는 안덕진으로부터 벗어날 때가 되었어요."

하린이 반짝이는 눈으로 유창을 보았다.

하린은 날씬한 몸매의 미인이다.

고개를 든 하린이 말을 이었다.

"만일 안덕진이 현에서 생일잔치를 한다면 자금성에서 가만있지 않을 것입니다."

"그래서 내가 식구들만 데리고 현을 탈출해서 자금성으로 돌아가는 것이 낫겠다. 네 생각은 어떠냐?"

유창이 마침내 내심을 털어놓았다.

식구라야 부인까지 셋뿐이다.

하인 서너 명과 함께 탈출하면 된다.

그때 하린이 고개를 저었다.

"아버지, 그렇게 자금성으로 돌아간다면 환관들이 놔두지 않을 것입니다."

"여기 있다가 역적으로 몰려 죽는 것보다 낫지 않을까? 내가 안덕진 일파로 몰리게 될 것이야."

"환관들이나 간신들은 아버지를 백성을 버리고 도망친 관리로 처벌할 테니 마찬가지가 되겠지요."

"그럼 고향인 산둥(山東)으로 갈까?"

"고향에서 숨어 사시게요? 숨어 사실 바에는 타향이 낫지요."

"그럼 어떻게 하는 것이 낫겠느냐?"

유창의 얼굴이 일그러졌다.

"안덕진의 생일이 20일 후다."


"우리는 내일 산채를 옮길 거네."

타가스가 말하자 장춘과 백돌이 고개를 들었다.

이곳은 갈음현 구역의 주막 안.

남은 세 대장이 모여 회의를 하고 있다.

술시(오후 8시) 무렵.

주막 안쪽 방에 둘러앉은 셋의 표정은 굳어져 있다.

타가스가 말을 이었다.

"그대들도 부하 단속을 잘해야 돼. 유마노도 부하들이 입을 놀리는 바람에 본거지가 드러났어."

"대장이 오실 때까지 전력(戰力)은 보존해야 돼."

장춘이 번들거리는 눈으로 둘을 번갈아 보았다.

"책임을 맡은 내가 대장 앞에서 자결이라도 해야 될 것 같아."

"자네 책임이 아냐."

타가스가 고개를 저었다.

"안덕진의 수송대를 기습한 내 잘못이지. 내가 장이현이 먼 거리라고 오판했어. 그리고 너무 떠들었다고."

"그건 지난 일이니 잊도록 하고."

백돌이 나섰다.

"일단 이번 습격에 대비해서 본거지를 옮기는 것이 급하겠네."

타가스가 서둘러야 한다.

그러나 안덕진파의 행동은 빨랐다.

타가스가 장군들과의 회담 때문에 자리를 비운 사이에 4천 병력으로 본거지를 기습했다.

본거지에 남아있던 부장(副將) 진황이 분전했지만 한 시진이 안 되어 산채의 나무 벽이 무너졌다.

쇄도한 안덕진군은 타가스의 8백 병력을 몰살했다.

진황을 비롯한 5백여 명이 전사했고 포로로 잡힌 1백여 명도 베어 죽였다.

본거지로 돌아갔던 타가스는 불에 탄 산채에서 자결했다.

수행했던 12명의 부하가 가까운 백돌의 산채로 돌아와 상황을 전했다.

그들은 살아 돌아가 상황을 전하라는 타가스의 명령을 받았기 때문에 사실이 밝혀졌다.

이전파(李田派)의 절반이 살아남았다.

4명 장군 중 둘이 죽었고 둘이 남았다.

전력도 절반이 되었다.

장춘과 백돌은 깊게 잠수했다.

술시(오후 8시) 무렵.

장이현 서부시장 안.

미곡상 곽병이 가게 안으로 들어서는 사내를 보더니 눈을 크게 떴다.

"아니, 형님. 웬일이시오?"

현의 도위로 일하고 있는 사촌형 국안이다.

국안이 빈 가게를 둘러보더니 눈으로 안을 가리켰다.

"마침 혼자 있구나. 안으로 들어가자."

"무슨 일 있으시오?"

"가게 문 닫아라."

국안의 기색이 심상치 않았기 때문에 곽병이 서둘러 가게 문을 닫았다. 안쪽 방에서 둘이 앉았을 때 국안이 눈을 가늘게 뜨고 물었다.

"너 요즘도 이전파하고 거래하지?"

"그건 왜 물으시오?"

"글쎄, 대답부터 해."

"거래 끊었소."

"거짓말."

그때 곽병이 어깨를 부풀리고 국안을 보았다.

"형님, 이젠 친족까지 팔아먹을 정도가 되었소? 도와주지는 못할망정 이게 무슨 짓이오?"

"그게 무슨 당치 않은 소리냐?"

"갑자기 이전파(李田派)와 거래하느냐고 물으니까 그렇지. 지금 이전파가 어떤 꼴을 당하고 있는지 알지 않소?"

"그래서 묻는 거다."

"현령이 안덕진파의 수족이 된 건 세상 사람들이 다 아는 사실이오. 그리고 형님은 현령의 수족 아니오?"

"글쎄, 그것이……."

"현령이 형님한테 이전파(李田派) 잔당의 산채를 찾아보라고 합디까?"

그때 국안이 헛기침을 했다.

"내가 친척인 너한테 온 이유가 있어, 곽병."

국안이 곽병의 이름을 부르고 나서 빈방을 둘러보았다.

"나를 이전파(李田派) 두목을 만나게 해줄 수 없겠냐?"

"형님을 말이오?"

"그래. 내가 할 말이 있어서 그런다. 이건 현령이 나한테만 비밀로 지시한 거야. 현령의 지시란 말이다."

국안은 46세, 관리 생활이 20년이다.

국안의 콧등에 땀방울이 배어 있다.

이제는 곽병도 긴장했다.

"현령이 형님한테 이전파 두목을 만나라고 지시했단 말이지요?"

"맞다."

"그럼 형님이 이전파 두목을 만나신단 말이지요?"

"그렇다니까."

"물론 만나는 장소에 안덕진파 군사들을 숨겨놓으시겠군요."

그때 국안이 허리를 펴더니 곽병을 보았다.

"내가 친척 동생인 너를 이용해서 출세할 인간이냐? 잘 생각해봐라."

곽병이 잠깐 지난 세월을 되돌아보았다.


치암산에 파묻힌 백돌은 수하 병력의 입출을 강력하게 단속했다.

사방에 파견한 정보원들로부터 수시로 보고를 들을 뿐이다.

살아남은 장군 장춘과도 밀사만 보내 접촉을 최소화했다.

해시(오후 10시) 무렵.

숙소에서 늦은 저녁을 먹던 백돌이 밖의 인기척에 고개를 들었다.

수선거리는 소리가 들리더니 곧 부하의 목소리가 울렸다.

"장군! 대장군이 오셨소!"

백돌이 일어서다가 밥상이 무릎에 걸려 엎어졌다.

잠시 후에 방에는 이전과 백돌이 앉아 있다.

백돌의 인사를 받은 이전이 입을 열었다.

"오다가 소식 들었다. 그동안 고생을 많이 했어."

"대장군께 죄를 지었습니다."

두 손을 방바닥에 짚은 백돌이 눈물을 떨구었다.

"전력을 반이나 잃었습니다."

"그 몇 배로 불리면 된다."

이전이 번들거리는 눈으로 백돌을 보았다.

"이제는 대륙의 전쟁에 전력투구할 작정이다."

이전은 봉천성을 거쳐 오면서 아바가이로부터 1만인장 겸 청기장(靑旗將) 직위를 받았다.

이제는 후금국 정식 1만인장이다.

대장군인 것이다.

1천인장 이상이 장군이며 공식적으로는 3천인장, 5천인장도 존재한다.

이번에 서쪽 대륙으로 오면서 이전은 아바가이가 보내준 군사(軍師) 아율무치와 3천인장급 장수인 왕청, 그리고 1천인장급 윤탁이 지휘하는 조선인 화포대 50명을 이끌고 왔다.

아율무치는 여진인, 왕청은 한인, 그리고 윤탁은 투항한 조선인 장수다.

아바가이는 이로써 서쪽에 1만인장급 기장(旗將)을 파견한 셈이다.

아율무치와 왕청, 윤탁을 백돌과 인사를 시킨 이전이 내실로 들어왔다.
자시(밤 12시)가 넘었지만 산채는 열기에 휩싸였다. 사기가 충천한 것이다.
대장군이 이제는 1만인장이 되어서 군사(軍師), 장군, 그리고 화포대까지 거느리고 온 것이다.
내실로 들어선 이전을 복금이 맞는다.
복금은 얼굴이 빨갛게 달아올랐고 시선도 마주치지 못한 채 서 있다.
"복금, 고생 많았지?"
다가선 이전이 복금의 어깨에 손을 얹었다.
그때 고개를 든 복금이 이전을 보았다.
금세 눈에 눈물이 고였다.
"나리."
"나리라고 부르지 말라니까."
"무사히 돌아오셔서 고맙습니다."
"네 생각을 많이 했어."
이전이 복금의 어깨를 당겨 안았다.
얼굴에 웃음이 떠올라 있다.
몇 명 남지 않은 가솔이다.

가게로 들어선 주성이 곽병을 보았다.
"무슨 일로 보자는 거야?"
신시(오후 4시) 무렵.
가게에는 종업원도 없고 둘뿐이다.

곽병이 눈으로 문을 가리켰다.

"손님도 없으니까 문 닫고 안으로 들어가지."

주성이 주위를 둘러보는 시늉을 하더니 고개를 끄덕였다.

주성은 이전파(李田派)의 정보원이다.

장이현 현청 거리에서 건어물 장사를 하면서 이전파(李田派)와 인연을 맺은 것이다.

곽병과는 어릴 적부터 친구여서 수시로 만나는 사이다.

안쪽 방으로 들어선 둘은 마주 보고 앉았다.

"이봐, 지금 이전파(李田派)하고 연락이 되지?"

곽병이 묻자 주성이 눈썹을 모았다.

"이봐, 왜 물어보는데?"

"할 이야기가 있어."

목소리를 낮춘 곽병이 말을 이었다.

"어제 국안이 다녀갔어."

"네 사촌형이 왜?"

"이전파(李田派) 대장을 만나자는데, 네가 수고를 해줘야겠다."

"미친놈."

곽병이 눈을 치켜떴다.

"현령이 안덕진파 수족 노릇을 하는데 이전파를 갖다 바치겠다는 거냐?"

"아냐, 은밀하게 할 이야기가 있다는 거다."

"그런 속임수에 안 넘어가."

그때 곽병이 고개를 저었다.

"현령의 딸이 만나겠다는 거야."

"뭐, 하린이?"

"그래."

주성의 눈이 흐려졌다.

곽병은 배신할 위인이 아니다.

거기에다 현령의 딸 하린이 나선다니.

하린의 영향력은 모두 알고 있다.

다음 날 술시(오후 8시) 무렵.

곽병의 가게 안쪽 창고에 셋이 둘러앉았다.

곽병과 주성, 그리고 반우진이다.

반우진은 이전파 백돌의 부하다.

곽병이 반우진에게 말했다.

"잠깐만 기다리시오. 곧 내 사촌이 올 것이오."

현의 도위 국안을 기다리자는 것이다.

잠시 후에 창고 안으로 국안이 들어섰다.

그런데 국안 뒤에 두건을 쓴 사내 하나가 따르고 있다.

자리에 앉은 국안이 목례를 하더니 옆에 앉은 해사한 용모의 사내를 소개했다.

"현령 영애이신 하린 님이시네."

순간 셋이 동시에 숨을 들이켰다.

그때 국안이 반우진을 보았다.

"하린 님께서 직접 말씀하시겠다니 들어보시게."

그날 밤, 자시(밤 12시)가 넘었지만 치암산의 민가 사랑방에 이전을 중심으로 두목들이 둘러앉았다.

이곳에서 30리(15킬로) 떨어진 부령사에 주둔한 장춘도 와 있다.

이전의 앞에 앉은 사내는 반우진이다.

장이현에서 돌아온 반우진의 보고를 들은 것이다.

고개를 든 이전이 장춘과 백돌을 차례로 보았다.

눈이 번들거리고 있다.

"내가 직접 하린을 만나야겠다."


강균은 산시성 동쪽 화산(華山) 지역을 차지한 반란군의 수뇌로 휘하에 6천여 명의 군사가 있다.

허난(河南)성과 접경지역으로 인구밀도가 많아서 강균의 반란군은 물자가 풍부하다는 소문이 났다.

그래서 하루에도 수백 명씩 반란군 지원자가 늘어나는 형편이다.

"처자식 데리고 오는 놈은 돌려보내라."

모병을 맡은 두목 태영이 부하들에게 지시했다.

"그리고 15살 미만, 40살 이상은 가입시키면 안 된다. 잘 살펴라."

지금까지 군세(軍勢)를 늘리려고 가입 신청자는 대충 받아들였다.

숫자가 곧 전력(戰力)이다.

숫자가 많으면 일단 상대가 위압을 받는 것이다.


태영이 본진의 청으로 들어섰을 때 두령 요삼이 말했다.

"열흘 후에 대장군께서 장이현에 가신다. 그때 수행단에 너도 포함시켰으니까 알고 있도록."

"장이현까지 무슨 일로 갑니까?"

장이현은 화산에서 150리(75킬로) 거리다. 그리고 안덕진파 지역인 것이다.

태영이 묻자 요삼이 쓴웃음을 지었다.

"안덕진의 생일잔치라는군. 안덕진이 현청에서 주변의 대소 군주(君主)들을 모아 잔치를 한다는 거다."

"이젠 현청에서 도적단 수괴의 잔치를 하는군요."

"이제 우리 대장께서도 용우현청에서 잔치를 하실지 모르겠다."

요삼이 웃음 띤 얼굴로 대답했다.

강균의 도적단은 용우현 관내에 있다.

밤.

해시(오후 10시)가 넘은 시간이어서 시장 거리는 모두 가게 문을 닫고 조용하다.

이곳은 미곡상 곽병의 가게 안, 불을 밝힌 창고 안에 넷이 둘러앉아 있다.

이전과 아율무치, 하린과 국안이다.

그리고 바깥쪽 가게에는 가게 주인 곽병과 이전을 호위해온 장춘이 기다리고 있다.

그때 이전이 고개를 들고 하린을 보았다.

"먼저 알고 싶은 것이 있소."

하린의 시선을 받은 이전이 물었다.

"우리한테 그 정보를 주는 이유를 말해주시오."

그러자 하린이 바로 대답했다.

"안덕진의 요구를 들어주면 장이현령은 바로 안덕진의 휘하 현령이라는 것이 증명되기 때문입니다. 그러면 당연히 현령은 역적이 되지요."

하린이 말을 이었다.

"지금까지는 비공식으로 관계를 유지해왔지만 그렇게 되면 세상에 다 알려지게 됩니다. 그렇게 될 바에야 바른길로 나가겠다는 것입니다."

"바른길?"

되물은 이전이 쓴웃음을 지었다.

"내 눈에는 안덕진이나 명(明)이나 도적단은 마찬가지인 것 같은데."

하린의 표정을 본 이전이 말을 잇는다.

"너는 도적단이 아니냐고 묻는 얼굴이군."

"우리는 안덕진에게 원한이 있는 이전파(李田派)를 찾았을 뿐입니다."

"어쨌든 잘 찾았소."

이전이 고개를 끄덕였다.

"내가 이전(李田)이오."

하린의 얼굴이 굳어졌다.

조금 전에 이전은 이전파의 두목으로만 소개되었기 때문이다.


돌아오면서 아율무치가 이전에게 말했다.

"대장, 이번 일로 전화위복이 될지도 모릅니다."

이전의 옆으로 다가온 아율무치가 말을 이었다.

"잔치에 주변 도적단 수괴들을 초대한다고 했지 않습니까? 절호의 기회올시다."

"장이현에 수만 명이 모이지 않겠는가? 모두 세력을 과시하려고 들 텐데 말이야."

"그렇습니다."

아율무치가 어둠 속에서 이를 드러내고 웃었다.

아율무치는 43세.

누르하치 가문에 양고기를 납품하는 집안이었으니 명문(名門)이다.

그러다가 권력투쟁에서 밀려 30년쯤 전에 가문이 몰락했다.

하급직 관리였던 아율무치는 이산에 의해 다시 중용된 것이다.

아율무치는 병법뿐만 아니라 민심을 잘 읽었다.

그래서 이번에 이산이 이전의 군사로 보낸 것이다.

병력 3천5백을 보유한 황도수파는 장이현에서 1백 리(50킬로) 정도 떨어진 파곡산에 자리 잡고 있다.

파곡산은 험하지는 않지만 골짜기가 넓고 길어서 도적단의 본거지로는 적당하다.

그러나 단점이 있다.

안덕진파가 50여 리(25킬로) 거리에 있기 때문이다.

안덕진파가 마음만 먹으면 파곡산까지 접수할 수 있는 것이다.

그래서 황도수는 시종 안덕진파의 선봉대 역할까지 했는데 바늘방석에 앉아있는 꼴이었다.

그러나 안덕진파의 본거지인 우창산으로 가려면 파곡산 골짜기 앞을 지나야만 한다.

안덕진파 입장에서 보면 황도수파가 대문을 지키는 수문장 역할인 것이다.

그래서 전략적으로 놔두는 상황이다.

그것을 황도수도 알고 있기는 하다.

"가야겠지?"

황도수가 묻자 뻔한 것을 왜 묻느냐는 표정을 짓고 용현이 대답했다.

"선물도 준비하셔야 될 것 같은데요."

"선물?"

"예, 생일잔치에 참석하시니까요. 다른 두목들도 다 준비해 올 겁니다."
"이런."
이맛살을 찌푸린 황도수가 고개를 들었다.
"내가 중랑장 출신 놈한테 계속해서 이런 수모를 당해야 한단 말인가?"
황도수는 45세.
자금성 북부군 수비대장으로 태사 벼슬까지 지냈다가 환관에게 찍혀 유배를 당했다. 그러다 유배지에서 반란을 일으켜 반군 대장이 된 것이다.
그때 용현이 대답했다.
"당분간은 당하셔야 합니다. 안덕진은 이번 기회에 반군을 통합해서 군왕이 될 계획인 것 같습니다."
"안덕진이 왕이 된다고?"
"군소 반군을 모으면 가능합니다."
"내가 그놈 휘하에 들어갈 바에야 이곳을 떠나겠다."
"참고 기다리셔야 됩니다."
용현이 가라앉은 시선으로 황도수를 보았다.
"난세(亂世)에는 기다리는 인내도 필요합니다. 명(明)의 주원장은 거렁뱅이 중 시절을 보내면서 기다렸지 않습니까?"


"열흘입니다."
아율무치가 번들거리는 눈으로 이전을 보았다.
"열흘 후에 장이현에 17개 도적단 수괴가 모입니다."
치암산의 산채 안.
6칸짜리 민가를 본진으로 삼고 있었기 때문에 비좁다.
안방과 마루방까지 터놓았어도 사방 20자(6미터)도 안 된다.

그 청에 이전을 중심으로 장수들이 둘러앉아 있다.

아율무치가 말을 이었다.

"명(明)이 제대로 된 나라였다면 이 기회에 서남쪽 반란군 무리를 소탕할 수 있겠지요."

"우리가 그 기회를 잡아야 한다."

이전이 아율무치의 말을 받았다.

"장이현령이 우리한테 내통해온 것이 기회 아닌가?"

"그렇습니다."

아율무치가 커다랗게 고개를 끄덕였다.

"대업도 천운이 따라야 하는 법입니다. 대장군께 천운이 온 것 같습니다."

"그만하면 됐고."

이전이 장수들을 둘러보았다.

"그 운(運)을 잘 이용해야겠지."

이전이 누구인가?

반란을 겪은 사람이다.


고개를 든 요삼이 장춘을 보았다.

유시(오후 6시) 무렵.

이곳은 용우현청 아래쪽의 주막 안이다.

주막의 내실에서 요삼과 장춘이 앉아있다.

바깥쪽에서 손님들의 소음이 들렸지만 방 안은 조용하다.

그때 요삼이 입을 열었다.

"이런 말 하기는 그렇지만 우리 대장군은 그럴 만한 그릇이 아니오."

장춘은 시선만 주었고 요삼이 쓴웃음을 지었다.

"우리 대장군은 후베이(湖北)성 출신이오. 숭산에서 약장사를 했지. 사람들을 모으고 장사에는 수완이 있소. 그러다 가짜 약을 팔다가 관원에게 잡혀 죽을 뻔했소. 겨우 도망쳐서 도적단이 된 분이시오."

"……."

"부하들에게 자신은 산둥성의 태수를 지냈다고 하지만 난 본색을 알지."

요삼이 고개를 저었다.

"안덕진에게 대항할 꿈도 못 꿀 위인이오. 만일 직접 제의를 한다면 바로 안덕진에게 밀고를 할 거요."

"내가 사람을 잘 찾아온 것 같소."

입맛을 다신 장춘이 지그시 요삼을 보았다.

"그렇다면 이 기회에 귀하께서 대장군이 되시는 게 어떻겠소?"

"이전파(李田派) 휘하의 대장군인가?"

"우리는 후금(後金)의 파견대요."

마침내 장춘이 본색을 드러내었다.

"이전(李田) 님은 후금의 1만인장으로 황제 폐하의 특명을 받고 온 분이시오."

"……."

"그대는 후금(後金)의 장군이 되시는 것이오."


황도수가 고개를 들고 이전을 보았다.

이곳은 황도수파 본거지인 파곡산 아래쪽의 마을 안이다.

민가 10여 호가 드문드문 흩어져 있는 마을은 괴괴한 적막에 덮여 있다.

파곡산에서 10여 리(5킬로) 떨어진 이곳은 황도수파의 전방 초소 역할이다.

이곳에 이전이 와 있는 것이다.

민가의 방에는 이전과 아율무치, 그리고 황도수와 용현이 들어와 있다.

황도수가 입을 열었다.

"좋습니다. 나를 도적단 수괴에서 끌어올려 주셔서 고맙소. 지금부터 나는 후금(後金)의 일원이 되겠습니다."

황도수는 적극적 가담자가 되었다.

잔치 엿새 전.

장이현청의 공사를 둘러보던 5호대장군 함준이 만족한 얼굴로 고개를 끄덕였다.

"현령께서 수고가 많으시오."

"천만의 말씀이오. 나한테는 영광이지요."

"우리 정서장군께서 군주가 되시면 현령은 고위직에 오르실 것이오."

"잘 부탁드립니다."

"그거야 걱정하실 것 없소."

함준이 이를 드러내고 웃었다.

지금 현령 유창은 현청의 시설공사 중이다.

안덕진의 생일잔치에 초대될 17개 군소 '의협단' 두목을 맞아들일 공사다.

현청의 청을 확장하고 귀빈 숙소를 배정하고 잔치에 필요한 음식물 재료 구입, 관내의 기녀, 가무단을 구해오는 일까지 책임지고 있다.

청으로 돌아온 함준이 유창에게 자루 하나를 내밀었다.

가죽으로 만든 꽤 묵직한 자루다.

"여기, 금화 3백 냥이 들었소."

함준이 자루를 눈으로 가리켰다.

"경비로 쓰시오. 우리 정서장군께서 드리는 것이오."

"예, 제가 다 지불하면 좋겠으나 원체 현의 재정이 궁핍해서."

쓴웃음을 지은 유창이 두 손으로 자루를 들었다.

"최선을 다하겠습니다."

"네 말대로 했더니 3백 냥을 주는구나."

내실로 돌아온 유창이 마중 나온 하린에게 낮게 말했다.

"내가 도둑놈의 돈을 받는 관리가 되었다."

"그래야 의심하지 않습니다."

하린이 얼굴을 펴고 웃었다.

"아버지는 이제 새 세상에서 일하셔야 합니다."

"네가 아들로 태어났어야 했는데."

"딸이면 어떻습니까? 제가 아들 열 명 역할을 해내지요."

둘은 내실의 방에 자리 잡고 앉았다.

신시(오후 4시) 무렵이다.

유창이 가라앉은 표정으로 하린을 보았다.

"그, 이전(李田)이란 사내, 알아보았더니 후금(後金)의 대장군이 맞다. 그리고 조선인으로 이괄이란 북방군 부원수의 장남이었다."

유창이 말을 이었다.

"이괄이 조선 왕에게 반란을 일으켰다가 패사하고 가족이 몰살당했다는군. 이전은 그 죽은 이괄의 장남이다."

"……."

"후금 황제의 신임을 받고 이곳에 파견된 거야. 이제 나는 제대로 된 길로 들어선 것 같다."

유창의 눈빛이 강해졌다.

결의를 굳힌 표정이다.

"황도수가 용천파를 포섭했다는군요."

유시(오후 6시) 무렵.

치암산의 산채 안이다.

아율무치가 이전에게 보고했다.

"용천파는 2천가량의 군사를 보유하고 있는데 두목 용천이 별장 출신으로 황도수와 친분이 있다고 합니다."

생일잔치 나흘 전이다.

아율무치가 말을 이었다.

"용천파 두목 용천이 적극적으로 나서고 있다는 것입니다."

이전이 고개를 끄덕였다.

황도수가 새끼를 쳐서 용천파까지 끌어들였다.

강균파의 두령 요삼을 따르는 심복 두목들을 포섭해서 강균을 치기로 했다.

또한 초대된 17개 두목 중 믿을 만한 한두 명의 두목을 계속해서 포섭 중이다.

"이번에 산시성 중부지역은 우리가 장악해야만 됩니다."

아유무치의 눈이 번들거렸다.

"제가 말씀드렸지요? 대업도 천운이 따라줘야 한다고 말씀입니다."

그때 이전이 쓴웃음을 지었다.

"아율무치, 나는 반란을 일으켰다가 멸문당한 집안의 생존자야. 그 운(運)이라는 것이 마지막 순간에 뒤집힐 수도 있다는 것을 알고 있으니 방심하지 않겠네."

이전의 표정을 본 아율무치가 고개를 숙였다.

"방심하지 않겠습니다."

나이가 20년이나 위였지만 이전의 경륜은 전혀 뒤지지 않는다.

자시(밤 12시) 무렵이다.

장이현 현청 안쪽의 내실로 군사 둘이 들어섰다.

둘 다 건장한 체격으로 허리에는 칼을 찼다.

그때 자리에 앉아있던 현령 유창과 하린이 일어섰다.

등 빛에 비친 두 사내는 이전과 한인 장수 왕청이다.

둘이 군사로 변장하고 현청에 들어온 것이다.

물론 둘을 안내해 온 도위 국안은 밖에서 기다리고 있다.

"이분이 이전(李田) 대장군이십니다."

이전과 안면이 있는 하린이 유창에게 소개했다.

"뵙게 되어서 영광입니다."

유창이 허리를 굽혀 인사를 했다.

"후금(後金)국 1만인장 이전이오."

인사를 한 이전이 왕청을 소개하고는 자리에 앉았다.

안덕진 생일잔치 사흘 전이다.

오늘은 이전이 현장 점검과 함께 현령 유창을 만나 작전 계획을 말하려고 온 것이다.

이전이 입을 열었다.

한어에 유창하다.

"잔치 전날 밤에 재인(才人), 악공, 현청의 군사, 하인으로 위장시킨 기습대 3백 명을 연회장에 투입할 것이오."

"안덕진은 5천여 명의 군사를 끌고 온다고 합니다. 군사들은 현청 밖에서 진을 치겠지요."

유창이 소매에서 꺼낸 지도를 이전에게 내밀었다.

"이것이 안덕진파에서 작성한 현청 내부의 경비병 배치도입니다."

지도를 탁자 위에 편 유창이 말을 이었다.

"연회장 주변에 200명 정도를 배치했지요. 처음에는 5백 명이나 되더군요. 그래서 장소가 좁아서 일하는 데 걸리적거린다고 했습니다. 그랬더니 줄인 겁니다."

이전이 고개를 끄덕였다.

"잘하셨습니다."

"그럼 전날 밤에 도위 국안이 기습대를 안내하도록 하지요."

"그리고 생일잔치에 초대된 17명의 두목 중에서 6명이 아군이오."

"6명이나 됩니까?"

유창이 눈을 치켜떴다.

눈이 번들거리고 있다.

유창이 떨리는 목소리로 말했다.

"이번 거사는 성공하겠군요."

"거사 신호는 모두 연회장에 착석하고 흥이 무르익었을 때요. 청 안에서 화약을 터뜨릴 것입니다. 폭음이 바로 신호지요."

그때 왕청이 말을 이었다.

"폭음이 울리면 재인(才人), 악공, 하인으로 위장하고 연회장 안에 들어와 있던 기습대가 일제히 두목들을 처단할 것이오."

"안덕진은 누가 벱니까?"

유창이 묻자 이전이 쓴웃음을 지었다.

"내가 직접 벱니다."

"대장군께서?"

놀란 유창이 숨을 들이켰다.

그때 이전이 말을 이었다.

"하인으로 변장하고 접근해 있다가 내 신호를 받은 부하가 화약을 터뜨릴 것이오."

다시 왕청이 말을 이었다.

"저도 행사장에 들어와 있을 것입니다. 그때 동조하는 두목들은 일제히 왼쪽 팔에 흰색 헝겊을 두르고 뒤로 물러날 것이오."

연회에 참석한 두목들은 무기 휴대가 금지될 것이기 때문이다.

유창이 고개를 끄덕였다.

믿을 만한 작전이다.


"믿음직하구나."

이전과 헤어졌을 때 유창이 말했다.

"조선인은 체구가 작은 줄 알았는데 한인보다도 머리통 하나만큼이나 더 크구나."

"아버지, 이제는 대국(大局)을 생각하셔야 합니다."

"대국(大局)이라……."

"예, 후금(後金)의 세상 말씀이죠."

"글쎄, 네가 사내였다면 얼마나 좋을꼬."

"저도 연회장에 가 있겠어요."

"아니, 네가 왜?"

"아버지 옆에서 시중을 들면서 현장을 보겠습니다."

"그럴 필요가……."

"아버지, 안덕진도 좋아할 것입니다."

"그건 그렇지."

유창이 입을 다물었다.

안덕진은 하린이 미인이라는 소문을 듣고 얼굴 한번 보이라고 졸랐다.

유창이 협조적이라 강압하지는 않았다.


안덕진의 군사(軍師) 차명은 41세.

산시성의 벽촌에서 아이들을 가르치면서 4년을 살았다.

허난(河南)성에서 온 농부로 위장했지만, 본색이 자금성의 상비군 별감이었다.

별감은 군(軍) 내부를 감독하는 감찰부의 수장이다.

별감이었던 차명은 환관 조위가 상비군에 지급한다는 명목으로 황금 1만 냥을 착복한 것을 밝혀냈다. 그리고 그 결과는 뻔했다.

조위가 차명에게 누명을 씌워 죽이려고 했다.

그날 밤, 체포조가 오기 직전에 차명은 조위를 찾아가 죽이고 가족과 함께 도망을 쳤다.

그러나 추격대에게 가족이 잡혀 죽었고 차명만 탈출했다.

만일 차명이 조위를 죽이지 않고 가족과 함께 도망쳤다면 다 살았을 것이다.

그것이 천추의 한이었다.

차명과 안덕진은 아는 사이다.

안덕진이 차명을 찾아가 도적단의 군사(軍師)를 제의했고 이렇게 안덕진파가 성장한 것도 차명이 있었기 때문이다.

국보사(寺)는 우창산에서 15리(7.5킬로) 거리의 고사(古寺)다.

5백 년이 넘는 고사인 데다 마을과도 멀리 떨어져서 중이 대여섯밖에 없으나 대웅전이 좋았다.

차명은 독실한 불자(佛者)였는데 틈만 나면 이곳에 와서 죽은 가족을 위해 불공을 드렸다.

오늘도 대웅전의 부처께 108배를 하고 나왔을 때 옆에서 인기척이 났다.

"이보시오, 군사(軍師)."

고개를 돌린 차명은 사내 둘이 어느새 옆으로 다가선 것을 보았다. 숨을 들이켠 차명이 주위를 둘러보았다.

이곳에 올 때 경호원 셋을 데리고 왔다.

그들은 절 밖의 나무 그늘에서 기다리고 있을 것이다.

절 마당으로 말을 끌어들이지 않았기 때문이다.

사찰을 공경하는 차명의 지시다.

그때 옆쪽에서도 세 사내가 다가왔다.

그중 가운데 선 사내가 웃음 띤 얼굴로 차명을 보았다.

장신이다. 그리고 젊다.


대웅전 뒤쪽 토방에 차명과 이전이 나란히 앉았다.

뒤쪽은 담장이 없고 바로 산이다.

경사가 심한 바위산이 벽처럼 대웅전을 둘러쌌다.

그때 이전이 입을 열었다.

"나는 이전파(李田派)의 이전이오."

이전의 한어는 유창하다.

본래 한어를 배웠고 지금은 여진어도 익숙하게 구사한다.

차명은 눈만 치켜떴을 뿐 입을 열지 않는다.

이전이 말을 이었다.

"조선인이오. 알고 있지요?"

"압니다."

차명이 억양 없는 목소리로 대답했다.

"후금국(後金國) 1만인장이며 조선의 북방군 이괄 부원수의 장남이라는 소문이 났습니다."

"사실이오."

"나를 죽이려고 친히 오신 겁니까? 아니면 데려가시겠소?"

"둘 다 아니오."

이전이 부드러운 시선으로 차명을 보았다.

"나도 그대에 대해서 알아보았소. 그래서 직접 만나려고 온 것이오."

"무슨 일이십니까?"

차명이 이전의 시선을 받았다.

눈동자가 흔들리지 않는다.

"이전을 제 동생으로 삼고 싶습니다."

불쑥 아바가이가 말했기 때문에 이산이 고개를 들었다.

"폐하, 무슨 말씀이십니까?"

봉천성의 내궁 안.

침소의 옆 접견실에서 후금(後金) 황제 아바가이와 섭정 이산이 독대하고 있다.

이산은 이제 단둘이 있는 자리에서도 아바가이에게 깍듯이 존칭을 쓴다.

아바가이도 만류하기에 지쳐서 받아들였다.

그때 아바가이가 대답했다.

"주변에 수십 명의 왕자들이 있지만 모두 여진 혈통 아닙니까? 그래서 그렇습니다."

"그래서 이전을 동생으로 삼고 싶다는 말씀입니까?"

"조선인 형제도 있는 것이 낫지 않습니까? 의형제지만 말씀입니다."

"폐하께서 외로우신 것 같군요."

이산의 얼굴에 쓴웃음이 떠올랐다.

"아직 황비들께서 왕자를 낳지 않으셔서 그렇습니다. 조금 기다리시면 됩니다."

아직 조선인 두 황비는 왕자를 출산하지 않았다.

두 번째 황비 오정도 그렇다.

그때 이산이 말했다.

"이전이 능력을 인정받을 때까지 기다려보시지요."

<3권에 계속>

**대야망 2권**

초판1쇄 인쇄 | 2025년 9월 4일
초판1쇄 발행 | 2025년 9월 10일

지은이 | 이원호
펴낸이 | 박연
펴낸곳 | 한결미디어

등록 | 2006년 7월 24일(제313-2006-000152호)
주소 | 서울시 마포구 모래내로 83 한올빌딩 6층
전화 | 02-704-3331
팩스 | 02-704-3360
이메일 | okpk@hanmail.net

ISBN 979-11-5916-231-2(04810) 979-11-5916-229-9 (세트)

ⓒ한결미디어

- 책값은 뒤표지에 있습니다. 잘못 만들어진 책은 구입처나 본사에서 교환해드립니다.
- 이 책은 저작권법에 의해 보호받는 저작물이므로 무단전재와 복제를 금합니다.